9클래스 소드 마스터

WISHBOOKS FUSION FANTASY STORY

이형석 퓨전 판타지 장편소설

14

이형석 퓨전 판타지 장편소설

초판 1쇄 찍은 날 | 2020년 7월 13일
초판 1쇄 펴낸 날 | 2020년 7월 20일

지은이 | 이형석
펴낸이 | 예경원

기획 | 위시북스
편집책임 | 이은송
편집 | 위시북스

펴낸곳 | 예원북스
등록번호 | 제396-2012-000132호
등록일자 | 2012. 7. 25
KFN | 제1-545호

주소 | 경기도 고양시 일산동구 호수로 646-24 위너스21II빌딩 206A호 (우)10401
전화 | 031-819-9431 팩스 | 031-817-9432
E-mail | yewonbooks@naver.com

ⓒ이형석, 2019

ISBN 979-11-365-3453-8 04810
      979-11-6424-597-0 (set)

9클래스 소드 마스터
WISHBOOKS FUSION FANTASY STORY
이형석 퓨전 판타지 장편소설
14
Wish Books

CONTENTS

▶Chapter 1◀

"이렇게 하면 어떻습니까."

"흐음……."

노인은 책상 위에서 움직인 체스 말을 바라보며 굳은 얼굴로 낮은 숨을 내쉬었다.

"자네가 이곳에 온 지 얼마나 되었지?"

"어느새 3개월이 지났네요."

언뜻 보면 체스처럼 보였지만 그 크기를 본다면 결코 범상치 않았다. 자세히 보니 책상에 놓인 것도 아니었으며 불투명한 영상처럼 흐릿하게 공중에 떠 있었다.

탁-

노인이 손가락을 튕기자 체스 말이 움직였다. 놀랍게도 두 사람의 앞에 놓인 판은 일반적인 판이 아니라 두 사람이 사용하고 있는 판은 그 세 배인 24칸으로 무려 576칸의 거대한 판이었다. 말의 개수 역시 킹과 퀸을 제외하고는 모두 4배. 실로 진짜 전쟁을 방불케 하는 모습이었다.

"놀랍군. 고작 3개월밖에 되지 않았는데 여명회의 법술서인 레저넌스(Resonance)를 완벽하게 풀이해 내다니 말이야. 여명회는 자네의 마법 지식에 대해 인정하는 바이네."

바다 건너에까지 전쟁의 소식이 알려지며 대륙 전역이 분주하게 움직이고 있는 지금 유일하게 그 소란과는 거리가 먼 곳이 있었다. 상아탑(象牙塔). 바로, 대륙 마법 학회의 양대 산맥이라 불리는 여명회의 본거지였다.

노인은 책상 아래에서 작은 상자를 꺼냈다.

"과거 카이에 에시르가 집대성한 마법 학술서라네. 지금까지 누구도 이와 같은 마법을 이뤄낼 수 없었으나 자네라면 다르겠지. 처음 우리에게 보여준 자네의 마법은 확실히 250년 전, 용 사냥꾼의 힘과 닮았으니까."

"제가 원하는 것은 이게 아닙니다."

"자네의 재능은 세르가에 견주어도 손색이 없을 정도야. 그의 마법과는 다른 의미에서지만."

"그를 만나려면 어떻게 해야 합니까?"

"자네를 처음 본 순간부터 재능을 눈여겨봤었네. 하나 그렇기 때문에 자넬 세르가와 만나지 않게 한 것이라네."

"회주께서는 계속해서 말을 돌리시네요. 저는 그와 담판을 지어야 합니다."

"무엇 때문에 그리 고집을 피우는지 모르겠군. 지금으로도 충분히 실력이 있는 마법사인 것을."

노인은 굳은 얼굴로 말했다.

"세르가는 여명회에 없네. 제국으로 돌아간 지 오래야."

중후한 목소리에서는 짙은 마력이 느껴졌고 기품이 있어 보이는 행동거지 하나하나에 오랜 세월이 묻어나 있었다.

옅은 아이보리색 로브를 입고 있는 노인은 깊은 눈동자로 앞을 바라봤다. 그는 다름 아닌 마력의 양으로는 대륙의 모든 마법사 중에 가장 높다는 상아탑의 주인이자 여명회의 수장인 베르치 블라노였다. 8클래스에 육박하는 마력은 그저 숨을 들이마시고 내쉬는 것에도 느껴질 정도였다.

"미하일."

베르치는 자신과 함께 말을 주고받던 그를 바라봤다.

"……여명회는 결국 그를 보호하는 쪽으로 입장을 굳히신 것이군요. 중도를 지키는 마법회라 생각했는데. 당신께서 고작 탑의 시험으로 시간을 끄실 줄은 몰랐습니다."

미하일에게서 은은한 마력이 느껴졌다. 양파처럼 무수히 많은 껍질이 겹겹이 쌓이는 느낌.

"세르가는 뛰어난 제자이고 자네가 이방인이라서가 아닐세. 그는 제국의 아카데미에서 수련을 받은 마법사지. 그 말은 혹여 자네가 그와의 대련에서 문제라도 일으키게 된다면 그건 제국을 적으로 돌리는 일일세."

"그게 뭐 어떻습니까. 이미 적인 것을요."

"……뭐?"

미하일은 그를 바라보며 웃었다. 아니, 어찌 보면 그 어디보다 상아탑은 제국과의 전쟁을 가장 먼저 선포한 곳일지도 모른다.

쾅-!!

그때였다.

"막아!!"

"탑 문을 지켜라!!"

갑자기 탑의 아래에서 요란한 소리가 났다. 베르치 블라노는 순간 굳은 얼굴로 미하일을 바라봤다.

"미하일!!"

그 순간 탑의 아래에서 소녀의 미성이 들렸다. 익숙한 그 목소리에 미하일은 자신도 모르게 낮은 웃음을 지었다.

쾅아아앙-!!

"아악!!"

계단 아래로 자욱이 연기가 솟구치더니 이내 곧 그 연기가 닿은 곳이 얼어붙기 시작했다.

"솔직히 고민했습니다. 제가 어떻게 해야 주군께 저를 증명할 수 있을지. 탑의 정상에 오르면 원하는 도전을 할 수 있다는 회주(會主)의 말씀에 그리하였으나. 아무래도 마법회는 제국이 두려우신가 봅니다. 그가 이곳에 없다는 것을 이제 알겠습니다."

"자네……."

베르치 블라노의 마력이 은은하게 끓어오르자 미하일은 마치 거센 힘이 두 어깨를 짓누르는 기분이었다.

"제국뿐만 아니라 여명회마저 적으로 돌릴 생각인 겐가? 용기는 가상하지만 과연 여명회를 무사히 빠져나갈 수 있다고 생각하는가!!"

"저 혼자서는 불가능하겠지요."

그 순간, 방의 문이 거칠게 열렸다.

"뭐 하고 있는 거야? 아직도 여기에 있다니."

세리카 로렌은 처음 보는 거대한 낫과 같은 창을 바닥에 찍으면서 말했다. 그녀의 모습은 미하일의 기억 속에 있던 모습과는 사뭇 달랐다. 여리게만 보였던 체구는 마치 날카로운 검처럼 다듬어져 있었고 여기저기 보이는 상처들은 그녀가 어떤 수련을 해왔는지 알 수 있었다.

"한가롭게 노인네와 수다를 떨 시간 없다구. 그러니 장난에 놀아나지."

그녀는 코를 쓰윽 문지르고는 미하일의 손을 잡아당겼다.

화르르르륵……!!

그녀의 주위에서 검은 연기가 피어오르더니 붕대를 칭칭 감은 기묘한 병사들이 나타났다.

"이건……?"

"슬레이브(Slave). 불멸회의 흑마법사들이 만든 불사의 부대라고 하더라."

미하일은 마치 미라처럼 허리를 숙이고 나타난 언데드들을 놀란 표정으로 물었다.

"그런데 어째서 이곳에?"

"카릴…… 아니, 주군의 명이다. 여명회의 몰락에서부터 제국 전쟁을 포문을 열도록 하라."

전장에서 가장 많은 변수를 만들어낼 수 있는 것이 바로 마법이다. 제국을 지지하는 여명회의 많은 마법사들이 전쟁에 합류하는 시점에서 전쟁의 승패는 예측하기 어려워질 수 있었다. 반면 불멸회의 병사들은 인간이 아닌 언데드.

설령 상아탑 공략이 실패하더라도 전력의 차질이 생기는 것이 아니니 이야말로 일석이조가 아닐 수 없었다.

"그리고 이건 개인적인 전갈. 이번 일도 제대로 완수해 내지 못하면 가만두지 않겠다. 에이단은 사이몬 코덴의 목을 바쳤다. 라고 하던걸."

"하…… 하하……."

미하일은 세리카의 말에 자신도 모르게 허탈한 웃음을 터뜨리고 말았다.

아악……! 아아아악……!!

상아탑의 밑에서도 불멸회의 슬레이브들이 소환된 것인지 여기저기에서 싸움 소리와 비명이 들렸다.

"네년……!! 감히 여기가 어디라고!!"

분노에 찬 외침과 동시에 베르치 블라노의 전신에서 숨을 쉴 수 없을 정도로 짙은 마력이 폭발했다. 동방국의 주인인 사이몬 코덴은 분명 대단한 강자였지만 자신의 눈 앞에 있는 자는 현존하는 마법사 중에서도 으뜸. 8클래스를 육박할 정도의 대단한 자였다. 상대가 세르가 따위와는 비교도 할 수 없는 강적으로 변해 버린 미하일은 과연 자신이 그를 쓰러뜨릴 수 있을까 하는 의문이 들었다.

까앙-!!

하지만 그런 일말의 망설임도 없이 세리카는 거대한 낫과 같은 창을 노마법사의 목을 향해 있는 힘껏 휘둘렀다.

"싸움은 예의나 차리면서 하는 게 아냐. 마음을 먹었으면 허락을 구할 게 아니라 일단 목덜미라도 물어뜯어야 하는 법이거든."

까드드득…… 까드드득……!!

그녀의 공격은 베르치의 실드 마법에 허무하게 막혔다.

"고작 이 정도로 내게 싸움을 걸어온 것이더냐. 창을 쓰는 마법사? 이런 근본도 없는 잡종이……!!"

"뭐 어때?"

그러나 두려움이나 고민을 할 시간 대신 그녀는 그저 창을 한 번 더 휘두를 뿐이었다.

"전쟁은 이미 시작되었으니까. 목덜미 조심해. 들개에게도 이빨은 있거든."

"건방진……!!"

베르치 블라노가 허공에 손을 뻗자 기다란 스태프가 나타났다. 상아탑의 주인인 그만이 쓸 수 있는 옥색의 지팡이 머리 부분은 드래곤이 보석을 물고 있는 듯한 형상이었다.

그가 세리카의 창날을 스태프로 튕겨내며 뻗었다.

우우우웅……!

그러자 드래곤의 입안에 있는 보석이 빛을 뿜어내며 강렬한 마력이 솟구쳤다.

콰가가강-!! 콰가가강-!!

그린 드래곤인 크루아흐가 상아탑이 세워질 때 친히 하사했다고 알려지는 그의 지팡이는 대륙 최강의 마법 무구라 할 수 있는 블레이더의 5대 무구 중 하나인 무한의 숨결(Infinite Breath)에 비교해도 결코 모자람이 없는 것이었다.

아니, 어쩌면 그 이상일지도 모른다.

"저거 좋네. 탐나는걸."

세리카는 튕겨 나간 자신의 창날이 가볍게 떨리는 것을 느끼며 나지막하게 말했다.

"용뇌(龍雷)."

하지만 그런 그녀의 감상 따윈 안중에도 없는 듯 베르치는 지팡이를 든 손 위에 반대쪽 손으로 술식을 펼쳤다.

"조심하세요!!"

미하일이 그의 마법을 보자마자 세리카를 향해 소리쳤다.

베르치 블라노는 풍(風) 계열의 마법사만큼이나 보기 드문 뇌(雷) 계열의 마법사였다. 하지만 두 속성이 가지는 희소성의 의미는 다르다. 풍 계열은 그 자체로 태어나는 자가 적기 때문에 고위급을 보기 어렵지만 뇌 계열의 마법사의 수 자체는 많았다. 번개의 속성은 낮은 클래스에도 다른 마법보다 뛰어난 효과를 가진다는 장점이 있었지만 들쑥날쑥 종잡을 수 없는 속성 자체의 성질 때문에 고위 클래스로 올라가는 것이 어려웠다.

그렇기 때문에 뇌속성의 마법사들은 4클래스가 대다수였다. 다만 적은 마력으로도 강력한 살상력을 가지기 때문에 군대에 편성되어 군인으로서 대량 살상에 주요한 전쟁에서는 화속성과 함께 각광받는 속성이었다.

그렇게 다루기 어려운 번개의 속성으로 7클래스 대마법사의 반열에 오른 베르치 블라노였다. 뿐만 아니라 마력의 양은 8클래스에 육박한다고 하니 4대 대마법사 중에서도 그를 으뜸으로 치는 이유는 당연했다.

우우우우웅-!!

마치 번개의 용이 세리카를 집어삼키려는 듯 지팡에서 날카로운 세 줄기의 마력이 그녀를 향해 쇄도했다.

거기에 더하여 놀라운 사실.

"뇌린(雷鱗)."

바로 오직 베르치 그만의 독문 마법이었다. 가뜩이나 희귀

한 뇌 속성의 마법임에도 불구하고 그는 자신의 계통을 새로 이 구축했으니 그야말로 자신만의 마법론을 개척했다고 봐도 과언이 아니었다.

"체인 라이트닝(Chain Lightning)? 아냐, 뭔가 다른데……?!"

그의 마법을 본 적이 없는 세리카는 용솟음치는 베르츠의 번개 마법에 깜짝 놀라며 소리쳤다.

"조심하세요!!"

그녀와 달리 상아탑에서 시간을 보냈었던 미하일은 그의 대단함을 누구보다 잘 알고 있었다. 베르치 블라노의 마법은 그 하나하나가 가히 엄청난 위력을 가지고 있었다.

파앗!!

바람의 속성을 최대한 끌어 올리면서 그가 스텝을 밟듯이 세리카의 허리를 낚아채며 피했다.

쾅!! 콰과가가강!!

조금 전 그녀가 있었던 자리에 번개가 쏟아지면서 시커멓게 바닥에 뚫렸다. 마법 실드가 있는 회실임에도 불구하고 베르치의 마법 한 방에 부서지고 만 것이었다.

꿀꺽-

세리카는 자신도 모르게 마른침을 삼키면서 대마법사를 바라봤다.

"어린 나이에 6클래스 반열에 오르다니. 재능은 세르가와 견주어도 손색이 없겠군. 한 시대에 이런 유망주들을 볼 수 있다니 이거야말로 행운이로군. 다만…… 아군이 아닌 적인 것은 또 다른 불행이지만."

그녀는 베르치의 말에 인상을 구겼다.

"그놈에 세르가 세르가. 도대체 세르가란 놈이 누군데 매번 입에 오르는 거야? 이름도 비슷해서 기분 나쁜데 말이야. 미하일, 네가 그놈의 목을 친다고 하지 않았어?"

"에? 아니, 죽인다고는 안 했는데……."

"무르긴. 난 마음에 안 든다고. 마법에 관해서 이야기가 나올 때마다 그 이름이 먼저 나오는 게 말이야."

세리카는 쯧- 하고 혀를 차면서 말했다. 시건방져 보이지만 미하일은 이 와중에 귀엽다는 생각이 들어 아무래도 탑에 오래 있어서 머리가 어떻게 된 게 아닌가 하고 생각했다.

"이제부터 대륙에서 마법으로 가장 유명한 건 그 녀석이 아니라 너와 나여야 한다구."

"……명심하겠습니다."

한참이나 어린아이에게 존댓말을 쓰는 것이 이상하게 보였지만 미하일은 어쩐지 그 모습이 자연스러웠다. 기껏해야 B급 용병이었던 자신이 이렇게까지 성장할 수 있었던 것은 언제나 운이 좋았다고 생각했었다. 아마 카를을 만나지 못했더라면 이도 저도 아닌 밑바닥 인생이었을지도 모른다.

하지만 자신과 비슷한 처지임에도 불구하고 언제나 당당한 그녀에게서 미하일은 호감을 느꼈다. 무안할 정도의 자신감은 때로는 사람들에게 있어서 건방져 보이고 눈초리를 받을 수도 있는 모습이었지만 미하일은 누구보다 그녀의 그런 모습이 스스로를 보호하고 무너지지 않기 위함이라는 것을 잘 알고 있었다. 그리고 그 당당함에 보란 듯이 결과를 냈다. 지금처럼 말이다.

쩌적……!! 쩌저저저적……!!

"그 짧은 순간에 틈을 노렸나. 생각은 좋았지만 상성이 나쁘군. 수 계열로는 뇌 속성인 나에게 피해를 입히기 어렵지."

조금 전까지만 하더라도 미하일의 품에 있었던 그녀는 어느새 베르치에 뒤를 노리며 창을 날렸다. 하지만 베르치의 두터운 실드를 뚫진 못했다.

"알고 있어. 나도 마법을 좀 공부했거든? 뇌 속성은 다른 속성과 특이하다는 것. 번개는 빛을 가지면서 열도 가졌고 물 안에서 더욱 자유로우며 바람을 머금고 있으면서 또한 먹구름의 어둠까지 지녔다."

베르치 블라노는 세리카의 창날을 비틀면서 옅은 웃음을 지었다. 7클래스 대마법사인 자신의 앞에서 마법학을 운운하는 모습이 가소롭기 짝이 없었다.

"오랜만에 듣는 얘기로군. 하지만 그건 마법학이 아닌 정령학에 써 있는 서두였지? 그렇기 때문에 번개의 정령왕인 우레군주 쿤겐은 다른 원소의 4대 정령왕과 빛과 어둠인 2대 광야까지 6대 정령왕과는 조금 별개의 존재로 치부되지."

그는 코웃음을 쳤다.

"같은 맥락으로 뇌 속성 마법 역시 특별하지. 굳이 상성을 따지자면 토 속성이겠지만……. 아쉽게도 너희는 바람과 물이로군."

"글쎄."

하지만 베르치의 말과 달리 그녀는 표정 하나 변하지 않은 채로 나지막하게 말했다.

"미하일. 너도 안티홈 대도서관에서 그 책을 읽었지?"

그녀의 물음에 미하일은 고개를 끄덕였다.

"내 생각은 좀 달라. 모든 속성의 힘을 가지고 있다는 것은 반대로 말하면 모든 것에 약점을 가졌다는 거니까. 단지 토 속성에 더욱 취약할 뿐. 번개가 다른 나머지 속성에 대하여 강하다는 말은 아니거든."

카각…… 카가가가각!!

처음과 달리 세리카의 창이 조금씩 베르치의 장막을 갉아대기 시작했다.

"뭐 하고 있어!!"

안간힘을 쓰며 그녀가 소리쳤다.

"자신을 증명해 보이겠다고 했다면서? 세르가는 지금 없어. 그렇다고 빈손으로 돌아갈 거야? 너도 도와!"

[싹수는 없지만 맞는 소리군.]

그때였다.

"……!!"

베르치 블라노는 황급히 지팡이를 휘두르며 자신을 감싸려는 검은 연기를 튕겨냈다.

[미하일. 너는 조금은 저 건방짐을 조금은 본받을 필요가 있어. 지금부터 네 앞에 적은 마물이 아닌 인간이니까.]

"네 녀석……."

[오랜만이군. 베르치. 탑 안에만 살더니 꽤나 살이 찐 모양이야. 옆구리의 살만큼이나 마력도 늘었는지 궁금한데.]

검은 연기는 서서히 형태를 갖추면서 미남자의 모습이 되었다.

"나인 다르혼."

베르치는 그의 모습을 바라보며 나지막하게 이름을 말했다. 늙어가는 자신과 달리 여전히 젊음을 유지하고 있는 그가 단순히 외형을 바꾸는 마법을 사용한 것이 아님을 알기에 부러움을 감출 수 없었다.

"그러는 너는 혈통이 주는 선물을 안일하게 쓰고 있나 보군. 4대 마법사 중에 가장 오랜 세월의 축복을 가지고 있으면서 아직도 이상한 술법에 심취해 있는가?"

[이상한 술법이라니. 지금 상아탑이 무너지고 있는 것이 그 이상한 술법 때문인데.]

그의 말에 베르치의 얼굴이 굳어졌다.

으…… 으악!! 아아아악……!!

"말도 안 돼! 마, 마법이 통하질 않잖아?!"

저 아래에서 들려오는 여명회의 마법사들의 비명은 아까 전부터 알고 있었다.

[소리가 아주 좋은데. 그럴만하지. 내가 만든 건 언데드가 아니니까. 녀석들은 공허…… 아니, 타락의 힘을 가진 슬레이브(Slave)거든.]

나인 다르혼은 지옥도와 같은 광경을 바라보며 즐거운 듯 클클 거리며 웃었다.

[누가 누구보고 마법을 논해? 나야말로 네 녀석들이 같잖은 정치질을 하는 동안 누구보다 마법은 연구했다.]

베르치 블라노는 이곳에 있는 나인 다르혼이 실체가 아님을 알았다.

'저만한 언데드를 소환한 것도 모자라 환영으로 이 정도의 마력을 낼 수 있다니……. 무슨 변화가 있었던 것이지?'

[위대한 마법의 스승께서 친히 가르침을 내려 주셨으니까. 네 녀석의 잡다한 번개술 따위와는 비교도 할 수 없지.]

그의 생각을 읽은 듯 나인 다르혼이 말했다.

"스승이라니……?"

베르치는 대류 마법의 최강자라 불리는 자신들이 부를 스승이라는 존재가 있던가 하는 의문으로 그를 바라봤다.

"드래곤이라도 만난 모양이더냐."

나인은 그가 들고 있는 지팡이를 가리키며 말했다.

[드래곤? 우리에게 있어서 더 위대한 존재일지도 모르지. 그런 잡다한 무구나 던져 주며 생색내는 놈들보다 말이야.]

"자, 잡다한?"

그는 입꼬리를 올렸다.

[7인의 원로회.]

베르치는 뭐라 말을 하려다가 그 이름이 떨어지자 입을 다물고 말았다.

[나는 그 수장인 알른 자비우스 님께 가르침을 받았다.]

"미친…… . 흑마법에 빠지더니 머리가 돌아버리기라도 한 것이냐. 아니면 꿈이라도 꾼 것이냐, 나인 다르혼. 천 년이나 지난 마도 시대의 인물이 네게 마법을 가르쳐 줘?"

[믿을 수 없겠지. 뭐, 믿으라고 부탁할 필요도 없지만 말이야.]

콰아아앙-!!

[어차피 네놈의 말로는 정해져 있거든.]

슬레이브들이 아래에서 문을 뚫고 쏟아져 나오기 시작했다. 어느새 요란하게 들리던 마법사들의 비명이 사그라졌다.

괴물들을 향해 베르치는 황급히 마법을 시전했다.

콰즉!! 콰가가각-!!

날카로운 세 줄기의 번개가 녀석들을 향해 흩뿌려졌지만 번뜩이는 전격에도 슬레이브들의 속도는 멈추지 않았다. 베르치의 번개는 오히려 녀석들에게 흡수가 되듯 사라졌다.

[수장이 저러니 수하들이 발전이 없지. 밑에서 녀석들이 소리치던 걸 들었을 텐데.]

"크윽……!!"

베르치는 물러서며 지팡이에 더욱 마력을 응축시켰다.

[클클, 네 녀석도 결국 마법사들이 범하는 우에서 벗어나지 못하는 건가. 책상머리 앞에서 잔머리만 굴리니 그러는 거다. 높은 클래스의 마법이 최고라는 생각 말이야. 적이 마력을 모으는데 기다려 주기라도 할 것 같으냐.]

"네, 네놈들!!"

베르치 블라노는 자신의 양팔과 다리에 엉겨 붙어 있는 슬레이브들을 떼어놓기 위해 안간힘을 쓰며 소리쳤다.

[뭐 하고 있느냐. 미하일. 그릇된 생각을 고쳐줄 적임자가 나는 너라고 생각하는데.]

나인 다르혼은 서서히 언데드들에게 파묻혀 가는 베르치 블라노를 가리키며 미하일을 불렀다.

[대어(大漁)가 눈앞에 있잖아.]

"크…… 크큭. 고작 5클래스의 마법사가 날? 나인 다르혼……!! 살면서 가장 재밌는 미친 소리군!! 읍! 으읍……!!"

나인 다르혼은 베르치의 외침에 귀찮다는 듯 손을 저었다. 그러자 슬레이브들이 그의 입과 눈을 틀어막기 시작했다.

"하나 제가 감히……."

미하일은 나인의 말에 살짝 떨리는 목소리로 대답했다.

[고작 네 주제에 7클래스 마법사를 배려하는 게냐? 베르치 저 능구렁이는 저렇게 해도 죽지 않아. 당한 척하면서 아마 녀석은 지금 저 안에서 마력을 응축시키고나 있겠지.]

나인 다르혼은 베르치 블라노의 속셈을 꿰뚫어 보고 있다는 듯 말했다. 명색이 대륙 최강의 마법사였다. 확실히 자신의 걸작이라 할 수 있는 슬레이브들이지만 그렇다고 이들로 그를 죽일 수는 없었다.

[환영 상태인 나는 녀석에게 큰 타격을 줄 순 없다.]

"그럼 어떻게……."

[방법이야 있지. 베르치 저놈은 가벼운 생각으로 네게 저걸 넘겼겠지만, 그것이야말로 녀석의 평생 실수가 될 것이다.]

나인 다르혼은 미하일의 발아래 바닥을 가리켰다.

[카이에 에시르의 마법학술서.]

그의 말에 미하일은 고개를 천천히 내렸다.

[우리에겐 쓸모없는 책에 불과할지라도 네 녀석에겐 천금과도 같은 보물일 물건일 거거든.]

우우우우웅-

그 순간, 마치 책이 반응하듯 붉게 빛나기 시작했다.

"급보입니다!! 북부 상아탑에서 전투가 벌어졌다고 합니다! 현재 여명회가 불멸회가 만든 정체불명의 언데드 군단에 습격을 받은 상태!"

"언데드라니?! 그게 무슨 말이더냐!!"

하지만 쇄도하는 보고들 사이에서도 새벽 아침에 들린 이 보고는 대신들로 하여금 경악을 금치 못하게 만들었다.

"경거망동하지 말거라. 불멸회가 사령술을 쓴다는 것은 이미 알고 있었던 사실이지 않으냐."

제국 총기사단장인 벨린 발렌티온은 진중한 목소리로 말했다. 황좌 싸움 때와 달리 전쟁을 목도한 지금 그는 기사의 모습으로 돌아와 있었다. 오랜 연륜에서 확실히 그는 제국 기사의 지휘자라 할 수 있는 면모를 보였다.

"사령술로 만들 수 있는 언데드는 결국 한계가 있다. 여명회라면 그 정도 무리를 막는 데 어려움이 없을 터."

하지만 그의 생각과 달리 보고를 맡은 병사는 고개를 들지 못한 채 떨리는 목소리로 말했다.

"현재 상아탑은 극심한 피해를 입고 제국으로 피신 중이라 합니다. 그들의 안전을 위해 이동마법진을 열어주시고 호위병사를 요청하는 바입니다."

장내가 술렁이기 시작했다. 여명회가 무너졌다는 것은 제국의 큰 전력 중 하나가 사라졌다는 것과 같으니 엄청난 손실이 아닐 수 없었다.

"불멸회는……?"

"상아탑을 습격한 병력은 언데드 뿐이라 하였습니다. 그들의 피해는 전무라 할 수 있습니다. 다만, 여명회의 수장인 베르치 블라노 경의 마법으로 상아탑을 습격한 언데드를 모두 소멸시켰다고 합니다."

"상아탑 주변에 불멸회의 마법사가 없었다는 말이더냐!?"

"그러하옵니다."

"말도 안 돼……! 언데드란 조종하는 술사가 근처에 있어야 하는 법!! 수십 킬로미터씩 떨어져 있을 수 없다."

병사의 보고를 듣던 궁정마법사인 카딘 루에르는 지팡이를 쾅!! 하고 내려치면서 소리쳤다. 그 역시 상아탑 출신이었기에 이번 습격으로 충격을 받지 아니할 수 없었다.

"폐하, 저를 보내주십시오. 아카데미의 마법사들과 함께 가도록 하겠습니다. 진상을 확인하고 불멸회의 언데드들을 파훼할 수 있는 방도를 찾도록 하겠습니다."

"경의 심정은 충분히 이해하는 바이네."

손을 포개며 아뢰는 그를 바라보며 황좌에 앉아 있는 올리번은 잠시 그를 멈추듯 손바닥을 들어 보이며 말했다.

"베르치 블라노 경은 무사하신가."

"그게……. 빛과 함께 언데드가 소멸된 것은 확인은 하였으나 이후 생존 확인이 불가하다고 합니다. 하나 여명회의 고위 마법사인 여명 10계들은 모두 무사하다 하였습니다."

올리번은 병사의 말에 카딘을 바라보며 말했다.

"베르치 경께서는 대륙 최강의 마법사이시네. 분명 무사하실 것이야."

"하오나……."

카딘은 살짝 떨리는 목소리로 말했다.

"알겠습니다."

하나 이내 곧 낮은 한숨과 함께 고개를 끄덕였다. 전쟁은 이제 막 시작이 되었다. 그 와중에 궁정마법사인 자신이 제국을 두고 떠나는 것은 현실적으로 불가능한 일이었으니까.

"지금 여명회에게 필요한 것은 아카데미의 마법사가 아니라 보급품과 그들을 보살필 시종들이겠지."

다른 이들과 달리 올리번은 이번 습격에 크게 휘둘리지 않는 모습이었다.

"재상."

"예, 폐하."

"총기사단장과 합의하여 보급품과 함께 어린 시종들을 데리고 여명회를 맞이할 준비를 하도록 하게."

"알겠습니다."

"하나 만일의 상황을 대비하여 기사단 일부를 함께 편성하는 것도 좋겠지. 곧바로 전투에 투입될 수 있도록 말이야."

"명심하겠습니다."

제국의 주인으로서 일희일비하면 안 된다는 것은 당연한 일이지만 이토록 차분할 수 있는가에 있어서 대신들은 비록 위험한 상황임에도 불구하고 감탄을 하지 않을 수 없었다.

"카딘 경께서는 아카데미의 마법사들을 선별하여 기사단 편성에 필요한 전력을 추스르도록. 혹시 추천할 만한 자가 있던가?"

카딘 루에르는 올리번의 말에 고개를 끄덕였다.

"얼마 전 상아탑에서 돌아온 세르가라는 마법사가 있습니다."

"세르가라······. 후안 세르가 경의 자제인?"

"맞습니다. 아카데미의 수석이자 티렌과 함께 저의 직속 제자로 받아들였습니다만 마법적인 재능을 따진다면 그 아이는 제국 내에서도 손에 꼽힐 것입니다. 여명회의 마법사들과도 안면이 있으니 보급 부대는 그에게 맡기는 것이 좋을 듯합니다."

"흐음······. 나이가 젊은데 지휘관을 맡기기에 괜찮을까."

"비록 실전 경험은 없으나 마법사들 사이에서는 이미 입에 오르는 총명한 아이이옵니다. 믿고 맡기셔도 괜찮으실 겁니다."

"그대가 그 정도로 말한다면 그렇겠지. 좋아. 그에게 경험을 쌓도록 하겠네."

"명을 받들겠습니다. 폐하."

카딘이 허리를 숙이며 대답을 하자 대신들은 어린 황제임에도 불구하고 그 주위에 서 있는 3명의 공작이 전혀 위화감이 없다는 느낌을 들었다.

'비열한 놈들. 녀석들에게 더 확실한 복수를 해줄 것이다.'

어쩐지 조금 전 상아탑이 습격을 받았다는 보고로 인한 불안감이 눈이 녹듯 사라지는 기분이었다. 선제공격을 받았음에도 반대로 전의를 불태우는 듯싶었다.

"우습지 않은가."

올리번의 목소리가 태양홀에 울렸다.

"제국은 아직 전쟁을 시작도 하지 않았는데 엄한 곳에서 서로들 싸우고 있으니 말이야."

"당대 두 마법회는 대륙의 정세에 관여하지 않는 것이 그들의 입장이오나 암암리에 여명회가 제국을 돕는 것은 모두가 알고 있는 일입니다."

"이번 전쟁에서도 그들의 힘이 클 것으로 사료되는 상황에서 갑자기 기습이라니…… 큰일이 아닐 수 없습니다."

재상 브린 이니크는 인상을 찌그리며 말했다.

"내가 말하는 것은 그곳이 아니야."

"네?"

올리번은 손을 들어 올렸다. 그러자 뒤에 있던 병사들이 거대한 대륙 지도를 가지고 그의 앞에 섰다. 지도는 펼치자 병사 넷이 각 귀퉁이를 잡고 간신히 들고 있을 정도로 컸다. 그 안에는 지도의 지형뿐만 아니라 현재 각 세력의 군사를 나타내는 표시까지 아주 상세하게 적혀 있었다.

'이걸 언제……?!'

'타투르뿐만 아니라 북부와 남부의 적군의 수까지 적혀 있다니. 제국 정보국에서도 알지 못하는 일인데…….'

'대단하구나.'

'선황께서 이단섬멸령을 내리셨을 때에도 이민족의 수는 정확히 파악되지 않았었다. 그 때문에 숨어 버린 잔당들을 찾을

수 없었다.'

'적군에 첩자를 심어뒀다 하더라도 이 정도로 자세히 알 수는 없을 텐데.'

대신들은 도대체 올리번이 어떻게 이런 자세한 정보를 가지고 있는지 의아했다.

"현재로서 가장 큰 골칫거리는 바로 저곳이다."

올리번은 지도 위에 한 곳을 가리켰다. 그곳은 다름 아닌 남부에 있는 베스탈 후작의 영지였다. 재상을 비롯하여 3공작은 역시나 하는 얼굴로 낮은 한숨을 내쉬었다.

"지금 황후께서는?"

"그게…… 현재 보고드린 대로 베스탈 후작의 남은 잔병들을 모아 거병을 하셨습니다."

브린 이니크는 올리번의 물음에 황급히 대답했다.

"하오나 그 세력이 미약해 걱정하지 않으셔도 될 듯싶습니다. 일단 타투르 전선에 집중하심이 옳다 여겨집니다."

"흐음. 티렌, 자네도 그리 생각하는가?"

올리번은 고개를 내밀며 황좌의 아래를 향해 뒤를 돌아보며 말했다. 그리고 또 한 명. 대신들은 어린 두 사람이 공작들도 서지 못한 황제의 곁에 있다는 것을 놀라워하지 않을 수 없었다.

'크웰 맥거번 다음은 티렌 맥거번인가? 맥거번가(家)는 대를 걸쳐 황제의 곁에 있는군.'

'폐하께서는 도대체 무슨 생각으로 그를 곁에 두시고 계신

거지? 앞으로 싸워야 할 적이 바로 그의 또 다른 아들인데.'

대신들의 눈빛이 제각각이었다. 하지만 대부분은 그를 불신하는 눈빛이 담겨 있었다. 티렌은 올리번의 곁에서 그들의 시선에도 아무렇지 않은 듯 말했다.

"지당하신 말씀이시옵니다. 폐하. 현재 제국으로서 가장 큰 골칫거리는 시작되지 않은 전장이 아닌 반란이 일어난 황후의 영토라 생각합니다."

카랑카랑한 목소리가 태양홀에 울렸다. 모두의 시선이 그에게 쏠렸다. 선황이었던 타이란 슈테안은 크웰 맥거번의 행동을 막기 위해 티렌과 란돌을 볼모 아닌 볼모로 아카데미의 학생과 기사로 묶어뒀었다.

하지만 티렌은 뛰어난 능력으로 오히려 아카데미에서 두각을 나타냈으며 마법적인 재능보다 더 우수한 능력이 비상한 머리로부터 나오는 내정과 전략이라는 것을 궁정마법사인 카딘 루에르가 꿰뚫어 보았다.

"말도 안 되는 소리!"

"베스탈 후작의 잔병들은 기껏해야 2천 명도 되지 않는다. 그들이 제국의 위협이 될 것이라고 생각하는가!"

"이보게, 증거도 없이 섣부른 추측은 금물일세."

하지만 궁정마법사의 안목과 달리 성인식을 치른 지 얼마 되지 않는 19살이라는 어린 나이로 황제의 책사라는 자리에 앉은 그를 달갑게 보는 사람은 많지 않았다.

'선황께서 계셨다면 등용도 못 되었을 애송이가.'

'어린 꼬마들의 생각으로 수십만의 제국 병사들이 움직여야 하는 상황이라니……!'

'폐하께서는 책사라는 중책을 어찌 저런 어린아이들에게 맡기신 것인지.'

의문과 시기. 티렌은 그들의 눈빛이 말하는 의미를 알고 있는 듯 차갑게 웃었다.

"나 역시 그러하다."

하지만 대신들의 생각을 묵살하듯 올리번은 티렌의 말에 고개를 끄덕였다. 황좌에 오른 뒤 말투부터 행동거지까지 완전히 바뀐 올리번은 지금까지의 순한 모습이 아닌 제왕으로서의 면모가 보였다. 지금까지 그의 내성적인 모습만을 봐왔던 신하들은 처음에는 그의 변화가 낯설게 느껴졌었지만 언제부턴가 역시 정복왕의 아들이라며 오히려 그 모습을 칭송하기 시작했다.

물론, 그 아버지를 자신의 손으로 죽였다는 것을 알고 있는 크웰 맥거번은 그저 함구할 따름이었다. 올리번에 대한 크웰의 믿음이야 굳건하지만 헤임에서의 사건 이후 그는 아직까지 자택에서 칩거하는 중이었다. 하지만 마치 그를 대신하듯 티렌이 올리번의 곁에 있었으니 대신들은 맥거번가(家)에 대한 경계를 늦추지 않을 수 없었다.

"어찌하여……."

모두가 의아해하는 것을 재상이 대신 물었다. 하지만 올리 번은 대답하지 않고 손을 들어 누군가를 가리켰다.

티렌의 옆에 있던 남자였다.

"자네는 그 이유를 아는가?"

"예, 폐하."

한 치의 망설임 없이 대답하는 그는 이렇다 할 특색이 없는 평범한 얼굴이었지만 묘한 분위기를 띠고 있었다.

"말해보게."

태양홀의 대신들의 시선이 모두 티렌의 옆에 있는 그에게로 쏠렸다. 놀랍게도 그는 카릴이 눈독을 들였던 전생의 제국 7강 중 한 명인.

"브랜 가문트."

올리번의 말에 그는 고개를 끄덕이고는 말을 이어갔다.

"여러 대신들의 말씀처럼 황후의 세력이 제국에 직접적인 피해를 줄 수는 없습니다. 하지만 베스탈 후작의 영토는 남부와 가깝습니다. 전투의 문제가 아닙니다. 오히려 그 반대입니다. 만약 그들이 타투르로 망명을 하게 된다면……."

브랜 가문트는 잠시 말을 멈추었다. 그러고는 주변을 한번 훑어보고 다시 말했다.

"혹은 타투르가 황후의 목숨을 좌지우지하게 된다면 제국은 여명회를 잃는 것보다 더 큰 문제에 봉착하게 되는 것일 겁니다."

"어째서지?"

"명분."

브랜의 눈빛이 빛났다.

"아뢰옵기 황송하오나 제국의 황위 계승은 이미 모든 대신들이 인정하는 바이오나 선황의 죽음과 함께 잇따른 황자의 죽음으로 민심이 흉흉해진 상태입니다. ……거리에 퍼진 소문은 폐하께서도 아시겠지요."

"아비와 형제를 잡아먹은 악마 말이더냐."

올리번은 아무렇지 않게 말했지만 대신들의 표정은 그 한마디로 어두워졌다.

"백성은 어리석고 연약합니다. 이런 상황에서 황후란 존재는 소문을 만들어내기 아주 좋은 상대이지요."

"자네 말은 황후의 입이 민심을 어지럽게 만들 수 있다는 말이로군."

"황송하옵니다."

"그렇게 되면 안 되지. 우리는 전쟁을 앞둔 상황이니."

올리번의 눈빛이 차갑게 변했다.

"그래, 어떻게 하는 것이 가장 좋은 방법일까."

"황후의 세력은 크지 않습니다. 타투르에 의해 위험에 처하시기 이전에 저희가 먼저 황후를 구출해야 하옵니다."

대답은 재상에게서 나왔다. 하지만 어쩐지 올리번의 관심을 끌지 못한 듯 올리번은 여전히 브랜을 바라봤다.

"그건······."

쉽사리 말을 잇지 못하는 브랜.

"그 입을 막아야 할 것이옵니다."

기다렸다는 대답인 듯 올리번은 티렌을 바라봤다. 하지만 만족스러워하는 올리번과 달리 자신 대신 대답을 한 티렌을 향해 브랜은 고개를 돌렸다.

탁-

"첫 전투가 벌어질 곳. 이곳이 될 것이다."

올리번은 지도 위에 말을 던지며 말했다.

"누가 되었든 황후를 취하는 자가 승기를 잡게 될 것이다. 무슨 일이 있어도 황후를 타투르 녀석들에게 빼앗길 수 없다. 황후를 제국으로 모셔와야 한다."

그는 나지막한 목소리로 말했다.

"살아 있든 아니든 말이야."

"흐음······."

홀 안에는 많은 사람이 한자리에 모여 있었다.

"제국의 10만 군세가 현재 남부로 향하는 중이라는 보고입니다."

가장 먼저 운을 뗀 사람은 다름 아닌 앤섬 하워드.

"공국에서 골렘 부대의 수송이 거의 끝나가고 있습니다. 포나인 강으로 통한 일부 전력 이외에 나머지 전력들은 현재 남부로 향하는 중입니다."

앤섬은 지도 위에 손을 얹었다. 그러자 타투르에서 붉은색의 줄이 만들어지더니 여러 갈래로 갈라지기 시작했다.

"빠른 급습을 위해서라면 비룡 부대가 제격이겠습니다만 다만 레볼의 수송을 위해 현재 비룡 부대 전 부대가 투입된 상태라 비룡 부대를 사용할 수는 없을 듯합니다."

그는 갈라진 빛의 실선 중 하나를 손으로 잡아 옮겼다.

"대신 기동력이 빠른 소형 골렘 부대를 이용한다면 제국군과 비슷한 시기에 도착할 수 있을 듯싶습니다."

"황후의 반란이 오히려 우리에게 전장을 제공하는 꼴이 되었군."

"제국으로서는 황후가 우환으로 여겨질 테니까요. 아마 이번 전쟁을 통해서 정리할 속셈일 듯 보입니다."

"맞아. 차라리 황후가 죽는 것이 우리의 포로가 되는 것보다 나은 일이라 생각할 테니까."

"골렘부대를 이용하는 것은 피해를 최소화하기 위함이긴 합니다만 더 빠른 선택을 고려하신다면 라니온 연합의 병사들을 이용하여 먼저 베스탈 후작령을 점령하는 방법도 있습니다."

"예상 피해는?"

"사실 그리 크지 않습니다. 다만 그 작은 피해마저 제국에게 돌릴 수 있는 방법을 택한 것뿐입니다. 제국과 황후가 전투를 벌이게 되었을 때를 노리기 위함입니다."

카릴은 앤섬의 말에 고개를 끄덕였다.

"지휘관은?"

"브랜 가문트라고 합니다. 조사를 해봤습니다만 이렇다 할 경력이 나오진 않았습니다. 의외의 결정이 아닌가 싶습니다."

"브랜 가문트라……."

앤섬의 말과 달리 카릴은 그 이름을 한번 곱씹으면서 살짝 인상을 찡그렸다.

'그가 결국 올리번의 휘하로 들어갔군.'

전생의 제국 7강이자 역사상 가장 뛰어난 책략가.

아쉬운 일이었지만 어쩔 수 없었다. 그때 이후 황궁과의 인연이 없었으니 브랜과의 연결점을 만들기 어려웠으니까.

'당연한 일이겠지만 첫인상만으로는 단번에 그를 휘어잡을 수 없었던 모양이지.'

모든 인재를 자신의 아래에 둘 수 있으면 좋겠지만 그것은 현실적으로 불가능한 일. 게다가 카릴은 자신이 만났던 그 당시의 브랜이 전술에는 관심이 많았지만 직접적으로 전쟁을 할 정도의 용기는 없었다는 것을 알고 있었다.

아직은 어렸었다. 하지만 시간이 지남에 있어서 그 역시 변했으리라.

'반대로 전생에 제대로 꽃을 피우지 못하고 명을 달리했던

앤섬 하워드를 얻은 것으로 일단은 만족해야 하겠지.'

카릴은 쓴웃음을 지었다. 공국의 내전부터 프란의 죽음까지. 솔직히 앤섬 하워드 한 명을 얻기 위함도 무수한 노력이 필요했었으니까. 어쩌면 브랜 가문트마저 매료되길 바란 것은 욕심일지 모른다.

'그는 전쟁의 천재이자 전술에 천부적인 재능을 가지고 있다. 그건 싸우기 어려운 상대라는 의미도 있지만 반대로 완벽한 전투를 할 수 있다면 그에게 나를 각인시킬 수도 있겠지.'

하지만 카릴은 아직 그를 포기하지 않은 듯 보였다. 오히려 욕심을 부렸다. 어렵기는 하지만 방법을 모르는 것이 아니기에 불가능한 것이 아니었으니까.

앤섬 하워드와 브랜 가문트. 신탁 전쟁에서 그는 바로 이 양익(兩翼)의 천재들의 힘이 필요하다 생각했기 때문이다.

"그를 가벼이 보면 안 돼. 쉽지 않은 싸움이 될지도 모른다."

"네?"

"앤섬. 자네에게 베스탈 영지전의 지휘권을 일임하지. 명심할 것은 이번 상대가 전력으로 싸울 상대로서 모자람이 없다는 것이다."

"잊지 않겠습니다."

카릴의 말에 앤섬은 고개를 끄덕였다.

"제국과의 첫 결전이다. 승패에 따라 기세가 달라질 거라는 것은 알겠지."

"기대에 부응토록 하겠습니다."

그야말로 세기의 대결이라 할 수 있었다. 전쟁의 천재라 불리는 브랜 가문트였지만 전생에 유일한 패배를 안겨준 자가 바로 앤섬 하워드였으니 카릴은 마치 두 사람의 대결을 즐기듯 바라보는 입장이었다.

"키누 무카리, 카일라 창, 베이칸."

카릴은 앤섬의 뒤에 서 있는 세 사람을 불렀다.

"네, 주군."

그들은 동시에 무릎을 꿇으며 대답했다.

"너희들에게 자유군 5만을 내어 주겠다. 각각의 부족들과 합류하여 앤섬을 지원토록 하라."

"알겠습니다."

"저희 라니온 연합은 어찌하면 좋을까요."

명령을 받은 세 사람이 자리에서 일어서자 홀의 가운데에 기다리고 있던 비올라가 말을 이었다.

"앤섬 경의 말대로 저희 연합의 병력으로 먼저 황후를 잡는 것도 가능합니다만."

그녀는 허리를 꼿꼿하게 펴면서 말했다. 그런 모습을 바라보며 카릴을 피식 웃으며 그녀를 바라봤다.

"여전히 공을 노리는 것인가?"

"그럴 리가요. 다만 골렘 부대를 통한 전투가 가장 피해가 적을 것이라는 앤섬 경의 말씀이 꼭 옳은 것은 아닐지도 모르지요."

비올라는 허리에 차고 있는 은빛의 세검 위에 손을 얹었다.

"하명하시옵소서."

그녀의 옆에 있는 그레이스 역시 자신의 검으로 바닥을 짚으며 말했다.

'밀리아나의 말대로군.'

카릴은 그를 바라보며 묘한 웃음을 지었다. 이스트리아 삼국을 정리하는 과정에서 이스탄 왕국에서 만났던 밀리아나와 그레이스. 그 당시에 그녀의 눈에 들어왔던 그였기에 밀리아나는 카릴과 북부에서 남부로 내려 오는 비룡 안에서 그레이스에 대한 이야기를 했었다.

'에이단과 마찬가지로 소드 마스터의 문턱을 넘어섰군.'

그레이스에게서 풍겨지는 기운은 예전과는 비교도 할 수 없을 만큼 정갈했다. 같은 상급 소드 익스퍼트라 할지라도 소드 마스터의 문턱에 발을 들여놓은 자와 그렇지 않은 자는 확연한 차이를 보였다. 그것은 소드 마스터가 될 수 있는 자와 영원히 익스퍼트에 머무르는 자의 차이였으니까.

전생에 이미 그레이스가 소드 마스터의 반열에 오른다는 것을 알고 있는 카릴이었지만 전생보다 훨씬 더 빠른 성취에 이제는 확실한 타투르의 전력 중 하나가 되었음을 깨달았다.

비단 두 사람뿐만이 아니었다. 홀 안에 있는 사람들은 모두 각자의 무장을 하고 있었다. 궁 안으로 무구를 가지고 들어온다는 것은 제국의 황궁에서는 상상조차 할 수 없는 일이었다. 자신을 위해를 가할 수 있는 자가 없다는 당당함. 다른 이가 한다면 오만으로 보일 수도 있는 일이었지만 이 안에 모여 있는 그 누구도 그런 생각을 가지진 않을 것이다.

오히려 그 당당함이 사람들을 매료시키는 것이었으니까.

"아무것도 하지 않는다."

하지만 그런 두 사람의 감상과 달리 카릴은 심드렁한 표정으로 말했다.

"라니온 연합은 제국 전선에 집결한 뒤 대기를 하도록. 남부의 일은 지금 호명한 자유군으로 마무리 짓도록 한다."

"하오나……."

"조급해하지 마라. 너의 병사들은 훨씬 더 중요한 자리에 쓰여야 하니까."

비올라는 뭔가 아쉬운 표정을 지었지만 이내 수긍한 듯 고개를 끄덕였다.

"비올라. 삼국전쟁 때의 일을 빚이라 생각하지 마라. 내가 너를 도운 것은 당연한 일이었으며 내가 없어도 너는 분명 삼국을 통일했을 테니까. 너의 연합은 나의 힘으로 이뤄진 것이 아니라 너의 통솔로 쟁취한 것이다."

"송구하옵니다."

그녀의 마음을 눈치챈 듯 카릴이 먼저 말했다.

[자신을 증명하고 싶어 안달인 자들이 많군. 뭐, 그건 그것

대로 인복이라 할 수 있겠지.]

알른은 눈을 빛내며 말했다.

[어느 하나 전쟁을 두려워하는 자가 없이 스스로 전장을 나서려 하니 말이야.]

그의 말에 카릴은 옅은 미소를 지었다.

"하시르."

"네. 주군."

"북부의 군사들을 집결시켜 남하할 준비를 하도록 한다. 베스탈 후작령에서 전투가 시작되는 즉시 우리는 북부군과 트윈 아머에 집결해 있는 디곤 일족을 통해 위아래에서 일제히 압박해 들어갈 것이다."

"알겠습니다."

"다시 한번 말하지만 그 시작을 알리는 전투가 앤섬 네 어깨에 달려 있다. 자신 있는가?"

카릴은 확인하듯 앤섬을 바라봤다.

"해협을 건너와 기동이 가능한 소형 골렘의 수는 약 200대입니다. 그들의 전력은 가히 15만의 군사를 상회할 것입니다. 자유군까지 지원해 주셨으니 오히려 넘치는 전력입니다."

"그래?"

"하나 이로써 확신을 가지게 되었습니다."

앤섬은 마치 즐거운 이야기를 혼자만 알고 있는 아이처럼 기쁜 듯 말했다.

"주군의 계획을."

그의 표정처럼 마지막 그 한마디에 모두가 의아한 듯 앤섬을 바라봤다. 다만 카릴만이 옅은 미소를 지었다.

"장관이로군."

"저게 골렘인가. 저 안에 사람이 탄다는 말이지?"

언덕 위에서 내려다보는 5만의 병력과 질서정연하게 집결되어 있는 골렘부대를 바라보며 키누와 베이칸은 나지막하게 감상을 내뱉었다.

베스탈 후작령. 등 기사단이 있는 남부의 국경 지대지만 이곳은 이렇다 할 전투가 벌어진 적이 없었던 곳이다. 평온했던 이곳을 무거운 전운이 감싸기 시작했다.

"저 너머에 제국군이 있다, 이거지?"

두 사람과 달리 카일라 창은 긴장된 듯 떨리는 목소리로 말했다. 그녀는 남부 일대의 마굴 토벌을 도맡아 해왔지만 전쟁의 경험은 거의 전무하다 할 수 있었기 때문이다. 게다가 그 수도 부족간의 전투 따위가 아니었다.

베스탈 후작령을 중심으로 남부엔 자유군이 북부에는 제국군이 대치되어 있는 상황에서 그 수만 무려 20만이었으니까.

자유군이 도착하기 이전에 황후를 처리할 것이라 예상과는 달리 제국군은 베스탈 후작령을 침공하지 않았다. 대군을 앞에 두고 먼저 싸움을 걸 수 없는 상황에서 황후는 제국군과의 대치 이외에 다른 방법을 쓸 수 없었다. 앤섬은 그 형국을 보고 적군의 지휘관인 브랜 가문트가 결코 쉬운 상대가 아님을 직감했다.

"적군 중에 이런 생각을 할 수 있는 자가 있을 줄은 솔직히 몰랐습니다."

언덕 아래를 내려다보던 세 사람은 자신의 왼편에 서 있는 앤섬 하워드를 바라봤다.

"왜 그러십니까. 사령관님."

키누 무카리가 그에게 물었다. 공국 내전에 유일하게 참석을 했었던 그는 다른 둘과 달리 앤섬의 실력에 대해 믿어 의심치 않았다. 그 당시에 비록 적군이었지만 그의 전쟁 능력은 발군이었으니까. 그런 그가 놀랐다는 것은 결코 쉬운 상대가 아님을 의미했다.

"저 진형을 보십시오. 제국군은 후작령의 후위에 배치되어 있는 상태이지 않습니까."

"흐음."

세 사람은 앤섬의 말에 고개를 끄덕였다.

"제국은 무슨 일이 있어도 황후를 손에 넣으려고 할 겁니다. 만약 그들이 황후를 보호하려고 하는 것이라면 쉬운 싸움이 될 수도 있습니다. 하지만 황후의 목숨 따윈 상관하지 않는다면 전쟁이 어려워질 겁니다."

앤섬의 옆에 서 있던 부관은 그의 말에 고개를 끄덕였다. 그는 요만을 공략할 때 세리카를 보좌했던 부관이었다.

"후자라면 베스탈 후작령이 폐허가 되어도 상관없다 여기기 때문이라는 말씀이시군요. 하나 황후를 보호한다는 것은 결국 영토를 보호하면서 싸워야 하는 것이니 말입니다. 그만큼의 걸림돌이 생기는 일이지요."

"맞아. 하지만 여기서 또 하나."

앤섬은 지도 위에 세 개의 말을 내려놓았다.

"반대로 우리가 황후를 취하는 것이 목적이라면 어려운 싸움이 될 수 있다. 하지만 목숨을 배제한다면 쉬운 전쟁이 될 수 있지. 그렇다면 가장 쉬운 전쟁이 될 경우는 어떤 것일까."

부관은 그의 물음에 고민하는 듯, 전방을 바라봤다.

"사령관은 지금 당장에라도 전투가 벌어질 전장에서 스무고개라도 하실 생각이야?"

카일라 창은 앤섬의 말에 고개를 가로저으면서 말했다.

"말씀하신 대로라면 제국이 황후를 보호하고 우리가 황후의 목숨을 신경 쓰지 않아도 되는 상황이겠군요."

"맞아."

부관의 말에 앤섬은 고개를 끄덕였다.

"방책처럼 후작령을 사용하기 위한 포진은 자칫 제국이 황후를 우리와의 전쟁에서 방패막이로 사용하는 것처럼 보이지. 겉으로는 황후의 목숨을 신경 쓰지 않는 것처럼 보이지만 실제로는 아직까지도 회유를 위해 노력하고 있다는 의미일 터. 전자의 가능성을 충족시킨다.”

앤섬은 나머지 세 사람을 바라보며 집게손가락으로 후작령을 가리켰다.

“저들은 연기하고 있는 겁니다. 황후를 지킬 것이니 들어오라고. 아마도 이미 후작령 안에는 함정이 있을 가능성이 높습니다.”

“……!!”

“하지만 적군의 수장이 뛰는 자라면 우리의 주군은 나는 자라고 할 수 있겠지요. 이미 그걸 꿰뚫어 보고 계셨으니까.”

“그게 무슨 뜻입니까?”

“연기하는 것은 제국만이 아니라는 것. 배우는 바로 여러분들입니다. 5만의 군사와 더불어 골렘 부대까지. 실로 충분한 병력, 아니, 과할 정도로 많은 병력을 저희에게 제공해 주셨습니다. 이유가 뭘까요.”

“으음……. 완벽하게 승리를 하라는 의미?”

“비슷합니다. 이 정도라면 누가 보더라도 우리가 황후를 중요한 요소라고 생각하게 만들기에 충분할 테니까요.”

앤섬은 피식 웃었다.

“하지만 주군께서 황후를 중히 여기실까요. 아닙니다.”

“황후의 세 치 혀를 이용해서 승리하기보다 전력으로 승리를 쟁취하실 분이시니까.”

베이칸의 말에 앤섬은 고개를 끄덕였다.

"하지만 제국은 그것을 알지 못할 터. 우리의 병력을 보고 반대로 황후를 이용해서 우리를 잡으려 할 겁니다."

"그럼 어찌 하는 것이 좋습니까?"

"아무것도. 싸울 필요 없습니다."

"그게 무슨……?"

"이곳에 와서 확신했습니다. 주군께서 왜 이리 많은 병력을 주었는지. 우리가 해야 할 일은 그저 황후와 후작령을 보호하기 위해 나온 것처럼 보이기만 하면 되는 겁니다."

그의 말이 이해가 가지 않는다는 듯 세 사람은 살짝 고개를 갸웃거렸다.

'놀랍지 않을 수 없구나. 라니온 연합을 왜 타투르에 그냥 두신 것인지 알겠군. 주군은 그들을 쓸 생각이었어'

하지만 앤섬은 연신 얼굴에 미소를 지었다.

"제국은 황후 하나에 정신이 팔려 있겠지만 주군은 이미 대국에 집중하고 계셨습니다."

그는 나지막하게 말했다.

"어느 누가 상상이나 했겠습니까. 10만의 전력이 고작 미끼였음을."

그 순간 모두의 눈이 커졌다.

어스름이 펼쳐진 새벽. 풀숲 사이로 검은 인영들이 숨어 있었다. 발걸음 소리마저 죽인 채 은밀하게 이동하고 있는 무리의 선두에 서 있던 한 소년.

"준비는?"

"모두 끝났습니다. 아마도 적은 저희가 이곳으로 올 것이라고는 예상하지 못한 듯싶습니다."

보고에 소년은 고개를 끄덕였다.

"저 성입니까? 트윈 아머 이후 포나인의 수왕을 견제하기 위해서 쌓은 방어성이."

"맞아."

[크르르르르…….]

낮은 으르렁거림이 들렸다.

"쉬. 쉬. 조용. 오랜만에 보니 살의(殺意)가 짙어지는 거냐. 하지만 조금 더 기다려."

소년의 앞에 흐르는 강물. 언제나 거세게 흐르던 물살마저 조용해진 밤 그 안에는 거대한 눈이 끔뻑거렸다. 누군가에게는 그저 공포스러운 괴수의 으르렁거림으로 들릴지 모르지만 그는 달랐다. 그저 주인에게 애교를 부리는 동물을 보는 것처럼 거대한 씨 써펀트의 이마를 툭툭 두들기는 사람은 다름 아닌 카릴이었다.

그리고 그의 뒤에 번뜩이는 수많은 병장기가 보였다.

"날뛸 시간을 줄 테니 말야."

카릴은 수왕의 머리 위에 걸터앉아서는 팔짱을 낀 채 저 멀리 솟아 있는 성을 바라봤다.

'황후? 그따위야 목을 가져가든 살려 데리고 가든 올리번 네 마음대로 해.'

그는 나지막한 목소리로 중얼거렸다.

"하나 전장(戰場)은 내가 정한다."

"좋아. 교대다."

새벽 4시가 되자 성벽 위에 서 있는 병사들은 기다렸던 교대 시간이 되자 피곤한 기색으로 새로이 올라오는 병사들을 향해 말했다.

"본국에서 군사들이 출진했다면서?"

"이미 10만의 병사가 남부로 내려갔다던데. 정말로 전쟁이 터지긴 했나 봐."

"다행이지. 그래도 여기서 전투가 벌어지진 않을 테니까. 이 곳에 배치를 받은 건 천운이라구. 안 그래?"

병사들은 성벽을 내려가면서 이야기를 나누었다.

"포 나인의 괴물 덕분이지 뭐. 트윈 아머에서 그런 난리를 치르고 난 뒤에 폐하께서 가장 먼저 한 일이 강가에 성을 세우는 일이었잖은가."

"뭐, 덕분에 우리는 편해졌지만 말이야. 성을 세우고 난 뒤에 오히려 강가의 몬스터까지 사라졌잖아. 처음에는 변방으로 배치되는 건 줄 알고 얼마나 싫었는데. 본국에 있었으면 지금 전쟁에 끌려나갔을걸."

"그런데 말이 돼? 수왕이 정말로 인간의 말을 따른다는 것이 말이야."

"틀리든 아니든 그게 중요한 게 아니지. 우리는 그저 보초나 잘 서면 되는 거야."

"하긴, 그 말이 맞군. 어서 돌아가서 잠이나 실컷 자야겠어. 전쟁이다 뭐다 우리랑은 상관도 없는 일 같은데 덩달아 보초의 수를 늘려서 난리로구만. 가뜩이나 인원도 부족한데 말이지."

병사들은 피곤한 기색으로 계단을 내려왔다.

"그러게 말일세. 가는 길에 시원하게 한잔하고 들어갈까? 어때?"

대답이 없었다. 조금 전까지만 하더라도 옆에서 함께 성벽 계단을 걸어 내려가고 있던 동료의 목소리가 들리지 않자 병사는 귀찮은 듯 손을 저었다.

"거, 사람 보게. 물었으면 대답을……."

툭-

뭔가 바닥으로 떨어지는 소리. 그와 동시에 떨어진 물건은 퉁퉁거리며 계단을 튕겨 굴러떨어졌다. 투구였다.

병사가 황급히 고개를 돌린 순간 날카로운 검날이 그의 목에 겨눠졌다.

"엇."

짧고 굵은 한 마디. 하지만 어둠 속에서 자신을 바라보는 눈빛 한 방에 병사는 오금이 저리는 기분이었다.

"······누, 누구······ 읍!"

병사의 외침은 거기까지였다. 손으로 입이 가려진 채 그대로 복부를 찌르고 들어오는 날카로운 검날.

일체의 반항 따위는 용납되지 않았다. 쓰러지는 병사는 어느새 찾아온 기습인지 알 수 없다는 듯 그저 의아함과 놀람 속에서 몸을 부르르 떨 뿐이었다.

"쉽군."

나지막하게 들려오는 감상.

"숫자는?"

"성을 지키는 병사는 1만. 하지만 기사는 없습니다. 마법사도 기껏해야 하급뿐인 것으로 저희들의 침입을 알아차린 상황은 절대 아닐 겁니다."

"정리하는 데 얼마나 걸리겠나."

"곧 끝납니다."

그레이스는 병사의 시체에 박힌 검을 뽑으면서 말했다.

"검은 눈 일족이 침입 즉시 주요 수뇌부들을 모두 암살했습니다. 지휘관을 잃은 적군이야 위험이 되지 못하죠."

순식간에 계단 아래에 있던 병사 수십 명의 목숨을 취한 그들은 위를 바라봤다.

"하나······ 이 정도로 훌륭하게 만들어진 성인데 지키는 병사의 질은 극히 떨어지는 것이 이상하군. 짐작하건대 아마도 이 성은 눈속임이었던 건가."

"그러게 말입니다. 성의 외관과 달리 수비 병력도 무척이나 적습니다. 어쩐 일일까요."

그레이스의 옆에 서 있던 비올라 역시 다른 이들과 마찬가지로 고개를 들어 위를 바라봤다. 자신들의 의문에 답을 줄 사람이 그곳에 있었기 때문이다.

"그래. 지금까지는 그러했겠지."

펄럭-

성벽에 기대어 있는 카릴의 망토가 가볍게 흔들렸다.

"병력도 얼마 두지 않은 이 성을 왜 이렇게 거창하게 만들었을까. 누가 그 이유를 말해보겠나."

적의 성안임에도 불구하고 그는 마치 전쟁의 전술을 가르치는 것처럼 여유로운 모습이었다.

"포나인의 수왕 때문이 아닐까요. 트윈 아머에서 대패를 한 이후에 이 성이 세워진 것으로 알고 있습니다."

가장 먼저 대답을 한 것은 하시르였다.

"맞아. 그 이유 때문이지. 겉으로 보기엔 말이야. 하지만 단순히 방어를 위해서 라고만 생각해?"

"교두보로 삼고자 하여 만들어졌습니다."

이어서 들려오는 대답의 모두가 뒤를 바라봤다. 은빛 세검이 횃불에 번뜩였다. 비올라였다.

"교두보라……. 이유를 설명해 봐."

"이 성이 만들어진 것은 하시르 님의 말대로 트윈 아머전(戰) 이후입니다. 포나인 강의 수왕을 경계하고자 하는 목적은 이 성을 세우기 아주 좋은 이유가 됩니다. 하지만 그건 주군께서 말씀하신 것처럼 겉치레일 뿐. 그보다 더 중요한 것은 포나인 강은 무사히 건너기 위함이겠죠."

"강을 건넌다, 라……."

카릴이 비올라를 바라봤다.

그녀는 주위를 훑으며 말을 이었다.

"올리번은 황후를 핑계로 베스탈 후작령을 새로운 요충지로 삼기 위해 그곳으로 군사를 보냈습니다. 우리의 이목을 집중시키기 위함이지요. 당연한 일이지만 남부를 통하여 타투르로 진격할 수 있는 것을 생각하면 후작령은 공격의 요충지가 될 수 있습니다."

그녀의 말대로 후작령은 남부의 국경지대였다. 그곳에 군사가 집중된다면 카릴 역시 그곳을 보안할 수밖에 없었다.

"모두가 알고 있는 사실 아닙니까? 제국이 후작령을 교두보로 남부를 통해 타투르로 진격하려는 속셈이라는 것."

하시르는 비올라의 의견에 살짝 고개를 갸웃거리며 카릴을 바라봤다.

"계속해 봐."

"단순한 수 싸움이라면 그렇겠지만 제국은 남부를 노리지 않을 겁니다."

"노림수가 따로 있다는 말씀이시군요."

"베스탈 후작령은 서로를 낚기 위한 미끼를 푼 장소일 뿐. 진짜 교두보는 바로 이 성이기 때문입니다. 이목을 돌려놓고 우리의 뒤를 치기 위한 거점으로 삼기 위해 이런 거대한 성을 만들어놓은 것입니다. 그것도 미리 말이죠. 제국은 저희와의 전쟁을 준비하고 있었던 모양입니다."

카릴의 물음에 비올라는 옅은 미소를 지었다.

"맞아. 녀석들은 트윈 아머의 패배 이후 겁을 먹은 척 성을 쌓아 올리고 발길을 끊은 척 속여 왔던 것이지."

그토록 오랜 시간을. 차곡차곡 올리번은 연기를 해왔던 것이다. 앤섬조차도 카릴의 말이 아니었다면 예측하지 못했을 일이었을 것이다.

"하지만 제국이 간과한 사실이 있습니다."

비올라는 목소리에 힘을 주었다.

"우리가 마도 범선을 이용할 수 있을 것이군요. 이미 골렘을 포함한 마도공학병기들이 해협을 건넜다는 것을요."

하시르는 이번엔 알아차렸다는 듯 말했다.

"맞습니다."

"그로 인해 벌게 된 시간을 통해 녀석들보다 먼저 이곳에 도착할 수 있었다는 것까지."

"수 싸움에서 서로 주고받았다고 할 수 있겠지만 결과적으로 골렘 부대를 사용할 수 있는 저희가 영지전에서 한 발 더 먼저 앞서간다 할 수 있겠지요."

하시르는 두 사람의 말에 심장이 두근거렸다.

"10만이라는 병력을 투자하면서 후작령을 미끼로 삼는 대담한 계획이라니……. 설마 브랜 가문트라는 자의 머리에서 나온 것일까요."

"글쎄. 아직 미흡할지 모르지만 그는 전술 대가의 자질을 가진 자이지. 확실히 얕볼 수 없는 인물이지만……. 브랜은 그럴 위인이 아냐. 솔직히 말해서 이번 전쟁에서 내가 판도를 보는 변수에서 그는 포함되지 않거든."

그의 전투는 뒷공작 따위는 하지 않는다. 특히나 이런 오랜 시간을 걸친 계획은 그와는 맞지 않았다.

'하지만 이런 얄팍한 수에 능한 자가 있지.'

카릴은 쓴웃음을 지었다.

"으흠……. 그럼 어찌 그리 생각하십니까?"

"티렌. 티렌 맥거번."

전생에 그는 제국의 재상의 자리에 올랐다. 그만한 자질을 가진 자였지만 단순히 뛰어난 내정 능력 때문만이 아니었다.

'티렌이 그 위치에 올랐을 때는 공국과 삼국을 정리하는 시점과 더불어 신탁까지 내려진 상황. 즉 전시(戰時)였다.'

그를 돋보이게 만든 것은 전쟁이 아니라 책략. 멀리 내다볼 수 있는 그의 눈은 이따금 이런 식으로 빛을 발한다.

"그렇기 때문에……."

카릴은 성벽 아래를 내려다보았다.

"후작령에 집결된 군사의 수를 가늠하겠지. 골렘과 함께 10만에 가까운 전력을 보냈으니, 이제 우리의 뒤를 치기 위해 포나인 강을 건너려 할 것이다."

두드드드드드……

그때였다. 저 멀리 피어오르는 먼지구름을 바라보며 카릴은 뒤를 돌아보며 말했다.

"내 말이 맞지?"

그 광경에 부하들은 감탄을 금치 못했다.

"적군 확인! 흑 기사단으로 판명됩니다! 마법 병단 약 200명을 포함하여 15만으로 추정된다 하옵니다!!"

이미 숲에서 매복하고 있었던 병사들로 인해 보고는 순식간에 이뤄졌다.

"황도 방위를 위한 흑 기사단을 가장 먼저 이곳으로 배치시키다니. 제법 무게를 줄 심산이로군."

카릴은 고개를 끄덕였다.

"비올라. 흑 기사단의 단장인 카이신은 오랫동안 황도의 수비를 맡아 왔던 기사다. 그만큼 수성 능력이 뛰어나지."

"하나 성은 이미 저희들의 손안에 있습니다. 그의 장점은 무용지물일 겁니다."

"그래. 넌 언제나 네 힘을 증명하고자 했으니 이번에 기회를 주도록 하겠다."

카릴은 더 이상의 설명이 필요 없음을 알았다.

"늑여우 부족을 이곳에 두겠다. 하시르와 함께 이곳에서 흑기사단을 멸살하라. 이곳을 완벽하게 점령하여 제국으로의 통로로 삼을 것이다."

"그리하도록 하겠습니다."

"그럼 네게 지휘를 맡기지. 놈들을 맞이하라."

"네."

비올라는 카릴의 말에 허리를 숙이며 대답했다.

"그럼 주군께서는……?"

"후작령과 이 성으로 서로 한 수씩 주고받았지만 전쟁은 지금부터다. 이곳이 점령됐다는 것을 알고 나면 북부 국경지대를 비롯해서 키웰 해안, 라브탄 협곡, 교단이 있는 헤임의 깊은 숲까지. 산발적으로 전투가 벌어지겠지."

하시르의 물음에 카릴이 말했다.

"하지만 아직 본 부대가 움직인 것은 아니다. 산발적인 전쟁의 피해는 결국 기껏해야 수만. 100만이라는 대군을 보유한 두 세력에겐 옅은 상처에 불과하지. 결국은 본 부대가 서로 부딪혀야 끝나는 전쟁이라는 말이다."

그의 말에 모두가 고개를 끄덕였다.

"100만 대군……."

"서로의 주공(主攻)이 격돌해야 끝이 나겠군요. 지금 이 전쟁들은 결국 전야제에 불과하니까요."

그의 한마디에 부하들은 지금 자신을 향해 적군이 오고 있음에도 불구하고 심장이 쿵쾅거렸다.

"……라고 생각하겠지. 모두가."

"네?"

카릴은 반문하는 그들을 바라보며 하늘을 가리켰다.

"다녀오겠다. 제국을 흔들러."

[베스탈 후작령에서 제국군 10만과 자유군 5만 격돌! 전(前) 공국의 골렘부대가 자유군을 지원하고 있는 상황이라 현재 전선은 호각을 다투고 있습니다! 황후의 생존 여부는 확인 불가. 후작령의 절반이 폐허가 된 상태라 합니다.]

통신구를 통해 다급한 목소리가 들렸다.

[포나인 강 상류에 위치한 방어성이 자유군에 의해 함락되었다고 합니다. 현재 흑 기사단의 카이신 부대와 대치 중!]

[마론 협곡 보고! 화린이 이끄는 잔나비 부족 예하 이민족 부대들이 7만이 협곡으로 남하 중. 녹기사단의 잔류 병력과 합쳐 새로이 편성된 캄 그레이 경의 려 기사단이 거점을 완성하여 수비 중이라고 합니다.]

통신을 집중하고 있던 마법사들이 하나둘 들려오는 보고에 떨리는 눈으로 위를 바라봤다.

[키웰 해안에서 제국군 2, 3, 7함대와 자유군의 함대가 접전 중이라 합니다! 5함대를 침몰시킨 마도 범선은 전선을 이탈하여 남부로 이동 중!]

쏟아지는 보고들. 대륙 전역에서 일어나는 각각의 전투 소식이 실시간으로 전달되고 있었다. 거대한 마경(魔鏡)에서는 지금 일어나고 있는 전투가 상세히 보여지고 있었다.

연신 들려오는 폭음. 수만의 군세가 서로 뒤엉키며 싸우는 전쟁을 바라보며 올리번은 나지막하게 말했다.

"방어성을 빼앗긴 것이 뼈아픈 실수로군. 베스탈 후작령을 미끼로 삼았는데 아무래도 낚이지 않은 모양이야."

"그런 듯싶습니다."

"자넨 어찌 생각하는가. 내 연기가 부족했던 걸까?"

올리번의 말에 그의 옆에 서 있던 티렌은 옅은 미소를 지으며 대답했다.

"폐하께서는 충분히 훌륭하셨습니다. 그저 적도 전국을 보는 눈을 가진 것이겠지요. 공국과 이스트리아 삼국을 손안에 넣은 자입니다. 만만히 볼 수 있는 상대가 아니지요."

"골치 아프게 되었군. 적을 속이기 위해서는 아군부터 속이라는 말처럼 황후가 있는 베스탈 후작령에 10만의 군사를 보내면서 무게를 잔뜩 주었는데 말이지."

어쩐지 올리번은 방어성이 함락되었다는 소식을 들으면서

도 썩 즐거운 표정을 지었다.

"대신들은 잘도 속였는데 그만한 병력을 투자한 것 치고는 대국에 큰 의미를 주지 못하는 장소가 되어버렸어."

하지만 그와는 달리 올리번의 말을 듣던 티렌은 마음에 들지 않는다는 표정이었다.

"외람되오나 현재 타투르 자유국과 저희의 권세는 호각이라 할 수 있습니다. 후작령에 그들 역시 비슷한 군사를 투입했습니다. 너무 심려치 마십시오."

티렌은 홀의 중앙에 있는 지도를 움직이면서 말했다.

"하나 전선을 수정할 필요가 있겠습니다. 수성(守城)을 목적으로 혹 기사단의 카이신 경을 보낸 것이 방어성의 탈환을 생각한다면 좋은 상황은 아니라 생각됩니다. 카이신 경은 뛰어난 기사지만 공략에는 어울리지 않으니까요. 그들은 철수하는 것이 나을 듯싶습니다."

"방어성을 포기하자는 말인가? 그곳은 황도와 직결되어 있는 곳이야. 우리가 당할 수 있다는 말이지."

"걱정 마십시오. 그들은 방어성에서 나오지 않을 겁니다. 아니, 못 나올 겁니다."

"흐음?"

올리번이 답을 요구하듯 티렌을 바라봤다.

"산발적인 전투는 결국 판 위에 여러 개의 말을 뿌려 놓은 것과 똑같은 상황입니다. 피해는 있지만 그 강도는 미약하고 결국 전황에 큰 영향을 줄 순 없습니다."

"글쎄. 그렇게 쉽게 생각하다가는 가랑비에 옷 젖는 줄 모르고 야금야금 경계가 허물어질 수도 있어."

"적군의 눈을 돌리기 위한 후작령전이 비록 실패하였으나 피해는 서로 비슷합니다. 다른 전선 역시 마찬가지구요. 예외가 있다면 키웰 해안이나……. 그는 새로운 지원군이 합류한다면 해결될 것입니다."

"그럼 자네의 생각은?"

"진격하지 못하도록 그들의 눈을 돌리게 만들면 됩니다."

"전면전(全面戰)."

티렌의 말에 올리번은 나지막하게 대답했다.

"네. 대화(大火) 앞에 작은 불씨들은 결국 먹힐 뿐입니다."

"큰불을 일으켜야 한다는 말이로군."

"결국 승패를 가르기 위해서는 서로의 주공(主攻)을 무너뜨려야 하니까요."

"그렇다고 하는군요. 자르반트 경."

올리번은 앞을 바라봤다. 태양홀에 있는 황좌 아래에 붉은 갑옷을 입은 노기사가 무릎을 꿇은 채로 그를 바라봤다.

"그 불길을 내는 선착(先着)을 경께서 해주셔야 할 것 같습니다."

"신(臣) 자르반트. 명을 따르겠습니다."

"힘든 전투가 될 겁니다. 모든 게임은 결국 왕을 잡으면 끝나지만 이번 싸움에선 왕이 가장 강한 적이니까요."

"쓸모없는 늙은 육신을 폐하를 위해 쓸 기회를 주신 것만으로도 감사히 여길 따름입니다."

올리번은 황자 시절부터 자신을 따랐던 충신의 호기로운 대답에 고개를 천천히 끄덕였다.

"자르반트 경의 선발대는 본국의 군사들이 집결할 수 있는 발판을 만드는 역할입니다. 100만이라는 대군이 서로 맞붙을 수 있는 장소는 세 곳. 황도의 앞마당과 포나인을 끼고 있는 트윈 아머. 그리고 마지막으로 남부의 대초원입니다."

티렌은 지도 위에 세 개의 말을 내려놓았다.

"경께서는 지금부터 군을 이끌고 이 세 곳을 흔들어놓으셔야 합니다. 통신구를 이용해서 전략을 지시하겠으나 상황은 언제나 시시때때로 변하는 법. 경의 오랜 경험을 믿고 의지해야 할 수도 있습니다."

"걱정 마십시오. 난전(亂戰)이라면 자신 있습니다. 누구보다 오랫동안 전장에서 굴러먹었던 자이옵니다. 비록 노장이나 이 한 몸 바쳐 적군의 눈을 돌리도록 하겠습니다."

적(赤)기사단의 기사단장인 자르반트 레다크는 노년이 무색할 만큼 강대한 기운을 내뿜었다. 투구를 쥐고 있는 두꺼운 팔 근육이 꿈틀거렸다.

"제국의 50만 본대가 출진하였을 때, 세 곳의 진형에 모두 제국의 깃발이 휘날리고 있을 것입니다."

올리번은 그의 대답에 옅은 미소를 지었다.

"한 몸을 바칠 필요까진 없네. 부디 살아서 나를 맞이해 주길 바라지. 여봐라. 그것을 가지고 오거라."

올리번이 명하자 병사들이 황금으로 단단히 봉인된 커다란 상자를 짊어지고 왔다.

"이것은?"

"얼마 전 구한 것일세. 아마 제국의 기사 중에 자네에게 가장 잘 어울릴 것 같다는 생각이 드는군."

탈칵-

상자의 뚜껑을 여는 순간 자르반트는 황송하다는 얼굴로 올리번을 바라봤다.

"이…… 이건."

화르르르륵-!!

상자 안쪽에서 뜨거운 열기가 솟구쳐 나왔다.

"들어보게."

노기사인 자르반트는 마치 기사 서약을 받던 어린 시절로 돌아간 듯한 긴장 가득한 표정으로 상자 안에 들어 있는 물건을 쥐었다. 보호 마법이 걸린 건틀렛을 끼고 있음에도 불구하고 열기를 이기지 못하고 연기가 피어올랐다.

"오오……."

"저게 소문만 무성했던 무구인가!!"

"실로 대단하구나."

대신들은 홀 안을 가득 채우는 뜨거운 마력에 자신도 모르게 감탄하고 말았다.

불의 힘이 봉인되어 있는 차크람, 불타는 징벌(Flame Punish).

"레드 드래곤의 레어인 퓌톤의 둥지에서 찾아낸 것이지. 리세리아의 후예이자 현존하는 유일한 염룡이야. 그의 피를 차크람에 담았으니 역사에 기록되었던 시절보다 더 강력할 걸세."

"……이걸 제게 주시는 겁니까. 폐하."

"대신 내게 승리를 가져다줄 것이라 믿네."

"화, 황공하옵니다. 신(臣), 명을 완수하겠습니다!!"

자르반트의 외침과 함께 불타는 징벌의 열기가 더욱더 뜨겁게 타올랐다.

"흡……!!"

적기사단을 상징하는 건틀렛의 붉은 안료가 열기를 이기지 못하고 녹아내렸다. 하지만 그는 호기롭게 오히려 무구의 손잡이를 더욱 꽉 잡았다. 흘러내린 안료가 굳으면서 마치 차크람과 자르반트의 건틀렛이 하나로 연결된 것 같은 착각을 불러일으켰다.

"출정 준비를 하라!!"

올리번은 자르반트의 어깨 위에 자신의 검을 가볍게 내려 두었다 떼면서 소리쳤다.

와아아아아아아-!! 와아아아아-!!

마경을 통해 보이는 바깥의 병사들의 함성이 황도를 흔들었다. 30만이라는 대군이 집결되어 있는 앞마당엔 뜨거운 전의

가 불타기 시작했다. 올리번은 천천히 고개를 끄덕였다.

"블레이더의 무구를 제때 찾을 수 있어서 다행이었습니다. 이로써 다섯 개 중에 3개가 저희 쪽에 있는 것이겠죠."

"그렇지. 무한의 숨결(Infinite Breath)은 계획대로 궁정마법사 인 카딘 경에게 내리는 것이 좋겠지. 제국 내에서 그가 유일하 게 그 무구를 다룰 수 있는 자이니까."

"그렇게 하도록 하겠습니다."

대군의 출정식 이후 올리번은 자신의 방으로 돌아와 피곤 한 듯 따뜻한 차로 목을 축였다.

"며칠 동안 밤을 새운 듯싶은데. 조금은 쉬는 게 좋아. 인간 의 몸은 휴식이 필요하니까."

"알고 있습니다. 하지만 지금은 전시(戰時)입니다. 그것도 제 가 황위에 오르고 난 뒤 처음이자……."

올리번은 목이 탈 것처럼 뜨거운 찻물이 식도를 타고 내려 가는 고통을 마치 일부러 감내하는 것처럼 꿀꺽 삼켰다.

"마지막이 될 전쟁 말이죠. 닐 블랑 경."

"고집은……."

"제국에는 아직도 50만의 군사가 더 집결 중입니다. 그리고 그들 역시 저를 믿고 전투에 임할 테지요. 그들에 비한다면 며칠 밤을 새운 것 따윈 아무런 고통도 되지 않습니다."

그는 찻잔을 들어 보였다.

"지금 이걸 삼키는 것이 더 고통스러운 정도니까요."

"내게 언령(言靈)을 쓰려 하지 말거라."

가만히 듣던 닐 블랑은 단조로운 목소리로 말했다.

"언령이라니요. 태생적으로 갖게 된 힘이니……. 제가 조절할 수 있는 것이 아닙니다."

"네 생각에 동조하나 네 생각을 따르는 것과는 다르니까."

닐 블랑의 말에 올리번은 쓴웃음을 지었다.

그의 뒤에는 세 사람이 더 있었다. 짧게 자른 붉은 머리카락을 세운 남자의 손등에는 칼로 벤 듯한 흉터가 있었고, 녹빛의 긴 머리칼을 질끈 묶은 여인은 차분한 얼굴이었다.

마지막으로 짙은 황금색 눈동자를 가진 중년의 남자는 온화한 미소로 올리번을 향해 가볍게 인사했다.

"덕분에 쉽게 불타는 징벌을 얻을 수 있었습니다."

"그저 보관을 하고 있었을 뿐. 어차피 내가 관심을 가지던 물건이 아니었으니 상관없네. 무구의 성능이 격차를 조금은 메꿀 수 있을지 궁금하지만."

붉은 머리의 남자가 말했다.

"쉽지는 않겠지만 자르반트 경은 소드 마스터의 반열에 올랐다고 봐도 무방할 정도의 실력자입니다. 그가 블레이더의 무구를 잘 다룰 수 있을 거라 믿습니다."

"부디 그러면 좋겠군."

"닐 블랑 경의 부탁으로 나왔지만 사실 이 전쟁에 저희들이 참여하는 것은 규율에 위배 됩니다."

딱딱한 태도의 붉은 머리 남자와는 달리 중년의 남자는 차분한 어조로 들고 있던 상자를 내려놓으면서 말했다.

"아마도 저희들이 관여할 수 있는 것은 이 정도겠지요."

그는 상자의 잠금쇠를 풀어 뚜껑을 열었다.

"블레이더의 다섯 번째 무구인 쌍검, 뇌격(雷擊)과 뇌전(雷電)입니다."

"이것이로군요. 찾고자 하였으나 소문의 흔적조차 찾을 수 없었던 물건인데……."

"그럴 수밖에요. 이 검은 조금 특별합니다. 다른 무구들은 마도 시대에 만들어졌으나 이 두 자루는 새로이 만들어진 것이니까요. 마도 시대의 블레이더가 만든 무구는 봉인의 매개체로 사용되었기 때문입니다."

"봉인이라 함은……?"

"번개의 정령왕이 우레군주 쿤겐의 힘이 담겨 있습니다."

올리번은 그 말에 떨리는 눈으로 바라봤다.

"다른 속성과 달리 번개의 힘은 특별합니다. 아니, 특이하다고 해야 할까요. 그리하여 직접 보관을 하고 있었습니다."

"그것을 제게 내어주시다니. 큰 결심을 하신 것이군요."

"닐 블랑 경께서 부탁하신 일이니까요."

"세 분께서 함께하신다면 제국 전쟁의 판도가 쉽사리 저희 쪽으로 넘어올 텐데 말입니다."

올리번은 뚜껑을 조심스럽게 닫고서 아쉬운 듯 말했다.

"규율에 위배가 되지 않는다면……. 고려해 보도록 하겠습니다만 닐 블랑 경께서 계시는데 저희들이 굳이 함께할 필요까지 있겠습니까. 이미 결말은 정해진 것이지 않습니까."

남자는 옅은 미소를 지었다.

그때였다.

"교, 교도 용병단에서 급보입니다!!"

문밖에서 들리는 소리.

"무슨 일이냐."

온화한 미소를 비웃기라도 하는 듯 갑작스러운 병사의 보고에 전황은 급변했다.

"북부 상공을 날고 있던 비공정이 피격당했다고 합니다!!"

단 한 사람으로 인해서 말이다.

▶**Chapter 2**◀

　우우우우웅…….

　북부를 통과하는 비공정의 엔진 소리가 상황실 안쪽에 잔
잔하게 들렸다. 상황실 안에서는 수십 명의 용병이 바삐 움직
이고 있었다. 가장 위층에는 비공정을 운전하는 속성석이 박
힌 조종관을 잡은 기술자들이 있었고 용병단의 마법사들이
수십 개의 마경을 운용하고 있었다.

　[콰아앙……!! 콰강!!]

　시전된 마경 안으로 번쩍이는 폭음과 화염 그리고 처절하게
응전하는 병사들의 모습이 보였다.

　츠웃-

　손짓을 하자 요란한 소리를 울리던 마경들이 음소거가 되
고 화면만이 흘러나왔다.

"난리도 아니군요. 양측 전선에 투입된 수만 이미 30만입니다. 이 정도 규모의 전투는 역사에서도 쉽게 찾을 수 없겠군요. 이제 곧 제국의 30만 대군이 출정한다고 합니다. 거기서 그치는 것이 아닌 이후 본대인 50만이 준비 중이구요."

전투를 바라보며 제이건은 나지막한 감상을 뱉어냈다.

"제국은 전력을 다해 타투르를 칠 작정이네요. 과연 타투르가 제국을 막을 수 있겠습니까?"

그러고는 의견을 구하듯 고든 파비안을 바라봤다.

"30만이라……. 아직 30만밖에 격돌하지 않았을 뿐이지. 대륙이 혼란스럽겠군. 오랜만에 피를 잔뜩 머금겠어."

"그 중심에 저희도 있지 않습니까."

제이건은 고든의 말에 쓴웃음을 지었다. 비공정의 시동 소리가 마치 그의 말에 대답하듯 으르렁거리며 울었다.

"역사가 바뀔 겁니다. 참으로 어려운 결단을 하셨습니다. 교도 용병단의 입지를 확고히 굳힐 기회니까요."

"과연 그럴까."

"……네?"

"네 녀석이나 그렇게 생각하겠지. 제국이 패할 수도 있다는 생각을 해보진 않았나? 뭐, 너는 예전부터 제국을 흠모하고 있었으니까. 용병 주제에 귀족이라도 되고 싶은 거냐."

"그, 그게 무슨……."

부단장인 제이건은 고든의 직설적인 말에 당황스러운 듯 말을 얼버무렸다.

"뭐, 운이 좋다면 이번 기회에 올리번이 자리 하나를 내어 줄 수도 있겠지. 내가 죽거나 하면 더 가능성이 있겠군."

"이상한 소리 하지 마십시오."

제이건은 그의 말에 살짝 굳은 얼굴로 대답했다.

"부정하진 않겠습니다. 제국인이 되고 싶은 것은 제 개인적인 희망입니다만 그 이전에 저 역시 교도용병단의 일원입니다. 단장의 죽음을 바란 적은 없습니다. 전쟁에서 희생되는 그런 바보 같은 짓은 제 쪽에서 거절입니다."

"클클……. 자연사였으면 네 마음대로 했겠다?"

제이건은 어깨를 으쓱했다.

"천명(天命)를 누리고 가시면야 누가 뭐랍니까. 그리고 밑에 녀석들을 먹여 살려야 하지 않겠습니까. 그때가 되면 제가 가장 잘하는 방법으로 부하들을 지켰겠죠."

"그래. 한결같이 싸가지가 없다니까. 네놈은."

고든은 창밖을 바라보며 말했다.

"하지만 그게 널 부단장에 앉힌 이유기도 하지. 내가 좋아하는 점이거든."

"칭찬으로 듣겠습니다만……. 단장이 절 좋아하시는 건 좀 그러네요."

"클클. 미친놈."

서로가 다른 방법을 가지고 있지만 이상(理想)은 같았다. 고든과 제이건은 잠시 침묵을 가졌지만 서로의 생각을 충분히 알아차렸다.

"아직도 마음에 담아두신 겁니까. 선황이 있을 때 제가 비밀리에 제국을 도왔던 것에 대해서 말입니까."

제이건은 살짝 입술을 삐쭉거리며 말했다.

"저 역시 아무런 이유 없이 제국에 손을 들어준 것은 아닙니다. 단장님께서도 보셨지 않습니까. 제국의 결정적인 카드 말입니다. 드래곤입니다. 아무리 카릴 그자가 대단해도 드래곤을 이길 순 없을 겁니다."

"네 녀석을 원망한 적 없다. 어차피 못 참고 반항이나 반란을 일으켰다면 내 손에 죽었을 테니까."

"그도 그렇네요."

실없는 소리인 줄 알지만 두 사람은 마치 긴장을 떨치기 위해 일부러 농담을 주고받는 것 같았다.

[보고드립니다!! 전방에 생명체 포착!]

"생명체라니? 대륙에서 이 정도 고도를 날 수 있는 것은 우리뿐인데."

제이건은 통신구에 손을 얹으며 신경질적으로 물었다.

[붉은 비늘……!! 드레이크입니다!!]

"올 게 왔군."

고든은 기다렸다는 듯 천천히 자리에서 일어섰다. 일부러 농담을 주고받았던 이유가 이 때문이었다는 것을 알고 있는 제이건은 사실이 아니길 바랐던 현실이 다가오자 살짝 입술을 깨물었다.

"어디 가십니까?"

"알면서 묻는 게냐. 녀석을 맞이해야지. 가만히 있다가는 비공정을 두 동강 내버릴지도 모르거든. 나야 상관없다만 네 녀석들은 여기서 떨어지면 살아남을 수 없잖아. 네 녀석이 말했던 것처럼 나도 내가 잘하는 방법으로 네놈들을 지켜야지. 적어도 아직 단장은 나니까."

아래를 가리키며 아무렇지 않게 말하는 고든의 모습에 제이건은 마른침을 꿀꺽 삼켰다.

꽈득-

제이건이 주먹을 쥐었다.

"모두 준비!! 각자 위치로!! 비공정의 천장을 열 것이다!! 하나도 빠짐없이 벨트를 동여매라. 날아가는 순간 끝이다!"

고든을 바라보던 제이건이 외쳤다. 명령이 떨어지자 조종실에 있던 용병들이 일사불란하게 움직이기 시작했다.

크그그그그……

그와 동시에 천장의 돔이 열리면서 고도의 강풍이 몰아치기 시작했다.

"모우터를."

당장에라도 쓸려 버릴 것 같은 폭풍 속에서도 고든은 아무렇지 않게 곧게 서서 손을 뻗었다.

철컥-! 지이이잉……!

조금 전까지 그가 앉아 있던 의자가 회전하면서 아래로 내려감과 동시에 그 자리에 유리관 안에 들어 있는 거대한 베틀해머가 바닥에서 올라왔다.

"흐음."

고든은 어깨 위로 해머를 짊어지고는 그대로 바닥을 밟고 천장으로 뛰어올랐다.

콰아아아아앙-!!

그와 동시에 들리는 강렬한 폭음.

"우아아악……!!"

"꽉 잡아!!"

비공정이 휘청거렸다.

"단장께서 밖으로 나가셨다! 당장 문 닫아!!"

제이건은 중심을 잡기 위해 있는 힘껏 조종관을 부여잡으며 소리쳤다.

"고도를 최대한 유지한다! 비공정 방위 실드 최대로 전개!! 시동석의 코어 최대 한도까지 실드를 유지한다!"

"하나……. 그렇게 되면 목적지에 도달하기 전에 비공정의 코어가 모두 소진될 겁니다."

"우리 머리 위에서 소드 마스터끼리 한판 붙겠다는 상황이다. 비공정이 부서지지 않는 것이 목적이다!!"

제이건의 외침에 용병들의 얼굴에 긴장감이 감돌았다. 대륙 최강이라 불리는 교도 용병단이 단 한 사람에게 겁을 먹은 것이었다.

"쫄지 마. 이 새끼들아!! 적이 소드 마스터일지라도 우리 단장은 그보다 더한 사람이니까."

그런 부하들을 향해 제이건이 호통쳤다.

"각자 위치로! 집중해!!"

"예!!"

용병들은 두려움을 떨치려는 듯 큰 소리로 외쳤다.

'살아 돌아갑시다. 단장.'

하지만 그런 부하들을 독려한 것과 달리 제이건은 오랜만에 식은땀이 등을 적시는 기분이었다.

'떨어져도 살 수 있다고 하셨으니 있는 우리는 있는 힘껏 놈을 뿌리쳐 보겠습니다.'

"비공정 전속력 전진!!"

우우우우웅……!!

거친 소리와 함께 비공정이 질주하기 시작했다.

"고든."

카릴은 뜯어버린 비공정의 외갑을 발로 차 던져 버리자 단단한 외갑이 불어오는 바람에 마치 종잇장이 날아가는 것처럼 순식간에 뒤로 날아갔다.

"야, 그게 얼마짜린 줄 알기나 하냐. 이놈아. 재료를 구할 유적도 없어서 수리하는 데 애를 먹고 있단 말이다."

"답지 않은 소리 집어치워. 비공정을 부숴 버리지 않은 것만으로도 고맙게 생각하라고. 이 안에 있는 수천 명의 용병들의 목숨값에 비하면 이 정도는 싸게 먹힌 거지."

쾅-!!

카릴은 비공정의 외갑 하나를 또다시 발로 걸어 차버렸다.

그 충격에 비공정이 가볍게 휘청거렸다.

"무슨 생각으로 올리번 녀석의 편에 선거지? 전쟁이야 어차피 벌어질 일이지만 당신 꿍꿍이는 좀 들어야겠는데."

고든은 그의 말에 모우터를 어깨에 걸치면서 말했다.

"그 물음의 대답은 이미 북부에서 한 것 같은데."

고든은 모우터를 쥔 반대쪽 손가락을 말아 넘기며 마치 덤비라는 듯 제스처를 취했다.

"이길 수 없다는 걸 누구보다 당신이 잘 알고 있을 텐데."

"길고 짧은 건 대봐야지."

"약인지 독인지를 꼭 먹어봐야 아는 놈들은 죽어서야 아 그거 독초구나 하지. 알지? 후회했을 땐 이미 저승이란 거."

"크크크……. 하여간 내 주위에 있는 어린놈들은 하나같이 싸가지가 없다니까."

콰아아아아앙-!!

고든이 갑판을 박차며 달려갔다. 거대한 해머가 횡으로 카릴의 옆을 노리며 괴성을 지르며 쇄도했다.

카앙!! 카드드드득……!

묵직한 울림과 함께 카릴이 모우터와 격돌하면서 불꽃을 일으켰다.

"그래서 즐겁지만 말이야."

묘한 말을 내뱉은 그를 보며 카릴은 해머를 튕겨내며 검을 고쳐 잡았다.

즈으응……!

라크나의 검날이 은회색을 띠었다.

"그건 뭐지? 용마력도 비전력도 아닌 새로운 마나 블레이드인데."

"당신 꿍꿍이도 알려주지 않는데 내가 친절하게 설명해 줄 필요는 없잖아?"

당돌한 카릴의 말에 고든은 입꼬리를 씨익 올렸다.

"그래, 듣고 싶으면 일단 와라. 얼마나 성장했는지 봐주지."

"명을 재촉하는군."

콰드드드득……!!

살기가 섞인 카릴의 마력이 뿜어 오르자 라크나의 검날이 마치 태도를 연상케 하듯 미친 듯이 커졌다.

파앗-!!

카릴의 몸이 흐릿한 잔상과 함께 사라졌다. 순간 이동을 하듯 공중을 밟으며 지그재그로 달리는 그가 반대쪽 손으로 품안에서 아그넬을 끄집어내며 마력을 집중했다.

화르르륵!!

그러자 검날이 길어지면서 붉은 화염의 날이 돋아났다.

그 광경에 고든의 시선이 아그넬로 향했다. 그는 굳은 얼굴로 뭔가를 생각하듯 검은 눈 일족의 단검에서 눈을 떼지 못했다.

"대신······."

그러고는 모우터를 있는 힘껏 밀어내면서 라크나를 튕겨냈다.

카앙-!!

격돌하면서 괴물 같은 근력으로 모우터를 위로 들어 올리자 카릴의 몸이 부웅-! 하고 떠올랐다. 거목과도 같은 두꺼운 고든의 팔뚝이 저릿한 느낌을 받았다.

두 사람 사이에 묘한 기류가 흘렀다. 공격을 서로 주고받으면서도 어쩐지 그들의 검날에는 살의보다는 다른 의미가 숨겨 있는 것처럼 보였다. 그 모습은 누군가에게 들리지 않게 비밀스럽게 얘기하는 것처럼.

그리고 굉음 속에서 흐릿하게 들린 한마디.

탁-

고든의 괴력에 부웅하고 몸이 날아갔던 카릴이 비공정의 갑판 위에 착지하면서 떨리는 눈으로 그를 바라봤다. 하지만 그는 뭐 하느냐는 것처럼 다시 한번 모우터를 날렸다. 마치 자신들을 바라보고 있을 누군가를 속이기 위한 것처럼.

카릴은 굳은 얼굴로 고든의 공격을 막으면서도 그가 스치듯 남긴 말이 머릿속에 맴돌았다.

'우리가 본 북부의 비밀을 네게 말해주겠다.'

카아아아아앙-!!

공기가 바뀌면서 차가운 눈보라가 그들을 휘감기 시작했다. 가만히 있어서 벌벌 떨리는 살을 에는 추위 속에서 두 사람의 격돌음만이 강풍을 뚫고 울려 퍼졌다.

"헛소리."

"믿고 안 믿고는 네 자유다."

쇄아아아아악-!!

강풍이 고든의 머리카락을 거칠게 흔들었다. 처음 만났을 때와 달리 덥수룩하게 자란 수염과 신경을 쓰지 않은 듯 길러 둔 머리카락은 그를 한 마리의 맹수처럼 보이게 했다.

'고든이 어떻게……'

전생에 천년빙동의 비밀에 대해서 알려준 사람은 크웰 맥거번이었다. 하지만 완전히 가능성이 없는 일은 아니었다.

제국의 기사인 크웰과 선황인 타이란 슈테안과 거래를 했던 고든은 다른 소드 마스터들보다 그와 긴밀했었으니까.

하지만 언제부터? 접점이 있었다 하더라도 카릴은 자신이 알지 못하는 시기가 과연 언제였는지가 중요했다.

"그게 당신이 올리번에게 붙은 이유인가?"

고든은 어깨를 으쓱했다. 문답무용의 태도에 카릴은 신경질적으로 라크나의 검날을 비공정 위에 박아 넣었다.

쿠그그그그……

그러자 비공정이 검은 연기를 내며 흔들렸다.

[정말로 이걸 떨어뜨릴 생각은 아니겠지?]

알른이 그의 모습에 살짝 걱정스러운 목소리로 물었다.

"북부에서 뭘 봤는지는 모르겠지만 고든. 당신은 줄을 잘못 섰어. 북부는 우리의 땅이다. 그 안에서 찾은 비밀을 제국인에게 풀 것이 아니라 내게 풀었어야지."

고든은 카릴의 말에 쓴웃음을 지었다.

"네 녀석도 제국이니 이민족이니 하면서 갈라놓는 게냐."

'설마……'

카릴은 그의 말에 정말로 그가 천년빙동 안에 있던 얼음 기둥을 본 게 아닐까 하는 생각이 들었다.

최초의 블레이더. 신에 대한 반기로 마력을 잃은 그들의 후예가 바로 자신들이었다. 반면 신의 편에 섰던 나머지 블레이더들은 마력을 보존할 수 있었으며 이후 제국인들의 선조가 되었다. 같은 블레이더지만 각자의 말로는 완전히 달랐다. 신화 시대에는 서로의 구분이 없었다.

하지만 이 시대에 있어서 적어도 그 누구도 서로가 함께 공존할 수 있다고는 생각하지 않았다. 마치 신령대전 때 인간과 신의 입장에 섰던 것처럼 말이다.

'분명 우리라고 했었다. 정말로 천년빙동에 갔던 건가.'

카릴은 검을 고쳐 쥐었다.

"하나 그렇다 하더라도 올리번의 편에 선 이유가 되진 못한다. 뭘 본지는 모르겠지만 내가 북부에서 얻은 것은 내 의지를 관철시켜도 된다는 결론이었으니까."

"네놈답군."

"그러니 우리는 적이라는 말이지."

타다다닥!!

카릴이 가벼운 발놀림으로 바닥을 밟으며 달렸다. 순식간에 거리가 좁혀 지면서 그의 속도는 점차 더 올라갔다. 고든의 바로 앞에서 몸을 비트는 순간 잔상과 함께 그의 몸이 흐릿하게 변했다. 측면 위로 뛰어오른 카릴이 검을 꺾었다.

2번째 외뿔 자세(Unicorn Posture).

라크나의 은회색 검날이 오른쪽 상단에서 고든의 목덜미를 노렸다.

"흡!!"

고든이 황급히 허리를 숙이며 모우터를 들어 올렸다. 카릴은 기다렸다는 듯 공중에서 자신을 향해 솟아오르는 모우터의 해머를 발로 밟으며 공중제비를 하며 뛰어넘었다.

고든의 머리 위로 올라간 허공에서 카릴은 이번에는 아그넬의 손잡이를 거꾸로 잡아 검의 손잡이를 찍어 눌렀다.

1번째 왕관 자세(Crown Posture).

고든의 맹공을 역이용한 듯 해머에서 이는 풍압을 튕겨내듯 카릴은 검을 쇄도했다.

서걱-!

라크나의 검날이 고든의 옆구리를 스치듯 지나갔고 붉은 핏방울이 카릴의 뺨에 떨어졌다.

부우웅……!!

하지만 고든은 고통 따위는 못 느낀다는 듯 오히려 쥐고 있는 모우터를 있는 힘껏 휘둘렀다.

"흡!!"

숨을 참으며 모우터를 잡은 양팔에 근육이 터질 듯 부풀어 올랐다.

콰아아아앙-!!

비공정의 천장이 요란하게 떨리면서 주위에 장착되어 있던 실드가 반투명한 우윳빛을 내면서 나타났다 사라졌다.

"모두 집중!! 중심을 잃지 마라!! 떨어지면 끝이다!!"

천장의 갑판이 무너지면서 잔해들이 바닥으로 떨어졌다. 제이건은 비공정의 조종관을 움켜쥐면서 낮은 목소리로 중얼거렸다.

"제길, 단장은 비공정을 완전히 부술 생각인 건가. 이대로는 공습이 있기 전에 우리가 먼저 추락하겠다고."

그때였다.

"부단장님!! 칼툰 협곡의 입구가 보입니다! 고도를 높여야 합니다!"

조종실에 있던 부하가 소리쳤다.

"벌써 도착인가……."

눈앞에 하늘을 뚫을 것 같이 거대한 기둥처럼 높게 솟아 있는 수십, 수백 개의 산을 바라보며 마른침을 삼켰다. 협곡의 사이사이는 무척이나 복잡했고 불어오는 강풍과 쉴 틈 없이 뒤섞여 쏟아지는 눈보라는 마치 거미줄처럼 협곡 안으로 들어오는 모든 것을 옭아맬 듯 보였다.

그래서 사람들은 칼튠 협곡을 천공지망(天空蜘網)이라 부르며 자연이 만든 이 함정을 뚫고 지날 수 있는 자는 오직 드래곤뿐이라 말했다.

"후웁……."

제이건은 떨리는 심장을 진정시키려는 듯 숨을 토해내며 비공정의 속도를 최고조로 올렸다. 협곡의 끝은 북부에서 해협으로 나가는 서쪽 방향. 해협으로 나가게 되면 그때부터 우회하여 트라멜을 지나 비공정으로 타투르를 기습하는 것이 교도 용병단의 목표였다. 협곡을 통과하기 위해서는 고도를 올려 눈보라가 없는 구름 위로 올라가야 했다.

하지만 그 이상 올라가게 되면 산소가 희박해진다. 그렇기 때문에 비룡 부대로도 오를 수 없는 고도에서 날 수 있는 비공정을 가진 교도 용병단만이 가능한 작전이었다.

"뚫고 간다."

"네?!"

"이 이상 고도를 올리게 된다면 산소가 없어진다. 제아무리 괴물 같은 단장이라도 결국 인간이야. 숨을 쉴 수 없으면 죽는다."

"하, 하지만……."

부하들은 제이건의 말에 떨리는 눈으로 협곡을 바라봤다. 제아무리 비공정이라 할지라도 협곡을 그대로 통과한다면 결코 무사할 수 없을 것이다.

"겁먹었나? 야 이, 새끼들아. 그럼 네놈들은 단장을 네들 손으로 직접 죽일 작정이냐!!"

꽈득-

그의 호통에 모두가 황급히 고개를 돌리며 앞을 바라봤다.

"엉덩이에 힘 꽉 줘라."

제이건은 우박처럼 쏟아지는 협곡의 눈보라를 바라보며 말했다.

"바지에 지리는 새끼는 전쟁이 끝나고 평생 놀림거리가 될 테니까."

제이건은 끝이 보이지 않는 협곡의 어둠 속으로 향하지만 죽음이 아닌 삶을 얘기했다. 아이러니하게도 그는 지금까지와는 조금 다른 의미로 교도 용병단의 부단장이라는 위치에서 단원들을 바라보게 된 것 같았다.

아주 조금 단장과 같은 마음이 들었는지도 모른다.

콰그그그그그……!!

비공정이 요란한 소리를 내며 협곡 안으로 밀려 들어가기 시작했다.

콰가가가강……!!

바람을 역행하며 쇄도하는 모우터의 머리가 눈보라를 튕기며 카릴을 향해 쏟아졌다.

[섬격(殲擊)을 써라.]

알른의 말이 이어졌다. 하지만 카릴의 라크나를 쥔 손이 멈칫거렸다.

'쓰지 않고도 이길 수 있어.'

[비공정이 부서지는 것 때문에 그러는 거냐.]

'하늘을 날 수 있는 유일한 도구다. 신탁 전쟁에서 크게 쓰일 물건이야.'

카릴이 자신의 머리 위로 비껴 지나가는 모우터를 피하면서 아그넬의 검날을 비틀어 튕겼다.

"칫……!!"

그 짧은 충격에 고든이 휘청거리며 모우터가 비공정의 날개를 향해 비틀거리며 떨어졌다. 카릴의 말처럼 고든은 비공정에 모우터가 떨어지기 직전 가까스로 궤도를 꺾었다.

하지만 그 반동은 오히려 그에게 온전히 쏠렸고 거목 같은 팔뚝에서 근육이 뒤틀리듯 우드득-! 소리가 났다.

'그리고 제약을 받는 건 고든 역시 마찬가지야.'

카릴은 그 모습을 바라보며 역시나 하는 표정으로 쯧- 하고 혀를 찼다. 쉴 틈 없이 이어지는 공방이었지만 의외로 고든 공격은 단 한 번도 카릴에게 적중되지 못했다.

그리고 조금 전 그 모습에서 이유를 찾을 수 있었다. 방향을 튼 모우터가 간신히 멈췄을 때 카릴은 뛰어올라 해머 위에 올라섰다. 해머의 머리가 아래로 떨어졌다.

"비공정이 신경 쓰이나 보지. 갑판이 부서질까 봐 횡으로밖에 해머를 휘두르지 못하는 걸 보니 말이야. 아무리 대단한 힘이라도 공격의 궤도가 단조롭다면 위협이 되지 않아."

하지만 대답은 다른 곳에서 들렸다.

[저 안에 있는 녀석들 때문은 아니고? 저 덩치 놈이야 자기의 부하니 그렇다 할 수 있어도 네 말은 납득할 수 없다.]

알른의 말에 카릴은 표정을 숨겼다.

[너는 의외로 마음이 여린 놈이다. 전생의 삶이 고독했기 때문일지 모르지만 내가 누차 얘기했듯 그 무릎이 네 발목을 잡을 것이다.]

그는 경고하듯 말했다.

[당장 고든의 목을 베라.]

그때였다.

쫘악-

카릴이 결심한 듯 라크나의 손잡이를 쥔 손에 힘을 주었다.

"부단장님!!"

조종실의 화면 너머로 그 광경을 보고 있던 용병들이 소스

라치게 놀라며 소리쳤다. 제이건의 얼굴이 창백해지면서 이를 바득 갈았다.

"치잇!!"

조종관을 완전히 반대쪽으로 있는 힘껏 돌렸다.

"꽉 잡아!!"

그러자 비공정의 왼쪽 날개가 급격히 상승하며 마치 뒤집히듯 쏠렸다.

"으아아악!"

"아아악!"

부하들은 저마다 비명을 지르며 의자의 팔걸이를 움켜쥐었지만 몇몇 사람들은 바닥을 나뒹굴며 떨어졌다.

콰아아앙!

갑자기 방향을 트는 바람에 비공정의 날개가 협곡 기둥에 부딪히자 날개 한쪽에 검은 연기가 피어오르며 비공정이 크게 흔들렸다. 갑자기 요동치는 비공정 때문에 카릴은 고든을 향해 검을 뽑기 직전 중심을 잡기 위해 멈칫했다.

"미친놈들. 그래야 교도 용병단이지."

고든은 날개 한쪽이 부러진 채 흔들리는 비공정 위에서도 오히려 입꼬리를 올리며 말했다. 그러더니 기다렸다는 듯 자신의 해머 위에 서 있는 카릴을 향해 손을 뻗어 그의 옷깃을 확!! 하고 잡아당겼다.

"싸움 도중에 딴생각을 해? 확실히 네 말대로 여긴 싸우기

적합하지 않은 것 같다."

거대한 육체가 카릴을 와락 끌어안았다.

"그럼 싸우기 편한 곳으로 가야지."

카릴은 황급히 그의 손아귀에서 벗어나기 위해 아그넬을 그의 복부에 찔러 넣었다.

카강!!

하지만 마치 쇠를 내려친 것 같은 마찰음과 함께 아그넬이 튕겨 나갔다.

'오토마타……!'

고든 파비안의 절대 방어술인 토 속성 방어마법. 그의 전신을 감싸고 있던 갑주처럼 단단한 흙벽이 흐물흐물해지더니 안고 있던 카릴까지 먹어 치우듯이 그의 전신을 감쌌다.

"부하 놈들이 목숨을 걸고 있는데 단장인 내가 몸을 사려서는 안 되겠지. 안 그래?"

"미친!!"

카릴은 황급히 마력을 끌어올렸다.

우지끈!!

팔을 구부렸다 펼치면서 양 팔꿈치로 자신을 포박하고 있던 흙벽을 밀치자 잔해들이 사방에 튕겨 나갔다. 순간 카릴의 몸이 휘청거렸다. 부서지는 흙벽이 은회색으로 변하더니 눈처럼 가루를 날렸다.

"쉽게 부수려 하다간 네가 당할 거다. 내 전력을 다해서 만든 거니까. 이래 봬도 마력의 양은 다른 소드 마스터들에 뒤지지 않거든."

고든의 복부를 밀치며 품에서 벗어나려 했지만 휘청거리는 짧은 순간에 오히려 고든은 더욱 카릴을 꽉 움켜잡았다.

"땅의 성질을 가진 토 속성은 다른 마법들과 달리 마력을 흡수하는 힘이 있지. 오토마타가 절대 방어술이 될 수 있었던 것도 적의 마력을 오히려 흡수하기 때문이다."

카릴의 몸을 움켜잡은 고든의 팔이 처음보다 더 단단하게 느껴졌다.

"네가 벗어나려고 안간힘을 쓸수록 더욱 강해지지."

쫘드드득…….

놀랍게도 그의 양팔에서 비록 흐릿하지만 은회색의 빛을 띠었다가 사라졌다.

[설마 신력을 띤 마력까지 흡수할 수 있단 말인가? 아무리 토 속성이라 하더라도 불가능할 텐데……. 말도 안 되는 능력이로군. 뭔가 이상해.]

알른이 놀란 듯 말했다. 하지만 당연하게도 지금은 의문에 대한 답을 찾을 만큼의 여유로운 상황이 아니었다.

"크윽?!"

단단한 바위기둥 안에 박힌 것 같이 카릴은 고든의 양팔을 떼어내려고 했지만 쉽사리 되지 않았다. 방어술을 이런 식으로 쓸 것이라고는 상상도 하지 못한 카릴은 당황한 듯 바둥거렸다. 카릴을 포박하는 데 전력을 다했다는 것을 증명하듯 고든 자신을 보호하고 있던 갑옷은 이제 사라져 버렸다.

"맨몸으로 떨어지려고? 아무리 당신이라도 죽어."

"클클……. 용병의 삶이란 원래 그런 거지. 죽음이란 녀석을 언제나 목에 걸고 있거든."

하지만 그는 아랑곳하지 않고 성큼성큼 비공정의 끝으로 걸어갔다.

"고든……!!"

바닥이 보이지 않을 정도의 엄청난 고도. 그리고 그 아래로 마치 창살처럼 돋아나 있는 협곡의 암석들.

"흐아아아아-!!"

하지만 고든은 망설임 없이 카릴과 함께 아래로 뛰어내렸다.

"쿨럭……. 쿨럭……."

목을 타고 들어온 폐를 찌르는 차가운 공기를 토해 내며 카릴이 눈을 떴다.

[괜찮으냐.]

알른의 목소리가 옅게 들렸다.

[거 봐라. 내가 뭐라고 했냐. 자비는 단두대에서 죄인의 앞에서 검을 잡았을 때만 내리는 것이다.]

'조용히 좀 해봐.'

카릴은 몸을 움직였다. 협곡을 둘러싸고 있는 기둥들은 끝이 보이지 않을 정도로 높았고 구름에 가려져 쏟아지던 눈보라도 그쳤다.

[네가 이런 식으로 당할 줄이야. 별일도 다 있군.]

[그래서 승부엔 언제나 변수가 존재하는 법이지. 약자가 강자를 이길 수 없다면 신에게 반기를 들려고 하는 생각 자체가 모순이니까.]

[하나 그 변수가 우리에게 생겼다는 것이 문제겠지.]

카릴의 말에도 불구하고 정령왕들의 목소리가 들렸다. 결국 머릿속에서 울리는 여러 명의 뒤섞임에 짜증이 나는 듯 카릴이 다시 말했다.

'놀려 먹고 싶은 마음은 알겠는데 너무 한가한 소리들 아냐? 내가 죽었으면 너희들도 소멸될 수 있다는 생각을 해보지 않았어?'

[흠……. 이 정도로 네놈이 죽을 위인은 아닐 테니까.]

[도와주지 않음에 대한 투정으로 들리는데.]

[진정해. 네 말대로 계약된 우리는 술자인 네가 우리들의 힘을 구현하지 않으면 불가능하다. 하지만 우리도 아무것도 하지 않은 것은 아냐.]

두아트와 에테랄의 대답에 라미느는 두 사람을 진정시키듯 말했다.

[떨어지는 순간 두아트의 힘으로 알른이 가까스로 고든의 손아귀에서 너를 빼냈다. 그렇지 않으면 저 꼴이 되었겠지.]

카릴은 그의 말에 고개를 들었다.

저 멀리 쓰러져 있는 고든의 모습이 보였다. 그의 생사를 걱정하기 전에 자신의 상태부터 확인하는 것이 급선무였다.

'이런 머저리 같은 실수를 하다니⋯⋯.'

카릴은 입술을 깨물었다.

북부의 비밀. 그 말에 한순간 흔들렸던 것이 사실이다. 하지만 한순간의 방심이 생사를 결정한다는 것은 이미 질릴 만큼 잘 알고 있는 사실이다.

그런데 그 뼈아픈 실수를 또다시 하고 말았다.

망령의 성에서 함께했기 때문일까. 아니면 거칠 것 없는 그의 모습 때문일까. 솔직히 말해서 고든 파비안이란 존재에게만큼은 관대하다 싶을 정도로 편안하게 대했던 것도 사실이었으니까.

"큭?!"

일어서려고 바닥을 짚으려는 순간 그저 팔을 들어 올리려고 한 것뿐인데 극심한 통증이 밀려왔다. 들어 올리려고 했던 팔은 미동도 하지 않았는데 고통은 엄청났다.

[조심해라. 상태가 말도 아니니까.]

알른의 말에 몸을 살피자 한쪽 팔목의 뼈가 피부를 뚫고 팔꿈치 아래쪽으로 삐져나와 있었다. 다리를 움직여 봤지만 역시나 힘이 들어가지 않았다. 아래쪽으로 떨어질 때 두 다리가 바위에 부딪혔던 것을 기억하며 카릴은 발목이 완전히 반대쪽으로 꺾인 자신의 다리를 바라보며 한숨을 내쉬었다.

'팔과 다리가 완전히 부러졌군. 오토마타 때문에 실드를 만들지 못했으니 완전히 맨몸으로 떨어진 것과 다름없으니까.

뭐, 정말로 맨몸으로 떨어진 인간도 있으니……. 이런 미친 짓을 할 수 있는 자는 대륙에서 저 미친 자뿐이겠지.'

카릴은 천천히 마력을 끌어 올리며 마력혈을 데우기 시작했다. 다행이라면 필사적으로 한쪽 팔을 감쌌다는 점이었다. 만약 사지가 다 부러졌다면 회복을 하는 데 막대한 시간이 걸렸으리라.

[아무리 속성의 힘을 빌린다 하더라도 신력을 흡수하는 것은 말이 되지 않아. 그렇다면 땅의 정령왕인 거암군주가 신을 잡을 수 있는 천적이었겠지. 하지만 그조차도 우레군주인 쿤겐의 번개 정도라면 모를까……. 신의 힘을 가둘 수 있는 능력은 없어.]

라미느는 쓰러져 있는 고든을 바라보며 말했다.

[어쩌면 그가 말한 북부의 비밀이란 것이 사라진 그 남자와 관련된 것은 아닐까.]

카릴은 전생에는 없던 금발의 남자를 떠올렸다.

[그는 빛의 정령왕인 라시스와 관련이 있는 자다. 나르 디 마우그의 레어에서 라시스의 흔적을 찾은 이상 정말로 그의 봉인이 풀렸다면……. 어쩌면 고든이란 자가 라시스와 접촉을 했던 것일지 모르지.]

알른의 말에 카릴은 생각했다. 전생에 고든 파비안은 죽고 존재하지 않았기에 그의 행보에 관해서는 전혀 예측할 수가 없었다. 애초에 타락과의 전쟁에서 강력한 전력인 소드 마스터를 살리고자 한 의도였지만 그가 북부와 관련되어 있을 줄은 몰랐던 일이었으니까.

'알아내야지. 고든 파비안이 북부와 연관되어 있고 그것이 크웰이 북부의 비밀을 내게 알려주게 된 계기라면……. 그들이 어떤 생각을 하고 있는지 말이야.'

그리고 그 생각이 현생의 미래를 좌우하는데 큰 무게를 가질 것이었다.

"이봐. 당신 때문에 쓸데없는 시간을 허비하게 되었어. 살아 있나? 고든 파비안."

카릴은 나지막하게 말했다.

"크…… 크큭."

그러자 너부러져 있는 고든의 상체가 꿈틀거렸다.

"……정말 괴물 같은 인간이군."

"무른 녀석. 너와 난 적이다. 그런데도 아직도 적을 걱정하는 거냐."

"좋을 대로 생각해. 생사를 물은 것은 살아 있다면 내 손으로 직접 죽이기 위함이니까."

"클클……."

고든은 카릴의 말에 웃었다. 하지만 장기가 손상되었는 듯 목소리가 탁하고 그의 가슴이 들썩일 때마다 입에서 핏물이 한 움큼씩 쏟아졌다. 하긴 살아 있는 것이 용한 일이었으니까. 제아무리 육체를 단련한 소드 마스터라 할지라도 마력이 없는 상태는 결국 인간의 몸에 불과했다.

비공정이 날 수 있는 최고 고도에서 떨어진다면 그대로 사지가 폭발하듯 박살이 날 수도 있었던 상황에서 두 사람 모두 살아 있다는 것은 기적에 가까운 일이 아닐 수 없었다. 아니, 그 기적의 가능성도 결국 두 사람의 능력이었겠지만 말이다.

"날 죽이러? 그럼 와봐라. 이 녀석아. 팔다리가 다 부서졌는데 거기까지 걸어올 수나 있겠느냐. 껄껄……"

고든은 카릴의 말에 웃음을 터뜨리며 소리쳤다.

우드득-

그때였다. 부러진 다리를 치료할 생각도 하지 않고서 카릴은 그나마 멀쩡한 팔로 바닥을 내려치며 반동으로 일어섰다.

한 걸음, 한 걸음.

꺾여 버린 발목에서 다시 한번 관절이 구겨지는 소리가 들렸지만 그는 서슴없이 고든이 있는 쪽으로 걸어갔다.

"내가 못 할 것 같아?"

콰직!!

카릴이 고든의 목을 찍어 누르면서 말했다.

"숨이 붙어 있는 한 싸움은 끝난 게 아냐. 고든, 당신이야말로 전쟁을 얕잡아 보고 있다. 지금 내가 미친 듯이 후회하는 것은 바로 당신에게 일말의 연민을 느껴 이런 결과를 만든 내 자신이니까."

"……미친놈."

자신을 내려다보는 카릴의 모습을 보며 고든은 고통스럽게 조여 오는 목에도 덤덤한 얼굴로 대답했다.

얼마나 흘렀을까. 서로가 그렇게 마주하고 있던 고든이 먼저 카릴에게 입을 열었다.

"치료부터 해라. 날 죽이는 건 언제든지 할 수 있다. 너도 알다시피 나는 회복 마법을 쓰지 못하니까."

비단 소드 마스터의 반열에 오르지 않아도 마나 블레이드를 수련하는 과정에서 검사라 하더라도 마법을 공부하게 된다. 자연스럽게 최소한의 회복 마법을 익히게 되는데 고든의 경우는 소드 마스터라 하더라도 그 경로가 예외적이었다.

마나 블레이드가 아닌 오로지 자신의 육체적 힘으로 소드 마스터급의 힘을 내면서 마법을 운용하는 잡기술이 아닌 오토마타라는 오직 하나의 방어술만을 극한으로 끌어 올렸기 때문이다. 고집이라면 고집일 수 있겠지만 일절 다른 마법에 기대지 않은 것이 어쩌면 그를 소드 마스터의 반열에 오르게 한 근원일지도 모른다.

"이렇게까지 한 이유가 뭐지? 아무리 생각해도 당신이 무리한 것으로밖에 보이지 않아. 마치 나와 독대를 할 사건을 만들기 위해서 말이지."

고든은 그의 말에 피식 웃었다.

"솔직히 말해봐. 내가 당신을 찾아올 것을 예상하고 벌 일일이지?"

"그걸 눈치챘기 때문에 너 역시 일부러 나와 함께 비공정에서 떨어졌다는 뜻이냐? 능구렁이 같은 녀석.”

카릴은 짓누르던 목에서 손을 떼며 말했다.

“고든. 당신은 나와 함께 비공정에서 뛰어내렸어. 죽었다고 해도 사람들이 믿을 높이었어. 게다가 지금은 전쟁 중. 당신을 찾으러 오는 것도 쉬운 일이 아닐 터. 그 말은 앞으로 행동이 자유로워진다는 의미이기도 하다.”

“……..”

“당신답지 않게 거짓된 죽음을 만들려고 했지. 그 연극에 동조해 줬으니 이제 진실을 말해봐.”

“카릴. 크웰이 어째서 이단섬멸령 중 너를 데리고 왔다고 생각하느냐.”

크웰이 언급되자 카릴은 살짝 눈썹을 찡그렸다.

“그 이름이 왜 지금 나오는 거지?”

“솔직히 네가 크웰의 아들이라는 것을 알게 된 이후 놀라지 않을 수 없었다. 실로 많은 생각을 했지.”

“아들이 아니라 양아들이지. 그리고 제국과의 전쟁에 있어서 혹여라도 가족애를 들먹일 것이라면 집어치워.”

“그런 얘길 하려던 것이 아니다. 하나 네가 칼리악의 아들이자 크웰에게서 목숨을 구원받았다는 것을 알게 되었을 때 나는 우리가 알고 있는 북부의 비밀을 네가 알아야 한다고 생각했기 때문이다.”

“북부의 비밀?”

"적법한 왕이 누구인가 라는 것."

쿵-

심장이 내려앉는 기분. 카릴은 물끄러미 고든을 바라봤다.

자신 역시 천년빙동에서 최초의 블레이더가 이민족의 선조라는 것을 알게 되면서 대륙의 진정한 주인이 누군가라는 것에 대해서 생각했었다. 그는 고든이 하는 말 한마디 한마디가 정말로 천년빙동의 비밀을 알고 있는 것 같다는 생각이 들었다. 하지만 동시에 드는 의문. 전생에는 이미 천년빙동이 있던 자리가 제국으로 인해 이민족의 영토가 아니었기 때문에 그러려니 했었지만 버젓이 이민족이 있는 상황에서 그들이 천년빙동을 봤을 리가 없었다.

확인할 필요가 있었다. 제국과 얽힌 관계 속에서 유일하게 균형 있게 상황을 바라보는 제3자라 할 수 있는 그가 알고 있는 진실이 무엇이었는지. 전생에 알고 있었어도 죽음으로 인해 감춰지게 된 사실이 무엇인지 말이다.

"과거 늑여우 부족이 살던 북부 초입에서 안쪽으로 들어가는 세 번째 협곡. 그 길을 따라가면 동굴이 하나 있다."

"……뭐?"

"나는 그곳에서 이단섬멸령을 수행하던 크웰을 찾아 그 동굴로 안내했다."

"……다시 말해봐."

카릴은 이해가 가지 않는다는 듯 굳은 얼굴로 되물었다.

"당신이 봤던 얼음 기둥이 어디에 있었다고?"

"왜 그렇게 놀라지?"

오히려 카릴의 물음에 고든이 의아하다는 표정으로 되물었지만 그는 아무런 대답도 하지 못했다.

"귀찮은 녀석이로군. 똑똑히 기억해둬라. 북부 초입 안쪽 세 번째 협곡. 그 길을 따라가면 있는 동굴이다."

다시금 듣는 그의 말에도 카릴은 굳은 얼굴을 풀지 못했다.

그 이유. 방금 고든이 말한 동굴의 방향은 카릴이 알고 있던 천년빙동과 완전히 다른 방향이었으니까.

"그 안에……. 뭐가 있지?"

"네 눈으로 직접 봐라. 말할 수 없는 것이니까."

"그런 주제에 무슨 비밀을 알려주겠다는 거야."

카릴은 고든의 말에 냉소를 지으면서 답했다. 하지만 그의 반응을 살피는 것을 놓치지 않았다.

"어째서 이렇게까지 하는 거지? 그 비밀이 이 전쟁을 막을 만큼 중요한 것인가?"

"글쎄……. 막을 수도 더 거세게 태울 수도 있겠지. 하지만 너도 알잖아? 전쟁이란 건 이미 시작한 이상 잘못되었던 그게 옳은 길이든 결국 끝을 보지 않고서는 도중에 멈출 수 없다는 것."

"전쟁 때문이 아니군? 그보다 더 큰 뭔가가 숨어 있는 건가. 가령 대륙 이상의 뭔가를."

"가서 보거라. 궁금해 미칠 것 같다면 먼저 가보는 것도 막진 않는다. 하지만 그동안 전쟁은 꽤나 진행되겠지. 수호룡이 있는 제국과의 전쟁에서 최강자인 네가 빠지면 전세는 급격히 기울지도 몰라."

고든은 여전히 아무렇지 않은 표정으로 답했다.

"전쟁을 끝내고 가란 말이군."

"시작되었으니까. 일단 매듭을 지어야지."

카릴은 코웃음을 쳤다.

"걱정 마. 북부의 비밀? 어차피 알지 못했던 일. 상관하지 않아. 비밀이든 뭐든 결국 목도(目睹)하였을 때 어떻게 처리할지 정해도 문제가 되지 않으니까. 그러니 제국 전쟁의 결말 역시 내가 지을 것이다."

"네 녀석의 신경은 도대체 어떻게 된 모양인지……. 나도 신기할 따름이군. 그래. 부디 그러길 바라지."

하지만 말은 그렇게 했지만 카릴은 고든의 애매모호한 대답을 들으며 계속해서 미심쩍은 기분을 떨칠 수 없었다.

'그의 성격으로 미루어 짐작했을 때 이렇게까지 감추려고 하지 않을 텐데……. 마치 감시라도 있는 것처럼 대답을 회피하는 모습이야.'

하지만 누가? 천하의 고든 파비안을 조심스럽게 만들 정도의 인물은 신이 아니고선 불가능한 일일 것이다.

카릴은 그렇게 생각을 하자 괜스레 머리가 복잡해지는 기분이었다.

'아니겠지.'

설마 이마저 율라(Yula)와 관련된 일이라면 신은 그 사실이 알려지길 바라지 않았으리라. 그 말은 곧 전생의 고든 파비안의 죽음이 결국은 신의 의지라는 뜻이 되어버리니까.

쫘악-

설령 그렇다 하더라도 카릴은 믿고 싶지 않았다. 인간의 수명과 운명이 신의 손에 놀아나고 있음을 인정하는 꼴이 되어버리니까.

"믿기 어려울 수도 있겠지만 칼리악과 나 그리고 크웰은 친우(親友)였다."

그때였다. 눈밭에 누워 있던 고든이 입을 열었다.

친우라는 단어에 어쩐지 카릴은 입이 썼다.

"처음 만났던 것은 35년 전 어느 작은 영지전 때였지. 맥거번가는 북부의 숲을 정리하는 과정에서 교도 용병단의 힘을 빌렸다. 의뢰 목적은 몬스터 토벌이었지만 북부 숲에는 이민족들이 살고 있었다."

"지금과 똑같은 짓을 그때도 했군."

"글쎄. 네가 생각하는 그런 상황과는 좀 다르다. 그 당시에는 왕이란 3자가 끼어 있지 않았으니까. 이민족을 발견한 것은 실로 우연. 전쟁도 사냥도 처음이었던 십 대의 어린애들은 종족이나 신분의 차이를 크게 신경 쓰지 않았지. 오히려 호기심이 앞섰다. 설령 그게 서로가 적이었어도 말이야."

퉷-

고든은 고개를 돌려 검붉은 핏덩이를 뱉어냈다.

"당신네들의 과거사를 듣자고 여기에 있는 게 아냐. 하고 싶은 말이 뭐야?"

"하여간 귀염성이라곤 없는 녀석. 조금만 시간을 내거라. 그래도 이 고든 파비안이 팔다리를 내어주고 겨우 만든 자리잖느냐."

입을 다문 카릴을 보며 고든은 피식 웃었다.

"비록 서로 가는 길은 달랐지만 각자의 위치에서 최강의 자리에 올랐지. 칼리악은 대전사가, 나는 용병단을 그리고 크웰은 기사로서 대륙제일검이 되었지."

마치 지금이 마지막 기회인 것처럼 그는 지금의 만남을 절대로 놓치지 않기 위해 노력하는 것 같이 보였다.

"이단섬멸령이 내려지고 크웰은 최대한 늦게 출진을 하도록 노력했다. 그사이에 칼리악에게 이민족들을 대피시키라는 밀서를 보냈지. 하나 고지식한 칼리악은 대전사로서 전쟁에 참여했다. 물론 검은눈 일족이 청기사단의 눈을 끌었기 때문에 피해가 적었다면 적을 수 있었지."

"웃기는 소리."

고든의 말에 카릴은 차갑게 답했다.

"각자의 위치에서 최강의 자리에 올랐다고? 피해를 최소화해? 당신들 셋은 모두 틀렸어."

카릴이 자리에서 일어섰다. 어느새 부러졌던 그의 두 다리가 완벽하게 치유되어 있었다.

"왜 각자의 위치에서 해야 하는 거지? 뭔가를 얻고자 한다면 자신의 위치를 뛰어넘어야 한다는 걸 소드 마스터와 대전 사씩이나 돼서도 몰랐던가?"

"……."

"평화를 얻고 싶었다면."

그는 부러진 팔에 힘을 주었다. 손바닥에 힘이 들어가면서 주먹을 쥐마 꽈악- 하는 장갑의 마찰 소리가 들렸다.

"왕이 되었어야지."

고든은 어느새 완전히 회복을 한 카릴을 떨리는 눈으로 바라봤다.

"크…… 큭. 그래. 네 말이 맞다. 꼬마도 알고 있는 생각을 우리는 미처 하지 못했으니. 무엇을 바꾸려고 한 것이 아니라 그저 완화시키려고만 생각했군."

자조적인 그의 말이 어쩐지 씁쓸하게 들렸다.

"당신이 무엇을 알고 있는지는 모르겠지만 두려운 것이라면 이것으로도 충분하다. 내게 알린 것만으로도 용기니까."

"꼬마에게 칭찬을 받은 건가."

"기쁘게 생각해."

"클클……."

카릴의 말에 고든은 옅은 웃음을 지었다.

"정말 6클래스의 반열에 오른 게 맞군. 벌써 치료가 끝나다니 말이야. 혼신을 다해도 고작 이 짧은 순간 네 발목을 잡는 게 다라니."

"대화는 충분히 나눴으니까. 전쟁이 시작되고 각지에서 전투가 벌어지고 있다. 하지만 결판을 지으려면 결국 내가 움직여야겠지. 나는 찝찝한 상태로 싸우고 싶지 않았을 뿐이야. 뭐, 이로써 홀가분하게 싸울 수 있겠군."

"또 혼자서 해결하려고 하느냐."

뒤돌아선 그를 향해 고든은 말했다.

"녀석아. 전쟁은 혼자서 하는 게 아니다. 교도 용병단이 지금까지 살아남을 수 있었던 가장 큰 이유가 무엇인지 아느냐."

"물론. 그렇기 때문에 올리번은 누구보다 너희를 가장 먼저 포섭한 것이겠지. 지형의 이점을 모두 묵살할 수 있는 비공정. 그리고 교도 용병단 자체로도 기사단급의 힘을 낼 수 있으니까. 순식간에 성을 공략할 수 있지. 협곡을 통과한다면…….. 타투르에 직격타를 날릴 수 있겠지."

카릴의 말에 고든은 쓴웃음을 지었다.

"농담이냐. 고작 비공정이 용병단의 힘이라고 생각한다면 넌 전쟁에서 이기지 못할 게다."

"변수(變數)."

하지만 그 웃음은 카릴의 다음 말에 사라졌다.

"비공정이 만들어내는 예측불허의 한 수. 당신을 비롯해서 용병단원들의 힘이야 군이 설명할 필요 없지. 하지만 제아무리 소드 마스터라 할지라도 당신 말대로 혼자서 전쟁을 바꿀 순 없어. 교도 용병단 역시 마찬가지. 기사단급의 힘을 가지고 있지만 혼자서는 불가능하지."

카릴은 하늘을 가리켰다.

"하지만 그 모든 것이 합쳐져서 만드는 변수는 단순한 힘의 논리로 생각해서는 안 되지. 변수란 전면에 겨눈 100만의 검보다 뒤를 노리는 창날 하나가 더 전쟁의 판도를 가르는 결정타가 될 수 있거든."

"잘 아는군. 그 나이에 전황을 내려다보는 장수의 눈을 가졌다니 언제나 그렇듯 너는 나를 놀라게 하는군."

"북부에서 당신을 보여준 것이 올리번의 가장 큰 실책이지. 녀석은 내게 경계심을 가지게 만들기 위함이었겠지만 오히려 반대지. 비공정을 부숴 버리면 그만인 것을."

카릴은 검을 쥔 손에 힘을 주었다.

"교도 용병단이 무너지면 올리번의 표정이 어떻게 변할지 궁금하군."

"그런 의미라면 성공한 듯 보이는데."

"……뭐?"

"교도 용병단마저도 미끼거든."

꿈틀-

베스탈 후작령에서 포나인의 방어성 그리고 교도 용병단까지……. 미끼에 미끼를 던지는 수 싸움.

바로 그 미끼를 건 줄을 끊기 위해 카릴은 먼저 교도 용병단을 노린 것이었다. 그런데 지금 자신이 자르기 위해 잡은 줄마저 미끼였다고 고든은 말하고 있었다.

'설마……'

카릴이 굳은 얼굴로 그를 바라봤다.

"적이 된 입장에서 할 소리는 아니지만 교단을 조심해라. 그들이야말로 진짜 변수가 될 것이다."

역시나였다. 올리번은 우든 클라우드와 연관이 있지만 대외적으로 그들의 힘을 쓸 순 없다.

하지만 그 우든 클라우드와 연결되어 있는 교단의 힘은 전쟁이라 하더라도 전폭적으로 제국을 도울 수 있었다.

"그들은 인간이 아닌 힘을 가지고 있다."

"신의 힘? 그들이 내릴 수 있는 축복이야 기껏해야 신체 능력을 올려 주는 미약한 버프(Buff)에 불과하지. 그 정도는 마력으로도 충분히 극복할 수 있어."

"글쎄. 그들의 힘이 겨우 그 정도에서 그쳤더라면 마법회에 그 입지가 밀렸겠지."

고든은 묘한 말을 남겼다.

"조심해라. 올리번을."

"걱정하지 마. 녀석의 목숨을 끊는 것은 나니까."

"아직 넌 그의 배후를 모른다."

"아니. 잘 알지."

카릴은 더 이상 할 말이 없다는 듯 뒤를 돌아섰다.

"고작 드래곤을 말하는 것이라면 그 역시 내가 놈의 목을 벨 것이다."

고든은 그런 그의 뒷모습을 바라보며 어쩐지 뭔가 마지막 한 마디를 내뱉지 못한 것 같은 표정이었다.

"카릴."

대신 낮게 그의 이름을 불렀다.

"마지막으로 한 가지만 더 물으마. 너는 단 한 번도 궁금하지 않았더냐? 크웰과 칼리악의 관계를 말이야."

카릴은 심장이 쿵 하고 내려앉는 기분이었다. 모든 시작과 준비는 맥거번가의 저택에서부터 시작된다고 생각을 해오며 탑을 올랐다. 오직 그곳에서 용의 심장을 얻어 새로운 역사를 쓰겠다는 일념만이 남아 있었다.

그래서일까. 회귀하고 마차 안에서 눈을 떴을 때도 그는 크웰이 어째서 자신을 구했을까 하는 의문을 갖지 못했던 것이다.

"당신 셋이 친우였다는 것?"

"아니. 친우인 그가 칼리악을 벨 수밖에 없었던 이유. 이단 섬멸령에서 녀석은 이민족의 피해를 최소화시키기 위해서 기사로서 노력했다. 네 말대로 그것이 만족스러운 방법은 아니라 할지라도."

마치 전생의 올리번과 자신의 기억이 교차되는 기분이었다. 제국인과 이민족. 친우이자 끝내 서로 검을 겨눈 사이.

"이유가 뭐든 결과는 다르지 않아."

카릴의 대답에 고든은 쓴웃음을 지으면서 말했다.

"그래. 웃으면서 만날 수 있는 사이는 아니겠지. 하나 전장에서라도 만나게 되면 물어보거라."

카릴은 살짝 입술을 깨물었다.

"진실이 무엇이든…… 아는 것은 전쟁이 끝난 뒤야."

"부디 그리하길 바라지."

그러고는 걷던 걸음을 멈추고 다시 한번 뒤를 돌아보며 말했다.

"한 가지 잘못 알고 있는 게 있는데. 난 6클래스가 아니라 7클래스다."

확실히 소드 마스터 혼자서는 전쟁의 판도를 바꿀 수 없다. 평범한 소드 마스터라면 말이다.

"난 할 수 있어."

콰아아아아아앙-!!

제국의 황도. 요란한 폭음 소리와 함께 성문이 산산조각이 났다. 폭풍과도 같은 침입은 순식간에 태양홀에까지 이르렀고 병사들의 비명과 함께 대신들은 갑작스러운 소란에 어리둥절했다.

"스, 습격이…… ㅂ……!!"

문 앞에서 소리치던 병사의 외침이 끊기고 그대로 몸이 잘려 나갔다.

"말도 안 돼!!"

"30만 대군이……. 지금 출진을 했는데!"

"어떻게……."

황궁의 사람들은 성 아래서 아무렇지 않게 걸어 들어오는 소년을 바라보며 믿을 수 없다는 듯이 외쳤다. 그도 그럴 것이 대전(大戰)을 앞두고 적의 수장이 적진 한복판에 나타날 줄은 꿈에도 모를 일이었으니까.

[크르르르르르……!!]

황궁의 지붕 위로 붉은 비늘의 낮은 으르렁거림이 들렸다.

"그래서 뭐?"

태양홀의 문을 열며 도망치던 대신의 목을 움켜쥔 카릴이 인정사정없이 비틀어 버리면서 말했다.

우드득-

죽음을 맞이할 여유도 없이 눈을 감지도 못한 채 대신의 몸이 축 늘어졌다.

"30만이든 100만이든 얼마든지 와도 내 부하들은 네놈들에게 지지 않는다. 하지만 네놈들은……."

시체를 아무렇지 않게 바닥에 던져 버리며 카릴은 그들을 향해 나지막하게 말했다.

"오늘 내게 죽는다."

▶Chapter 3◀

"피……!! 피해라!"

"도망쳐!!"

황궁은 삽시간에 아수라장이 되었다. 원칙적으로 수도 방위를 맡고 있던 흑 기사단이 포나인의 방어성에 가 있는 지금 아이러니하게도 제국의 황도는 현재 가장 취약한 곳 중 하나가 되었다. 하지만 그 누구도 이곳을 급습할 것이라고는 생각하지 못했다.

아니, 애초에 그런 생각을 할 엄두를 내지 못했다. 100만이라는 엄청난 대군을 가지고 있는 적의 심장을 그대로 찌르겠다는 계획을 어느 누가 생각해내겠는가. 그것도 단신으로 말이다.

체크메이트(Checkmate). 결국 모든 전쟁에서 가장 중요한 것은 왕을 잡는 일이다. 그만큼 왕은 강력하지만 보호받아야 하는 존재이기도 하다.

　하지만 단 한 명. 모두가 각 진형의 주공이 격돌해야 할 순간이라 생각하는 시점에서 카릴은 오히려 반대로 생각했다. 100만이란 대군이 격돌하는 대전쟁이지만 전장에 나서는 지휘관은 결국 왕이 아닌 기사. 결국 100만이 모두 소진되어도 전쟁은 끝나지 않는다.

　스스로가 왕이라는 존재의 부담감 따위 없는 듯. 어찌 보면 그는 지금까지와는 전혀 다른 왕일지 모른다. 가장 위험한 전장에서 가장 선두에 선 왕이었으니까.

　카앙-!!

　카릴은 검을 들었다. 불시에 찾아온 기습적인 공격이었지만 마력을 최대로 끌어 올린 그에게는 마치 눈으로 훤히 지켜보고 있는 것과 같은 기분이었다.

　"흐음."

　기사들이 그를 에워쌌다. 갑옷의 색깔은 금색이고 기사들 한 명 한 명이 모두 은은한 기세를 품고 있는 것이 소드 마스터에 근접하는 최상급 소드 익스퍼트들임을 단번에 알 수 있었다.

　"오랜만이군."

　카릴은 마치 감회가 새롭다는 듯 그들을 훑었다.

　개중에는 낯익은 얼굴도 있었다. 제국에서 가장 실력 있는 자들로만 구성된 황제의 친위대. 전생에 많은 기사들이 타락과의 전쟁으로 죽어 나갔다. 그런 와중에 카릴이 기억하고 있다는 것은 그만큼 실력이 있는 자들이자 자신의 뒤를 맡겨 본 적이 있는 자들이란 의미였다.

금 기사단.

"감히……!! 이곳이 어딘 줄 알고!!"

노성과도 같은 외침과 함께 거대한 대검을 겨누는 그는 다름 아닌 총기사단장인 벨린 발렌티온이었다.

"결계 준비."

우우우웅…….

태양홀 바닥의 마법진이 형성되기 시작했다. 하나의 거대한 원이었던 마법진은 이어 두 개로 다시 네 개로 겹쳐졌다 사라지면서 삽시간의 수십 개의 원을 그렸다.

[조심해라. 드래곤의 마법인 혼효결계(混淆結界)와 비슷한 다중봉인진(多重封印陳)이다. 제법 공을 들였군. 이 정도라면 대마법사라도 쉽게 깰 수 없어.]

알른의 말을 들으며 카릴이 고개를 들었다. 하늘색의 깃털 모양 장식이 되어 있는 고풍스러운 지팡이가 마력이 응축될 때마다 가볍게 흔들렸다. 벨린 발렌티온의 옆에 서 있는 궁정 마법사인 카딘 루에르가 태양홀의 결계를 발동시킨 것이다. 그의 뒤에는 카딘의 직속 부하인 듯 보이는 수십 명의 마법사들이 결계진을 발동하는 것에 집중을 쏟고 있었다.

"간이 배 밖으로 나온 놈이로군!! 저자의 목을 쳐라!!"

벨린 발렌티온의 외침에도 불구하고 기사들은 섣불리 다가

가지 못했다. 그도 그럴 것이 최상급 기사인 그들이기에 오히려 자신들과 카릴의 실력 차이를 확연하게 알고 있었다.

"진정하시게."

카딘이 그런 그를 막았다.

"눈앞의 적은 소드 마스터이지 않소이까. 신중해야 합니다. 태양홀 전체를 감싸는 결계가 완성되면 아무리 그라 하더라도 쉽사리 움직이지 못할 것입니다."

하지만 카딘과 달리 벨린은 여전히 붉으락푸르락하는 얼굴로 소리쳤다.

"내 어찌 가만히 있겠소. 황궁으로 적이 들이닥친 것은 기사로서 가장 큰 수치……! 그런 일이 내가 있는 이 순간에 벌어지다니……! 뭣들 하느냐!!"

카릴은 그를 바라보며 입꼬리를 올렸다.

"그렇게 자신 있다면 직접 와보시지? 제국의 기사단장과 궁정마법사를 이곳에서 모두 죽이면 적어도 이곳에 온 최소한의 수확은 거두는 것일 테니까."

"뭐…… 뭣이!"

"아니면 내가 가지."

그 순간 수십 명의 기사가 황급히 몸을 움직이며 카릴을 막아섰다.

부우웅-!!

위에서 아래로 내려치는 검날을 시작으로 마치 그물처럼 수십 개의 검망이 그를 에워쌌다. 하지만 놀랍게도 모두 허무하게 허공을 스치며 목표물을 잃고 흩어졌다.

어리둥절한 얼굴로 주위를 둘러보던 기사들은 경악을 금치 못했다.

쩌걱-! 파스스스······.

자신들이 들고 있던 검이 순식간에 시커먼 가루가 되어 부서져 흩날렸기 때문이다.

'저건······.'

카딘 루에르는 그 광경을 바라보며 자신도 모르게 마른침을 꿀꺽 삼키고 말았다.

"어쩌면······. 그가 대마법사의 반열에 오른 것일지도 모르는 일이기 때문이오."

기껏해야 4클래스에도 도달하지 못한 기사들이었기에 카릴의 마력을 제대로 가늠할 수 없었다. 하지만 마력에 관해서 정통한 카딘 루에르는 달랐다. 일순간 기사들의 검에 뿜어냈던 카릴의 마력이 단순한 마나 블레이드가 아닌 마법이라는 것을 그는 꿰뚫어 보았던 것이다.

"그가 7클래스에 도달했다는 말인 겐가? 소드 마스터가 대마법사의 영역에······?! 말도 안 되는 소리!"

벨린 발렌티온은 경악스러운 표정으로 카릴을 바라봤다. 하지만 그의 놀라움에 카릴은 그저 차갑게 웃을 뿐이었다.

저벅- 저벅- 저벅-

카릴의 발걸음 소리만이 홀에 울렸다. 그가 처음 이곳에 발을 들여놓았을 때처럼 모두가 그에게 집중했고 그의 걸음을 가로막을 수 있는 자는 없었다.

"제국이……. 고작 한 명에게……."

벨린 발렌티온은 지금 이 자리에 크웰 맥거번이 없다는 것에 안타까울 따름이었다. 헤임에서의 일 이후 그는 올리번으로부터 자택에 머무르라는 명을 받았다.

전쟁을 앞둔 상황에서 제국의 최고 기사를 참여시키지 않는다는 것은 의아할 수밖에 없었다. 하지만 크웰은 그의 명을 따랐고 그의 제자들 역시 아무런 반발 없이 돌아갔다.

적국의 왕인 카릴의 아버지이기 때문이란 명목이었지만 실제로는 올리번이 자신의 손으로 황제를 죽인 것을 본 자들이기 때문에 그들을 감춘 것일지도 모르는 일이었다.

이유가 어찌 되었든 결과적으로 지금 이곳에 대륙제일검이라 불리는 유일한 강자가 없었고 아무도 카릴을 막을 수 없었다.

"무례하군."

그때였다. 황좌의 뒤에서 조용히 지켜보던 남자가 천천히 모습을 드러내며 카릴을 향해 말했다.

"비록 서로 검을 겨루는 전쟁이라 하여도 국가의 명예가 걸린 지엄한 일. 적어도 상대에 대한 예우는 지켜야 할 것임을. 이런 식으로 일을 해결하려 하다니 말이야."

낮고 중후한 목소리였다. 올리번의 언령과는 또 다른 힘이 느껴지자 조금 전까지만 하더라도 카릴에 의해 홀을 감싸던 불안감이 사라지는 것 같은 느낌이었다.

그 순간. 카릴은 그의 얼굴을 바라보자 충격을 받은 듯 자신도 모르게 눈을 동그랗게 떴다.

[저자는 누구지?]

[이런 마력을 가진 자가 존재하다니……]

보기 드문 은발을 가진 남자는 제법 온화한 미소로 카릴을 바라봤다. 정령왕들은 혼란스러운 듯 그를 바라보며 말했다. 그들의 대화 소리가 들릴 리 없었는데 어쩐지 그는 여유로운 미소를 짓는 듯싶었다.

"닐 블랑이라 하네."

제국의 4공작 중 마지막 한 명. 베일에 싸여 정체를 알 수 없던 그의 등장에 카릴은 살짝 눈썹을 찡그렸다.

"……닐 블랑?"

어이가 없다는 듯 그의 이름을 되묻는 카릴과 달리 그는 아무렇지 않게 고개를 끄덕였다.

[저자가 제국의 마지막 배후라 불리는 자로군.]

알른 역시 그를 유심히 바라봤다.

[신기하군. 이렇게 순도 높은 마력이라니 말이야. 정령왕들이 놀라는 것도 당연하겠군. 마도 시대에도 이런 자는 없었으니……]

수군거리는 소리를 뒤로한 채 카릴은 그런 닐 블랑을 물끄러미 바라봤다. 조금 전의 놀랐던 얼굴을 감추고서.

"기껏해야 공작 주제에 나에게 예우를 논해? 살기 위해 진흙탕에서 굴러보지도 않은 주제에 네들이 목숨의 무게를 말할 자격이 있나?"

카릴은 그를 노려보며 말했다.

"죽고 죽이는 전쟁에서 뭐가 예우인데? 30만이 타투르를 노리며 출진했다고? 네들의 그 세 치 혀와 가벼운 손가락으로 30만의 목숨을 앗아가게 만드는 게 네놈들이 말하는 전쟁의 예우인가?"

츠즉……!! 츠즈즈즉……!!

카릴의 손에 들린 라크나가 전격을 뿜어내며 으르렁거리듯 울기 시작했다.

'결계진은?'

'준비 끝났습니다.'

'좋아. 내가 명령하면 즉시 발동시킨다.'

카딘 루에르는 부하의 말에 조심스럽게 고개를 끄덕이며 카릴을 주시했다.

"나와 이야기를 나누고 싶다면 제국의 황제가 직접 나와야지. 적어도 예우를 아는 놈이라면 적국의 왕이 친히 찾아왔는데 말이야."

"화친을 위한 만남이라면 언제든 환영하나 이런 식의 만남은 그저 습격에 지나지 않아 보이는데 어찌 제국의 황제가 당신을 만날 수 있겠나."

닐 블랑은 카릴의 말에도 불구하고 여전히 여유로운 표정으로 대답했다.

"이런 소란을 만들어내고도 내가 나온 이유는 한 가지일세. 여전히 올리번 저하는 타투르와의 전쟁을 석연치 않아 하시네. 나 역시 마찬가지. 아마 전쟁을 반대하는 몇 안 되는 대신 중 하나겠지."

"그래서?"

"전쟁이란 결국 취해야 할 이득을 위해서 벌이는 것. 하나 그대의 말대로 얻을 이득보다 흘릴 피가 더 많다면 충분히 타협점을 찾을 수 있을지도 모르지. 안 그런가."

"그게 무슨 소리요! 지금 제국의 황도에 침입한 자에게 화평이라니!!"

벨린 발렌티온은 닐 블랑의 말에 어이가 없다는 듯 소리쳤다. 카릴은 그의 말에 코웃음을 쳤다.

"하나같이 제국이라며 콧대를 세우는 자들이 나와 싸우는 것을 꺼릴까."

"그거야 대륙에 많은 피해가 있을 것을 알기 때문이지 않겠나."

"아니. 난 좀 다르게 생각하는데."

그 순간 닐 블랑의 낯빛이 어두워졌다.

"너, 아니, 너희들."

카릴은 그를 바라봤다.

"우든 클라우드에서 무슨 짓거리를 하고 있는 거지? 이 전쟁으로 얻으려고 하는 것이 뭐야."

"……무슨 소리인지 모르겠군."

얼굴이야 언제들 바꿀 수 있다. 신화 시대에서부터 마도 시대까지. 그 어디에도 드래곤이 하나의 얼굴로 살았다는 기록은 없었으니까.

풍기는 기운 역시 마찬가지다. 드래곤 정도의 능력이라면 제 아무리 정령왕과 비전력을 가진 알른이라도 그 차이를 쉽게 찾을 수 없을 것이었다. 신화 시대에 백금룡을 만났던 정령왕들도 마도 시대에 가르침을 받았던 대마법사도 모두 그의 얼굴을 알고 있다. 하지만 그것은 과거일 뿐.

"정령왕도 마도 시대를 살았던 대마법사도 속일 수 있을지 모르지만 난 달라."

카릴은 닐 블랑을 바라보며 차갑게 웃었다. 얼굴도 기운도 숨길 수 있다 하더라도 오직 자신만이 알고 있는 것이 있다.

'미래에서 온 나만이 알지. 네가 이번 시대에 어떤 얼굴로 살 것인가 하는 것. 하나 이렇게 만날 줄은 몰랐다. 드디어 그리운 얼굴을 보게 되는구나.'

"신탁을 위해 온 게 아니었어……."

카릴은 아무도 들리지 않는 작은 목소리로 중얼거렸다.

'네놈은 처음부터 올리번의 편이었던 거지. 그런데 왜 녀석을 죽게 놔뒀지?'

그러고는 천천히 검을 들며 닐 블랑, 아니, 나르 디 마우그를 향해 검을 겨누었다.

"어디서 약을 팔아? 이 드래곤 새끼가."

[뭐……?!]

[저자가 백금룡이라고?!]

카릴의 말에 놀란 것은 오히려 홀의 대신들이 아니라 아닌 정령왕과 알른 자비우스였다.

[우린 백금룡의 모습을 안다. 저 자가 나르 디 마우그일 리가 없어. 그는 금발의 남자야!]

[무슨 소리야? 그는 은발이다. 하지만 저자와는 완전히 다르지. 왜냐면 중년의 모습을 한 남자니까. 드래곤이 폴리모프를 할 때 모습을 바꿀 수 있다지만 그는 달라. 자존심이 강한 드래곤일수록 한 모습으로 평생을 사니까.]

[그래서? 그 드래곤을 가장 먼저 알고 있었던 것은 우리다. 네 말대로라면 우리가 알고 있던 신화 시대의 금발이었던 모습이어야 한다.]

알른의 반박에 라미느는 언짢은 목소리로 대답했다.

그 순간 카릴은 웃었다.

'금발이든 은발이든 젊던 나이가 많던 중요한 게 아냐.'

[그럼?]

'저놈이 처음부터 닐 블랑으로서 인간 세계에 살고 있었다는 점이지. 드래곤으로서 신탁을 이행하기 위해 나타난 것이 아니라 인간의 역사를 자신의 손으로 그리고 있었다는 점이다.'

우든 클라우드, 교단 그리고 녀석의 레어에서 본 실험에 쓰인 인간의 시체들까지. 제국이 만들어지기 이전부터 나르 디 마우그는 자신만의 계획을 착실하게 수행하고 있었다.

도대체 언제부터일까.

비단 지금의 결과만이 다가 아니었다. 그는 신화 시대에도 존재했으며 마도 시대에는 알른을 비롯한 7인의 원로회와 알 테만을 가르쳤다.

카릴은 불현듯 이런 생각이 들었다.

자신의 회귀조차……. 그가 안배한 계획 속에 들어 있었던 것은 아닐까 하는 생각을 말이다.

'아니.'

솔직히 믿기 어려운 일이다. 그 자신이 회귀하지 않은 이상 미래에 일어날 일을 예상하고 준비할 수 있을 리가 없으니까.

[못할 것도 없지.]

그때였다. 잠자코 있던 마엘이 침묵을 깨고 말했다.

[백금룡이란 원래 그런 놈이다. 신령대전에서 신의 편에 섰던 드래곤을 이끌었던 수장이 바로 저놈이니까. 하지만 드래곤의 수장 이전에 놈이 뭐였는지 알아?]

소란스럽게 떠들어 댔던 정령왕들이 입을 다물었다.

[그가 과거에 무엇이었기에?]

대신 알른이 물었다.

[너희들이 말해보지 그래. 그렇게 잘난 듯이 백금룡을 잘 알

고 있다고 여기는 이유가 그 때문이지 않은가.]

하지만 그 누구도 마엘의 말에 대답하지 못했다.

[영령 지배자(英靈 支配者).]

대신 차가운 그의 목소리가 카릴의 귓가에 울렸다.

[모든 정령왕들과 계약한 블레이더. 백금룡이란 이름 이전의 그의 이명이었다.]

'녀석이⋯⋯. 블레이더였단 말인가.'

[그래. 드래곤은 신의 편에 선 자들이지만 신령대전에서 처음부터 그랬던 것은 아냐. 그 이전에 그 역시 블레이더였다. 즉, 배신자라 할 수 있지.]

카릴은 물끄러미 닐 블랑을 바라봤다.

[그게 무슨 상관이지? 처음부터 녀석이 신의 편이었던 것은 모두가 알고 있는 사실이다.]

[패배한 것은 우리지 그가 아냐. 얼굴을 숨기면서까지 인간 세계에 있을 이유가 없다.]

정령왕들은 반박했지만 마엘은 오히려 그런 그들을 향해 혀를 찼다.

[고대의 족속들과 인간의 차이가 뭔지 아나? 네 녀석들은 하나같이 공명정대하려고 해. 그것이 균열에서 태어난 영적 존재가 가지는 태생적인 힘일지 모르지만⋯⋯. 나 같이 삐뚤어진 놈의 생각은 오히려 다르지.]

'무슨 뜻이지?'

[내가 저런 쓸데없이 깨끗한 놈들과 반역을 꾀했었다는 것이 바보 같다는 말이다.]

[뭐……?]

마엘은 으르렁거리듯 말하는 두아트를 무시한 채 카릴을 향해 말했다.

[신화 시대에 정령을 마도 시대엔 마법과 검을 그리고 자신의 레어에서 인간을 실험했다. 이제 이 현세에서 그가 실험할 것은 뭐가 있겠어? 카릴, 그것이 네 말대로 놈이 인간 세계에 존재해야 할 이유겠지.]

'설마……'

[그래. 인간을 뛰어넘어 인류겠지.]

마엘의 말에 모두가 놀라지 않을 수 없었다.

[종족의 가능성을 이제 실험하려 한다는 뜻인가…….]

알른은 마엘의 말에 탄식하듯 대답을 해버렸다.

"무슨 말인지 모르겠군. 내가 수호룡이라니……. 하나 말 한 번 잘했군. 원한다면 전쟁을 지속해도 좋다. 그것이 폐하의 뜻이기도 하니 말일세. 하나 정복왕이 이끌던 시절이 아닌 지금의 제국은 평화를 원하나 우리와 검을 나눈다는 것은……."

차악-

닐 블랑이 손을 뻗었다. 그의 등 뒤에 걸린 은은한 푸른빛의 망토가 가볍게 펄럭였다.

"드래곤과 싸워야 한다는 것이기도 하다. 그대는 자신의 부하들을 드래곤의 먹잇감으로 내어놓는 우책을 벌이려는 것인가."

"고상한 척은. 말투부터 바꾸지 그래? 닭살 돋을 것 같으니까."

자신이 미래를 알고 있다는 것. 현생에 그가 어떤 얼굴로 살아갈 것인지 유일하게 아는 자신은 그가 자신을 드래곤으로서 밝힌 뒤에 어떻게 행동을 해왔는지 누구보다 잘 알고 있었다.

"그래?"

카릴은 그 순간 놓치지 않았다. 아무도 보지 못했지만 닐 블랑의 입꼬리가 아주 미세하게 올라갔다는 것을.

콰아아아아앙-!!

"찾을 필요도 기다릴 필요도 없이 제 발로 찾아와 주니 나로서는 고마울 따름이지. 제국 전쟁을 끝내기 위해서 어차피 너와 담판을 지어야 하니까."

"무, 무슨!!"

그 순간 카딘 루에르가 황급히 손을 들며 소리쳤다.

"결계진을……!"

콰아아아아앙!! 콰가강!!

하지만 그의 외침이 무색하게 카릴의 발아래에 있던 대리석들이 와장창 부서지며 그 안에 새겨져 있던 마법진들이 빛을 잃고 말았다.

"끼어들지 마."

[클클클……. 오랜만이군. 이렇게 힘을 쓰는 것.]

7클래스 대마법사의 마법을 단 일격에 부술 수 있을 리가 없었다. 카던 루에르는 믿을 수 없다는 표정으로 카릴을 바라 봤지만 그는 은회색으로 빛나는 라크나의 검날을 따라 푸른 뱀 한 마리가 나타났다 사라진 것을 감지하지 못했다.

좌아아악!! 스캉!!

고개를 돌리지도 않은 채 자신의 옆으로 검을 그었다.

"피, 피해……!!"

기사단장의 외침과 동시에 카릴의 오른쪽에 검을 겨누고 서 있던 기사들의 머리가 잘려 나가며 마치 공처럼 사방으로 팅겨 바닥에 굴렀다.

"허튼짓을 하는 놈은 마법사든 기사든 모두 죽는다."

침묵이 흘렀다.

"으……! 으아아악!"

하지만 그 침묵 뒤에 카릴의 경고에도 불구하고 움직인 금의 기사들이 일격에 죽어버리자 태양홀에 있던 대신들은 비명을 지르면서 도망치기 시작했다.

탁-

하지만 홀을 요란하게 울리던 비명은 순식간에 사라졌다. 카릴이 가볍게 발을 내딛지 바닥에서 날카로운 송곳 같은 돌기둥들이 튀어나오면서 그들을 관통했다. 턱 아래에서 머리를 꿰뚫어 버린 기둥에서부터 복부에서 척추를 부수고 튀어나온 기둥까지. 순식간에 수십 명의 대신이 날카로운 돌기둥에 마치 꼬치 꿰듯 꽂혀 하늘로 솟아올랐다.

"말도 안 돼……."

"결계진이 존재하는 태양홀에서 마법을……?"

"정말 대마법사의 영역에 오른 자란 말인가."

마법병대의 마법사들은 카릴의 모습에 다른 의미로 경악을 금치 못했다. 자신들을 압도하는 마력에 그들은 도망갈 생각 조차 하지 못한 채 몸을 부르르 떨었다.

[클클클……. 내 신력을 기반으로 한 마법이다. 인간의 결계 따위 단번에 상회할 수 있지.]

마엘은 시체를 바라보고 혀를 내밀며 비웃듯 말했다.

"검을 멈추게."

닐 블랑은 뒤로 물러나며 소리쳤다. 하지만 카릴은 그의 외침을 무시하며 품 안에 있던 아그넬을 꺼내었다.

지이이잉……!!

그의 마력이 담긴 아케인 블레이드가 아그넬에 의해 뿜어져 나오며 그 검날 속에 이번엔 두아트의 힘이 깃들었다.

보랏빛의 검날이 칠흙처럼 검게 변했고 반대쪽 라크나의 은회색의 검날이 더욱더 날카롭게 빛나기 시작했다. 카릴은 두 자루의 검을 휘두르며 닐 블랑을 향해 뛰어올랐다.

"검을 멈춰? 원한다면 네 힘으로 막으면 되겠군. 대륙에서 내 검을 막을 수 있는 자는 이제 너뿐일 테니까!!"

파즉……! 파즈즈즉……!!

카릴의 마력이 한층 더 뿜어져 나왔다.

[드래곤을 죽이는 법?]

백금룡의 레어를 떠나 타투르로 향하던 밤. 붉은 비늘의 머리 위에서 카릴은 알른과 대화를 나누었다.

[방법이 아예 없는 것은 아니지.]

'어떻게 해야 하지?'

[용을 죽인 카이에 에시르는 인간의 한계라 불리는 7클래스를 뛰어넘어 8클래스에 도달했다고 했지. 하지만 사실 그건 어려운 일이 아냐. 나 역시 그 경지를 맛보았었으니까. 물론, 스스로 터득한 재능과 드래곤의 지식을 통해 만들어진 차이는 있겠지.]

'당신이 뛰어나다는 것은 충분히 알고 있어. 하지만 이 상황에서 잘난 척은 어울리지 않지 않아?'

[계속해서 듣거라. 한번 생각해 봐라. 이상하지 않나? 절대로 인간이 도달할 수 없는 영역인 9클래스의 마력을 가진 드래곤이 8클래스 마법사에게 죽었다는 것이 상식적으로 가능하다고 생각하느냐?]

'무슨 뜻이야?'

[8클래스 마법사라 하더라도 인간의 영역에 있는 우리는 드래곤보다 약하다. 카이에 에시르와 염룡의 싸움에서 석연치 않은 부분은 없었느냐는 것이다.]

카릴은 급박한 상황에 갑자기 그런 질문을 하는 알른이 이해가 가지 않았다. 카이에 에시르의 전투는 경악 그 자체였다. 가장 낮은 클래스의 마법을 중첩하여 믿을 수 없는 파괴력을 냈던 그 모습은 지금도 선명하게 기억하고 있었다. 그것은 지금까지의 모든 마법 체계를 뒤엎는 사건이었으니까.

하지만 그 놀라운 광경에 취해 흘려들었던 그들의 대화가 카릴의 머릿속에 불현듯 떠올랐다.

[어째서 용 사냥을 하는 거지. 너와 우린 동류가 아니었던가.]
"동류? 설마……. 인간과 용이 어떻게 같겠어."

카이에 에시르는 그의 말에 피식 웃었다. 하지만 카릴은 그 대답이 리세리아의 마음을 요동치게 만들고 있음을 느꼈다.

[한 가지만 묻지. 혹여 나의 죽음이 너에게 새로운 전환을 주는가?]
"물론."

'그래, 분명 그랬지. 설마……. 염룡이 일부러 그에게 죽은 건가. 뭔가를 남기기 위해서?'
[모르지. 하나 확실한 것은 있다. 염룡의 죽음이 사냥이 아닌 자의에 의한 것이라면 역사상 지금까지 제대로 드래곤을

사냥한 인간은 없다는 것이겠지.]

그만큼 드래곤이란 존재는 벽과 같다는 의미였다.

[8클래스의 힘으로도 부족한 상대다. 인간 중에 드래곤을 잡을 수 있는 자는 없겠지. 하지만 거기에 소드 마스터의 검술이 더해진다면 어떨까.]

알른은 마치 자신의 힘까지 카릴에게 보태려는 듯 검은 연기가 카릴을 감싸기 시작했다.

[인간은 용사냥에 성공한 적이 없다. 이 말은 반대로 말한다면 '최초'의 자리가 비어 있다는 것. 카이에 에시르가 어떻게 드래곤을 죽였는가보다 그게 더 중요한 것 아니겠나? 용사냥꾼이란 이명의 주인이 네가 될 수도 있다는 뜻이겠지.]

카릴은 그의 말에 입꼬리를 올렸다.

[너는 천년빙동에서 7클래스에 도달했다. 하지만 네게 있어서 그건 자랑할 거리도 안 될 이야기지. 안 그래? 네가 얻은 것은 따로 있으니까.]

알른은 클클 거리며 말했다.

'섬격(殲擊).'

[그래, 그 힘이야말로 드래곤에게 일격을 가할 수 있는 힘. 하지만 그 역시 완전한 것은 아니다. 너도 알고 있잖느냐. 단순히 마력이 높아지는 것만이 섬격을 담금질할 수 있는 방법이 아니라는 것을 말이다.]

콰아아아아아-!!

날카로운 파공성이 홀 안에 가득 울려 퍼졌다.

쩌적…… 쩌쩌적…….

그의 발밑에서 금이 가기 시작했다. 은회색의 마력이 전신을 휘감자 중력이 역행하듯 그의 주위로 흙덩이들이 떠오르기 시작했다.

[그래. 그거다. 마력이 부족하다면 마력을 뛰어넘는 힘을 쓰면 된다.]

알른의 나지막한 탄성이 들리는 것 같았다.

[섬격(殲擊)에 신력(神力)을 담아내는 것.]

동시에 카릴의 머리카락이 바람에 휘날리듯 솟아오르기 시작했다.

닐 블랑은 굳은 얼굴로 그를 바라봤다.

"우책? 너야말로 우를 범하는 것이겠지."

카릴은 천천히 검을 거두었다.

"이런 시작도 좋겠지. 전쟁의 시작을 드래곤의 목으로 하는 것도 말이야."

어느새 태양홀 주위로 집결된 병사들이 홀 전체를 몇 겹으로 에워싸기 시작했다.

"마법병대는 후열로! 전방의 방패병들에게 실드 마법을 걸어라!"

"목숨을 바쳐서라도 적이 빠져나가지 못하도록 막아야 한다!! 2열 창병 전투 준비!!"

귀청이 떨어질 것 같은 엄청난 소리. 황궁의 바깥까지 둘러싸고 있는 병사들의 수는 가히 수만 명에 다다랐다.

카릴은 주위를 훑었다. 보호 마법이 걸린 거대한 타워 실드 사이로 보이는 날카로운 눈빛들은 마치 그를 원수를 보는 듯 살기 가득했다.

"비 기사단!! 전투 태세로!!"

차악-! 쿵!!

외침과 함께 창병들이 겨눈 창 사이로 거대한 원뿔 형태의 마상용 창들이 튀어나왔다.

즈으으응……!!

기사들의 창은 일반적인 길이를 훨씬 뛰어넘는 것들이었다. 창끝이 마치 갈고리처럼 4개의 갈퀴가 튀어나오더니 천천히 회전하기 시작했다. 창의 색깔은 그들이 입고 있는 비취색의 갑옷과 똑같은 색깔이었다.

"처음 보는 기사단인데……. 나를 죽일 듯이 노려보는 이유를 알겠군."

카릴은 군대를 지휘하는 지휘관의 얼굴을 바라보며 쓴웃음을 지었다. 나락 바위에서 자신이 전멸시켰던 려 기사단의 기사단장인 캄 그레이였다.

"기사를 잃은 기사단장과 기사단장이 잃은 기사들이라……."

그뿐만 아니라 기사들의 얼굴을 모두 기억하진 못하지만 그들이 어째서 비취색의 색깔의 무구를 착용한 것인지 그 이유만큼은 충분히 알 것 같았다. 다름 아닌 북부에서 카릴에게 죽임을 당한 가휄의 녹 기사단 기사들이었기 때문이다.

"패자들이 뭉쳐봤자 결국 패자일 뿐이지."

하지만 카릴은 아무런 감흥이 없다는 듯 그들에 대한 감상을 짧게 읊조릴 뿐이었다.

"50만 대군을 이끌 지휘관이 당신이라니. 청기사단의 크웰이라면 모를까……. 나를 상대로 고작? 올리번은 이 전쟁에 대해서 여유롭기 그지없군. 50만의 목숨을 함부로 버릴 생각이니 말이야."

"감히!! 그 더러운 입으로 폐하의 존함을 함부로 올리다니! 이 더러운 괴물 놈!!"

캄 그레이는 그 이전에 봤을 때보다 더욱 창백한 얼굴로 소리쳤다. 마치 몇 년 동안 복수의 칼날만을 갈고 닦은 듯 그의 눈빛에 독기가 여실히 느껴졌다.

"나락 바위에서의 일을 말하는가?"

"네…… 네놈……!!"

"네 기사단이 약했을 뿐이다. 몇 년 전 나에게 전멸할 정도면 이 전쟁에서 살아남을 수 없었을 테니까. 운이 좋군. 그보다는 나은 녹 기사단의 기사들을 얻었으니 말이야."

캄 그레이는 특유의 날카로운 세검을 뽑으며 카릴을 향해 있는 힘껏 찔렀다.

[모습처럼 허약하기 짝이 없는 공격이로군.]

마엘은 지루한 듯 캄 그레이의 검술을 바라보며 낮은 하품을 하며 중얼거렸다. 한때 신속이라는 별명을 가졌던 캄 그레이였지만 지금의 카릴에게는 그저 느린 검술에 불과했다.

쇄아아악……!!

자신의 옆을 스치듯 지나가는 세검을 라크나의 손잡이로 튕겨 내며 카릴은 그대로 아그넬을 캄 그레이의 쇄골에 박아 넣었다.

"컥!!"

서걱! 하는 쇄골이 잘려 나가는 소리와 함께 그의 목덜미에서 피가 분수처럼 쏟아지기 시작했다.

"차라리 광전사라 불렸던 부단장 나르일이 좀 더 기사단장에 어울렸을지도 모르겠군. 단장이란 작자가 검술을 놓은 지 오래되었지? 그러니 기사단이 그 모양이지."

"네…… 네놈……!!"

카릴은 비통한 얼굴로 소리치는 캄 그레이를 바라봤다. 씁쓸했지만 딱 거기까지였다. 전생에 동료였던 나르일의 죽음이 자신의 손으로 일어난 것이기에 그의 부재에 대한 어떠한 아쉬움도 가지지 않았다.

차앙-!!

바닥에 떨어뜨린 캄 그레이의 세검을 밟자 허무할 정도로 약하게 부서지고 말았다.

"멈춰라!!"

그때였다. 캄 그레이의 완벽한 패배에 태양홀을 둘러싸고 있던 병사들이 경악을 금치 못하고 있는 상황에서 유일하게 카릴을 향해 검을 내지르는 젊은 기사가 있었다.

1번째 왕관 자세(Crown Posture).

콰드드득……!!

날카롭게 돌격하는 대검을 받아내며 카릴이 라크나를 비틀자 기사의 어깨에 검이 박혔다. 기묘한 궤도로 쏟아내는 카릴의 검술은 생전 처음 보는 것이었다.

그도 그럴 것이 마력이 없던 전생에 이미 검성이라는 칭호를 얻었던 그가 창안한 것이었으니 제국의 기사가 검의 다섯 자세를 뚫을 수 있을 리가 없었다.

"큭!!"

보랏빛 어깨 갑옷이 부서지면서 기사가 비틀거렸다. 하지만 놀랍게도 그는 팔 한쪽 정도는 내어주겠다는 듯 검이 박힌 채로 그대로 밀고 들어오며 카릴을 향해 검을 그었다.

부우우웅-!!

두꺼운 대검이 호를 그리며 카릴을 향해 떨어졌다. 하지만 이미 상처를 입은 그에게서 조금 전 돌격하는 날카로움은 보이지 않았다.

퉁그렁……!

카릴이 어깨에 박힌 라크나를 비틀자 끝내 대검을 떨어뜨리며 기사가 비틀거렸다.

"넌?"

"……등 기사단의 단장. 노르셴이다."

어깨가 완전히 박살이 날 정도로 검이 박혀 있음에도 불구하고 놀랍게도 대검에 머문 마나 블레이드는 사라지지 않았다.

'정신력이 제법이군.'

카릴은 그에게서 그레이스와 같은 마력의 정갈함을 느꼈다. 소드 마스터가 될 수 있는 자질. 아니, 이미 도달했다고 봐도 과언이 아닐 것이다.

베스탈 후작의 소속이었던 등 기사단의 대부분은 올리번이 즉위함과 동시에 후작령을 빠져나와 황도로 올라왔었다.

이후 등 기사단의 기사단장이 부재였기에 자연스럽게 황자 시절부터 올리번을 추대했던 노르셴이 단장에 올랐다. 이번 50만 원정군에 있어서 캄 그레이의 보좌를 맡게 되어 그는 지금까지 흩어져 있던 등 기사단을 정비하여 황도에 대기 중이었다.

'그래봐야 기억에 없는 인물.'

하지만 카릴은 그 역시 별 감흥 없다는 듯 어깨에 박힌 라크나를 뽑아내었다.

"……큭!"

그러고는 노르셴의 손에 들려 있던 대검을 팅겨내며 그대로 그의 복부를 발로 힘껏 내려쳤다.

퍼억-!!

입고 있던 보랏빛의 갑옷이 일격에 산산조각이 나며 노르셴은 그대로 수십 미터를 주르륵 날아가듯 밀려 나갔다.

"컥……. 커헉……."

간신히 버텨내고는 일어나려 했지만 그는 비틀거리다 결국 한쪽 무릎을 꿇고는 붉은 피를 한 움큼 토해내고 말았다.

하지만 그것도 잠시 카릴이 저 멀리에 쓰러져 있는 그를 향해 손을 뻗자 마치 바람을 빨아들이는 것 마냥 노르센의 몸이 부웅-!! 하고 떠올랐다.

"컥?!"

그러더니 둥글게 말고 있던 손바닥 안으로 그의 목이 마치 퍼즐이 맞춰지듯 꽉 들어갔다. 카릴은 노르센의 목을 움켜쥐었다.

"윽……!! 으윽!!"

단단한 손가락이 목의 살을 파고들자 손가락을 타고 피가 흘러내렸다. 시뻘건 얼굴이 되어 고통에 찬 비명조차 제대로 내지 못하며 바둥거리는 노르센의 모습에 홀에 있는 수십, 수백의 기사들과 마법사들조차 움직일 용기를 내지 못했다.

"크…… 크으으윽!!"

카릴은 어떻게든 자신의 손을 떼어내기 위해 안간힘을 쓰는 노르센을 바라보며 차갑게 말했다.

"벨린 발렌티온, 캄 그레이 그리고 노르센. 여섯의 제국 기사단장의 절반이 이 자리에서 죽는다면 썩 나쁘지 않은 수확이겠군. 덤으로 카딘 루에르, 당신의 목까지 말이야."

"미친놈……. 뭣들 하느냐!! 포위를 강화하라!!"

벨린은 그런 그를 바라보며 혀를 차며 소리쳤다. 반대로 나직이 그를 지켜보던 카딘이 자신의 뒤에 있던 마법사들을 바라봤다.

"시작한다."

고개를 끄덕이는 부하들을 확인하고는 그가 나지막하게 말했다. 무한의 숨결에 달린 깃털이 파르르 떨림과 동시에 카딘에게서 날카로운 마력이 솟구치기 시작했다.

전투가 벌어지고 수십 분. 그동안 그는 줄곧 마력을 응축시키는 것에 집중을 했던 듯 폭발적인 마력과 함께 그의 머리 위로 세 개의 원이 나타났다. 조금 전 부서진 태양홀의 결계진이 흐릿하게 빛이 나며 공중에 떠오른 마법진에 흡수되듯 솟구치기 시작했다.

무영창으로 마법을 시전한 그와 달리 그의 뒤에 서 있던 마법사들은 마력의 부족을 대신할 알 수 없는 주문을 외우기 시작했다.

[……룬어(Rune)?]

알른이 그 모습을 보며 의외라는 듯 살짝 들뜬 목소리로 말했다.

우우우우우우웅……!!

초대 마법과 함께 마도 시대에 내려온 또 다른 고위 마법. 오직 상아탑에만 보관되어 있는 비술 중 하나였다.

카릴은 자신의 머리 위로 큰 세 개의 붉은 마법진 주위로 여든 아홉 개의 작은 마법진이 나타나는 것을 바라보며 눈을 흘 겼다. 붉은 커튼을 펼친 것처럼 카릴의 주위에 옅은 장막이 드리우며 태양홀을 감싸기 시작했다.

대규모 마법 결계진 - 주색(朱色)의 위광(威光).

불멸회가 흑마법을 연구하고 여명회가 원소 마법을 연구하는 동안 카딘 루에르는 제국 아카데미에서 독자적인 마법을 개발했다. 그는 전쟁을 위해 광범위 마법들을 우선적으로 발전시켰는데 그중 하나가 바로 결계 마법이었다.

'저 노인네가 작정을 했군.'

카릴은 전생에 지겹도록 봐왔던 카딘 루에르의 결계마법을 보며 감회가 새로운 듯 쓴웃음을 지었다. 수차례를 봐온 만큼 지금 이 마법의 위력이 어떤 것인지도 잘 알고 있었기 때문이다. 붉은 장막의 끝이 마치 끈을 엮은 것처럼 수백 개의 가닥으로 나뉘더니 원뿔 형태의 날카로운 송곳이 되어 카릴을 향해 쏟아지기 시작했다. 원래대로라면 장막 하나에 한 명씩 포박할 수 있는 결계였지만 카딘은 수백 명을 옭아맬 힘을 오직 단 한 명에게 집중시켰다.

[카릴.]

'알고 있어.'

카릴은 아그넬을 입에 물고서 마지막으로 허리에 차고 있던 얼음 발톱을 뽑았다. 그러고는 공중에 그것을 던졌다.

화르르륵……!!

검은 형체가 카릴의 옆에 나타나며 허공에서 빙그르르 돌던 검을 움켜잡았다.

[지팡이가 아니라서 아쉽군.]

"어쩔 수 없지. 아그넬이나 라크나보다 사령의 기운에 가장 가까운 얼음 속성인 그 검이 지금은 가장 나을 테니까. 지팡이가 탐난다면 저기 있으니 가져가."

[클클클······.]

카릴이 카딘 루에르를 가리키자 알른은 얼음 발톱을 쥐고서 웃었다.

촤르르르르륵-!! 촤자작-!!

수백의 붉은 송곳들이 그들의 주위를 에워싸자 마치 핏빛 소용돌이를 보는 느낌이었다. 압도적인 규모의 마법에 황도의 사람들은 넋이 나간 얼굴로 그것을 바라봤다.

"조심해."

[나한테 하는 소리더냐. 클클······.]

알른이 얼음 발톱에 힘을 주자 푸른 검날이 보랏빛으로 변하기 시작했다.

[마도 시대에도 잘 사용하지 않았던 룬마법이라니······. 현세의 마법사치고는 제법이야. 꽤나 유적을 탐사한 모양이로구나. 하지만 룬의 지식을 따진다면 7인의 원로회를 두고 논할 수 없지.]

그가 검날 위에 손가락으로 글씨를 쓰듯 새겨 넣기 시작하자 검날 위에 알 수 없는 고대어들이 광채를 뿜어내며 하나하나 적혀나가기 시작했다.

[룬어를 만든 것이 바로 나니까.]

그 순간. 얼음 발톱의 검날에 적힌 룬어들이 허공에 나열되며 새로이 배열되기 시작했다.

[대규모 마법……?]

콰가가가가강-!! 콰가가강-!!

검에서 흩어진 룬어들이 가루가 되며 흩날리자 룬어의 조각조각이 마치 피뢰침이 된 듯 그곳으로 검은 낙뢰가 떨어지기 시작했다.

[저 정도는 마도 시대에 널리고 널렸어.]

붉은 장막에서 마치 뭔가를 뽑아내듯 잡아당기자 알른의 앞에 빼곡한 수백 줄의 룬어로 된 문장들이 나타났다.

보기만 해도 답답할 정도로 엄청난 수식들.

[마법이란 단순히 마력을 처넣는다고 고위급이 되는 것이 아니지. 이따위 단순한 마법을 해제하는 것은 일도 아냐.]

하지만 알른은 오히려 코웃음을 치며 말했다. 그러고는 얼음 발톱을 긋자 결계진의 공식들이 깨어졌다.

[그런 의미에서 카이에 에시르란 녀석은 마법의 정수에 가까이 다가갔지. 그러고 보니 미하일 그 천치는 지금 뭘 하고 있는 겐지……. 원.]

상공에 떠오른 마법 공식이 부서지자 검은 낙뢰들이 카딘 루에르가 만든 수백의 붉은 장막 가닥을 튕겨내기 시작했다.

그와 동시에 마치 바다가 갈라지듯 카릴의 앞을 가로막았던 붉은 소용돌이가 반으로 쩍 갈라지며 벽처럼 양쪽으로 밀려 나가더니 하나의 길을 만들었다.

바로. 카릴과 닐 블랑을 연결하는 길이었다.

날카로운 바람이 닐 블랑의 뺨을 스치고 지나갔다.

"마, 말도 안 돼……."

카딘 루에르는 심혈을 기울여 만든 결계마법이 단번에 부서지는 것을 보며 믿을 수 없다는 듯 털썩 주저앉았다. 카릴은 새삼스레 알른 자비우스라는 대마법사의 위대함을 느꼈다.

[놀랄 것도 아냐. 이제 너도 할 수 있으니까. 단지 시간이 부족했을 뿐. 7클래스의 반열에 올랐으니 내가 전수해 준 지식의 보고를 완전히 열 수 있을 테니 말이야.]

알른은 얼음 발톱을 바닥에 꽂고는 힘없이 양쪽으로 갈라진 결계마법을 바라보며 말했다.

"……그런데 이 정도라면 내가 비공정에서 떨어질 때 날 바쳐줄 게 아니라 아예 고든의 오토마타도 해제할 수 있었던 것 아냐?"

[쓸데없는 인정으로 바보짓을 하는 놈을 왜 도와줘? 호되게 당해봐야 정신을 차리지.]

"인정이라니. 나는 그가 하려는 말을 듣기 위해서 그랬을 뿐이야. 당신도 느꼈잖아. 그가 나와 대화를 하는 것을 숨기기 위해 일부러 떨어졌다는 것."

[흥, 그놈이나 네놈이나 덩치와 실력에 어울리지 않게 둘이

서 밀담은……. 신이 훔쳐보고 있다 한들 무슨 상관이냐.]

"덕분에 비밀을 알게 되었잖아."

카릴은 쓴웃음을 지었다.

[비밀 같은 소리하네. 비밀이란 비밀을 알고 있는 놈의 사지를 하나씩 자르면 불게 되어 있어. 네가 먼저 말했을 텐데. 진실을 마주하는 것은 용기가 아니라 분노라고. 잘 봐라.]

알른 자비우스가 만든 길의 끝에 서 있던 그와 카릴의 시선이 서로 교차되었다.

[저기 끝에 놈이 있다.]

이제 더 이상 두 사람의 가로막는 것은 아무것도 없었다.

[그러니 이번에야말로 진실을 불도록 만들어봐라. 저놈이 드래곤이든 인간이든 사지를 자르다 보면 진실을 말하는 것은 똑같을 테니.]

파앗-!!

카릴은 일말의 망설임도 없이 그대로 검을 쥐고서 닐 블랑을 향해 뛰어올랐다.

"마, 막아라!!"

두 명의 기사단장들이 순식간에 당한 상황에서 기사들은 섣불리 움직이지 못했다. 누구라도 카릴의 앞을 가로막는다면 저들과 똑같은 꼴이 될 것을 알았기 때문이다.

하지만 벨린 발렌티온의 호통에 정신을 차린 듯 기사들은 황급히 저마다 그를 향해 몸을 던졌다.

"비켜!!"

기사들은 자신의 앞에 있던 방패병들의 방패를 빼앗아 얼굴을 가리며 달렸다.

사명(使命). 죽을 것을 알지만 지켜야 하는 자가 있기에 기사들은 불구덩이 안으로 뛰어들 수 있었다.

그들을 바라보며 카릴은 차가운 미소를 지었다.

싫지는 않았다. 자신 역시 한때는 저런 삶을 살았으니까.

누구보다 지켜야 할 존재가 있었기에 죽음마저 불사르며 싸울 수 있었다.

4번째 여울 자세 (Riffle Posture).

하지만 지금은 아니다. 질주하던 카릴이 오른 다리를 바닥에 찍어 누르며 한 바퀴 회전하더니 축이 된 다리로 다시 한번 공중으로 뛰어오르며 속도를 높였다.

공중에서 이어지는 5번째.

5번째 똬리뱀 자세(Spirale Serpent Posture).

콰가가강!! 콰강!!

웅크리던 자세가 아닌 여울의 속도를 머금은 똬리뱀은 폭발적인 힘과 함께 자신을 막는 기사들의 벽을 꿰뚫었다.

서걱-

거대한 방패의 벽과 검이 충돌했음에도 불구하고 놀라울 정도로 충격음은 없었다.

후드드득…… 툭-

방패들이 종잇장이 날려 나가듯 갈기갈기 찢겨져 바닥에 떨어졌고 카릴의 앞에 벽이 되었던 기사들은 그 자리에서 우두커니 멈춰 섰다.

촤아아아악······!!

카릴이 걸음을 떼는 순간 기사들의 사지가 조금 전 방패처럼 잘려 나가며 그들의 전신에서 마치 피의 분수처럼 붉은 피가 솟구쳐 올랐다. 황금색과 보랏빛 그리고 비취색의 갑옷들이 뒤엉켰지만 그 위에 흩뿌려진 붉은 피로 모두 붉게 물들기 시작했다.

"쓸데없이 목숨을 잃게 하기 싫으면 본 모습을 보여. 언제까지 그 이름으로 불러주길 바라는 건가? 닐 블랑."

열댓 명의 기사들을 찢어발긴 카릴은 그들의 시체를 뛰어넘으며 홀의 끝에 서 있는 그를 향해 말했다.

"돌격하라!!"

쇄골이 부서지며 찔린 검상(劍傷)에 흐르는 피가 식도를 타고 역류를 하는 듯 말을 내뱉을 때마다 캄 그레이의 입에서 핏덩이가 튀어나왔다.

필사의 외침 때문일까.

와아아아아아-!! 와아아아-!!

족히 수천 명은 될 듯한 방패병과 창병들이 일제히 카릴을 향해 달려들었다. 카릴은 자신의 머리 위로 몸을 날리며 덮치듯이 검과 창을 찍어 누르려는 병사들을 흘깃 바라보며 손으로 바닥을 짚었다.

콰가가가강!!

그의 주위로 날카로운 화염 기둥이 솟구쳤다.

"크악?!"

"아아아악!!"

카릴의 등 뒤로 화염 거인인 라미느의 형상이 잔상처럼 나타났다 사라졌다.

[목숨 아까운 줄 모르는 놈들이로군.]

알른이 얼음 발톱을 허공에 베자 검은 연기와 함께 갈라진 붉은 장막을 감싸기 시작했다.

[길을 막는 건 마법 다음에는 인간인가? 마치 백금룡이 하는 짓거리 같군. 저놈들을 모두 베어 넘고 가기엔 시간이 너무 걸릴 테니 내가 돕지.]

쇄아아아아악-!!

검은 연기는 태양홀 전체를 삽시간에 먹어 치우더니 바람을 타고 흩어지듯 퍼져 더욱 커지기 시작했다.

"앞이 보이지 않아!!"

"전열을 유지하라!"

칠흑처럼 검게 변한 공간에 병사들은 당황스러운 듯 우왕좌왕하기 시작했다.

[5분이다. 두아트의 마력을 빌린다 하더라도 일대를 모두 숨기는 것은 그 정도가 한계야.]

"충분해."

카릴은 일말의 망설임 없이 닐 블랑을 향해 뛰어올랐다.

파앗-!!

검은 연기가 그가 내지르는 검날을 따라 긴 꼬리를 그리며 흩어졌다.

카아아아아앙……!!

날카로운 검이 부딪히는 충격음이 들렸다. 카릴은 묵직하게 느껴지는 손맛과 동시에 검을 왼쪽 아래로 내리찍으며 반 바퀴 회전하며 가로로 다시 한번 검을 그었다.

카아앙-!

튕겨 나가는 검날을 회수하며 다시 한번 왼쪽 아래 찌르기. 그다음엔 아래에서 오늘 쪽 위를 향한 대각선 가르기.

무색기검(無色氣劍) 변형 3식, 2번째 외뿔 자세(Unicorn Posture).

닐 블랑의 어깨 위에 솟은 검을 반 바퀴 회전하며 검 끝을 아래로 옮김과 동시에 3식과 외뿔 자세를 동시에 시전했다. 쉴 새 없이 쏟아지는 검격의 충돌.

파직-!!

카릴이 라크나를 찔러 넣는 순간 두 팔이 저릿한 느낌에 황급히 검을 거두었다.

츠으으으으……

미스릴로 되어 있는 카릴의 건틀렛은 광물의 특성상 마법 방어에 뛰어났다. 하지만 건틀렛을 뚫고 들어오는 방금의 충격은 마법과는 다른 느낌이었다.

"저 검은……."

검은 안개 속에서 연노랑 빛의 전격이 번뜩였다.

처음 보는 검이었다. 전생에도 본 적이 없는 두 자루의 쌍검을 들고 있는 닐 블랑의 모습은 무척이나 이질적이었다.

지직……. 지지직…….

두 자루의 검날에서 요동치듯이 번개가 돋아났는데 새하얀 빛을 뿜어내다가 이따금 푸른빛을 띠기도 했다.

'저런 무구가 있었나?'

카릴은 전생을 떠올려 봤지만 단 한 번도 본 적이 없는 무구였다. 실제로 나르 디 마우그와의 대련에서도 그는 언제나 연무장에 있는 무구를 대충 사용할 뿐이었고 타락과의 싸움에서는 드래곤의 모습을 하고 있었기에 그가 인간일 때의 무구를 본 적이 없었다.

[믿을 수가 없군…….]

[이 느낌은…….]

[설마 그란 말인가?]

하지만 생소한 카릴과 달리 닐 블랑의 쌍검을 보며 정령왕들이 혼란스러운 듯 말을 이어갔다.

'뭔가 아는 거라도 있나?'

[우레군주. 번개의 정령왕인 쿤겐의 힘이다.]

라미느가 낮은 목소리로 읊조렸다.

[그가 검에 봉인되어 있을 줄은 몰랐는데……. 아니, 애초에

저 검은 뭐지?]

[처음 보는 검이로군. 정령왕을 봉인할 수 있을 정도의 강인한 마법적 결계를 칠 수 있는 무구가 존재하다니…….]

[정령왕이라니? 저 안에 정령왕이 왜 들어 있어?]

의문이 이어질 때 이번에는 알른이 한마디 뱉어냈다.

[저걸 이런 곳에서 볼 줄이야. 반갑다고 해야 하나……. 제 길이라고 해야 할지…… 모르겠군. 저건 뇌격(雷擊)과 뇌전(雷電). 우리가 만들었던 블레이더의 5대 무구 중 하나.]

정령왕들은 검 안에 들어 있는 기운을 알아차렸고 알른은 반대로 두 자루의 검 자체를 알아차렸다.

[그대가? 마도 시대의 블레이더가 만든 무구가 정령왕을 봉인할 수 있을 정도로 대단하단 말인가?]

누구보다 에테랄은 자신의 힘을 담았던 얼음 발톱을 잘 알기에 미심쩍은 목소리로 말했다.

[적어도 우린 2개의 무구를 봤다. 칼두안의 건틀렛과 얼음 발톱. 확실히 쓸 만한 것들이지만 정령왕 자체를 봉인할 수 있을 만큼은 아냐.]

[그건 나 역시 묻고 싶은 말이다. 정령왕의 힘을 봉인하기 위해서는 적어도 정령왕과 계약을 할 수 있을 정도의 능력이어야 하지. 7인의 원로회들은 이따금 심심풀이로 정령술을 익히기도 했지만 그 누구도 그 정도는 아니었어.]

[그럼…….]

알른의 말에 두아트는 나지막한 목소리로 말했다.

[저건 너희가 만든 게 아니겠군.]

카릴은 그의 말에 닐 블랑을 날카롭게 바라봤다.

'저 검이 무엇이든 그것보다 확실한 건 내 검술을 막았다는 거야. 대륙에서 내 검술을 완벽하게 막을 수 있는 자가 있을까?'

카릴은 눈앞에 있는 닐 블랑이 나르 디 마우그라는 확신이 점점 더 강하게 들었다.

[하지만 좀 이상하지 않나? 어차피 수호룡이 있다는 것을 제국인들이 모두 알고 있는데 굳이 힘을 숨기는 것이 말이야. 굳이 끝까지 인간의 모습을 하고 있을 이유가 있을까.]

'글쎄. 이유는 당신 말대로 잡아서 물어봐야겠지.'

카릴은 숨을 토해내며 다시 한번 두 자루의 검을 움켜쥐었다.

미약한 떨림. 몇 번을 싸워봤을까.

아이러니하게도 카릴은 전생에서 나르 디 마우그와 했던 대련들이 하나둘 떠오르는 것 같았다. 오랜 세월 파렐 안에서 시간을 거슬러 오며 잊어버렸던 기억이지만 머리와 달리 몸은 그때의 전율을 아직도 기억하는 듯싶었다.

전패(全敗). 검성이란 이명을 얻게 되기 전부터 후까지. 나르 디 마우그와의 대련에서 카릴은 단 한 번도 그에게 이겨 본 적이 없었다.

'하지만 지금은 다르다.'

전생에는 마력이 없었으며 정령을 다루지도 못하였고 마스터 키라 불리는 신력까지 얻지 못했으니까.

하지만 그것보다 명확한 차이. 혼자가 아니라는 것.

카릴의 검날이 교차되며 공기를 가르는 듯한 날카로운 바람이 일었다.

섬격(殲擊).

신력을 머금은 라크나의 은회색 오러 블레이드가 폭발적으로 상승하며 두 자루의 검이 교차 되며 새하얀 빛이 번뜩였다.

키메라조차 양단했던 절대 일검(絶對一劍).

그 순간. 날카로운 충격에 알른이 만든 장막이 힘을 이기지 못하고 순식간에 연기처럼 사라졌다. 혼신의 힘을 다한 일격이었다. 하지만 결과를 본 순간 카릴은 자신의 섬격이 막혔다는 것을 깨달았다.

카드득…… 카드드드득……!!

날카로운 쇳소리.

카릴은 굳은 얼굴로 앞을 바라봤다. 닐 블랑은 상처를 입은 듯 어깨를 움켜쥐며 고통에 찬 표정으로 카릴을 올려다보고 있었다.

"큭……. 크윽."

옅은 신음과 함께 이마에 땀이 맺힌 그의 모습에 카릴은 어이가 없을 지경이었다.

"어디서 아직도 인간인 척 연기를……."

카릴이 라크나를 뽑으려 잡아당겼지만 놀랍게도 꿈쩍도 하지 않았다. 형체가 없는 라크나의 마나 블레이드를 붙잡을 수 있는 능력은 결코 흔치 않은 것일 터.

하지만 그의 검을 막은 자는 따로 있었다.

"괜찮으십니까. 닐 블랑 경."

카릴의 앞을 가로막았던 세 사람. 그중에 마치 물결처럼 휘어진 검날을 가진 플랑베르쥬(Flamberge)를 든 붉은 머리칼의 남자가 라크나를 찍어 누르며 으르렁거리듯 말했다.

"모두 피하십시오. 이자를 막을 수 있는 사람은 아무래도 저희뿐인 듯싶으니."

까드드득……! 카득……!!

물결 모양의 검날이 화염을 뿜어내자 라크나의 오러 블레이드와 서로 부딪히며 불꽃을 튀기기 시작했다. 마치 잿가루가 흩날리는 것처럼 카릴의 얼굴 뒤로 불꽃의 잔해들이 스치듯 지나갔다.

"날 막아?"

카릴은 반대쪽 손에 쥐고 있는 아그넬을 한 바퀴 휘두르며 그를 향해 말했다.

그 순간. 카릴의 눈동자가 커졌다.

'……설마.'

[그래. 맞다. 저 세 명 인간이 아니다.]

라미느가 그의 말에 대답했다.

[드래곤이다.]

인간 세계에 관여하지 않는다고 알려진 세 마리의 드래곤은 타락이 나타난 신탁 전쟁에서도 모습을 드러내지 않았었다. 한데 그런 그들이 지금 눈앞에 있었다. 타락이라는 대륙 전역을 강타했던 위험도 일어나지 않은 시점에서 말이다.

'백금룡뿐만 아니라 다른 세 명의 드래곤까지 설마 제국을 돕는다는 건가?'

[그게 사실이라면……. 이거, 상황이 좋지 않게 흘러가는데. 아무리 너라도 세 마리의 드래곤을 동시에 상대하는 것은 무리야. 모두 9클래스 영역에 도달한 존재들이니까.]

[제국이 믿고 있었던 건 백금룡만이 아니었던 모양이로군.]

라미느의 말에 알른이 이를 바득 갈았다.

[제길, 어쩐지……. 전쟁에 쉽사리 응한다더니. 설마 저들이 모두 전쟁에 참여한다는 말인가? 신령대전때 참가했던 드래곤은 리세리아를 포함해서 모두 다섯이었다.]

하지만 알른과 달리 정령왕인 라미느는 사태의 심각성을 다르게 받아드렸다.

[그렇지. 그런데 고작 인간의 전쟁에 4마리가 합세한다는 건……. 끔찍하군.]

정령왕들조차 긴장을 한 듯 떨리는 목소리로 말했다. 하지만 그런 지금의 사실보다 카릴은 오히려 이제 없을 전생의 올리번에게 물어보는 물음과도 같은 탄식을 토해냈다.

'이 정도의 전력을 가지고 있었으면서……. 어째서 신탁 전

쟁에 저들을 사용하지 않았던 거지?'

피치 못한 사정이 있었을까? 그랬을 수도 있다.

하지만……. 죽어가던 동료들. 타락에게 잡아 먹히던 사람들. 비명을 지르던 부하들. 그리고 재가 되어 사라져간 그들의 가족들까지.

적어도 그들을 이끌었던 제국의 황제라면……. 무릎을 꿇고 두 손이 닳도록 비는 것 따위가 아닌 무슨 짓을 해서라도 그들의 힘을 구해야 했을 것이다.

물론, 그렇다 하더라도 신탁 전쟁의 결과가 달라지지 않았을 수도 있다. 하지만 적어도 가족과 친우의 죽음을 바라보는 것을 조금이라도 늦출 수 있지 않았겠는가.

고작…….

'비루한 한 명의 이민족을 이용해서 얻을 미래보다 희망적이었겠지.'

카릴은 고개를 들며 한 곳을 노려봤다.

'넌 도대체 어디까지 내게 숨긴 거냐.'

저 멀리 세 명의 드래곤 뒤에 함께 나타난 한 소년을 바라보며 그의 눈동자가 파르르 떨렸다.

"아니……. 진실된 적이 있긴 한가?"

카릴은 으르렁거리듯 말했다.

"올리번."

►**Chapter 4**◄

"소란을 멈춰라."

세 사람의 뒤에서 들려오는 나지막한 목소리. 신기하게도 부서진 태양홀이 마치 오페라 하우스라도 되는 것처럼 그의 목소리가 전역에 울려 퍼지듯 흩어졌다.

파앙-!!

붉은 머리의 사내가 프랑베르쥬를 비틀며 밑에서 아래로 튕겨내자 카릴이 뒤로 밀려나며 거리를 벌렸다.

"……."

카릴은 고개를 들었다.

[정신을 집중하고 마법으로 보호해라. 언령은 정신계열 마법이라고 할 수는 없으나……. 집중력이 흐트러지는 순간 녀석의 목소리에 흔들릴 수 있다.]

알른의 말에 카릴은 고개를 끄덕였다.

전생에는 알 수 없었던 그의 능력. 어쩐지 그때는 그토록 믿어 의심치 않았던 올리번의 목소리가 이제는 너무나도 의심스럽게 들렸다.

"제국의 황도를 단신으로 쳐들어온 것도 모자라 기사단장 둘을 쓰러뜨리고 제국 공작의 목숨까지 위협하다니……. 그대의 무용(武勇)에는 실로 혀를 내두를 수밖에 없군. 확실히 아버지를 꺾고 대륙의 최강좌의 자리에 오를 만하군."

웅성- 웅성-

모두가 인정하는 대륙제일검은 당연히 크웰 맥거번이었다. 그런데 지금 황제가 카릴을 검의 1인자로 꼽자 사람들은 당황하지 않을 수 없었다.

"역시……."

"크웰 후작의 아들이라 하지 않았던가?"

"그럴 줄 알았어. 폐하 이전에 이미 아비에게 검을 겨눈 자로군."

눈앞의 카릴을 보고 난 기사들은 그의 실력을 인정하지 않을 수 없었다. 그러나 제국인으로서의 자존심일까. 실력은 인정하되 적인 그를 마음으로는 납득할 수 없다는 듯 말꼬리를 흐렸다.

"후작?"

직위가 상승한 크웰의 계급에 오히려 코웃음을 쳤다.

"맥거번가(家)가 후작가가 되었다라……. 왜지? 뒤가 구린 게 있어 입막음이라도 하려는 것이냐."

"물론. 혜임에서의 일을 누구보다 그대가 잘 알고 있을 테니. 크웰 경과 그의 기사들은 내 목숨을 지켜주었으니까. 안 그런가. 황제시해자(皇帝弑害者)."

꿈틀-

올리번의 말에 카릴의 뺨이 씰룩였다.

"뭐?"

"저, 저자가……! 선황을 살해한 자란 말인가!"

"어쩐지……."

"가족을 배신한 것도 모자라 이제는 자신을 거두어준 나라를 공격하려고 하다니!"

기가 막혔다. 언령의 힘이 담긴 그의 목소리가 울려 퍼지는 순간 마치 전염병이라도 걸린 것처럼 사람들의 분노가 화르륵 불타오르기 시작했다.

[그때의 일을 이런 식으로 이용하다니……. 저놈 역시나 보통내기가 아니로군.]

알른은 이글거리는 눈빛으로 올리번을 노려보며 침묵하는 카릴을 향해 말했다.

[네가 이민족이라는 것까지 알게 되었다면 아주 난리가 났겠어.]

"상관없어. 그딴 것."

[억울한 것은 알겠지만 여기까지다. 눈앞의 목표를 놔두고 도망치는 것은 나 역시 마음에 들지 않는 일이나……. 너도 알잖느냐. 지금 널 막고 있는 놈들이 드래곤이라는 것을.]

"……."

[전쟁은 이제 막 시작되었을 뿐이다. 전에도 내가 말했겠지. 인간에게 있어서 용사냥은 도전이라고. 너는 무모해 보이는 그 도전을 한 마리도 아닌 네 마리를 잡아야 한다고. 신중해져라.]

알른은 들리지 않게 그의 머릿속으로 말을 이어갔다.

[가만히 서 있는 것 같지만 저 황금색 머리털이 아까부터 입술을 씰룩이는 걸 너도 알겠지. 드래곤의 결계가 쳐지기 전에 이곳을 벗어나야 한다. 골드 드래곤은 드래곤 중에서도 마법에 가장 뛰어난 종족이야. 단순한 레어의 봉인과는 차원이 다르다.]

알른은 살짝 긴장된 모습을 바라봤다.

[눈앞에 드래곤이 모두 적이라니. 이거야 원……. 마도 시대에도 이런 경험은 못해봤는데.]

"두렵나?"

[아니. 그 반대다.]

카릴은 그의 말에 입꼬리를 올렸다.

"역시. 알른, 당신만큼 미친 자도 없을 거야. 하지만 그러니 나와 함께 이런 짓을 할 수 있겠지."

경계를 하는 알른과 달리 카릴은 오히려 그 세 명에게로 좀 더 다가갔다.

"걱정 마. 어차피 놈들은 마법을 쓰지 못해."

[흠?]

"게다가 폴리모프는 더욱이 할 수 없지. 닐 블랑. 저놈이 그런 것처럼 말이야. 저들이 내 방패가 될 테니까."

그는 조금 전까지만 하더라도 자신을 포위했던 기사들과 병사들을 가리키며 말했다.

"드래곤? 그래서?"

카릴은 코웃음을 쳤다.

"인간인 척 연기를 하는 놈의 정체를 알면서도 이곳에 쳐들어온 나다. 지금 너희가 위협이 될 거라고 생각하지 마."

"건방진……."

퓌톤이 그의 말에 다시 검을 쥐며 한 걸음 앞으로 걸어 나오려 했다.

"진정하게."

하지만 그런 그를 막은 것은 황금색 머리칼을 가진 중년의 남성이었다. 에누마 엘라시. 황금룡 토스카의 직계 후손이라 알려진 그는 드래곤 중에서 나르 디 마우그 다음으로 가장 오랜 세월을 산 드래곤이었다.

"저자의 반지를 보게."

그의 말에 나머지 두 사람 역시 카릴의 손을 주목했다.

"노움의 세공 마법이 걸린 반지야. 그것도 장인급이라 할 수 있는 실력이군. 저 안에 응축되어 있는 마력은 우리도 단번에

깨기 힘들 걸세."

네 개의 송곳니(Four Canines). 타투르의 암시장에서 구했던 칼립손의 역작(力作). 작은 붉은 보석이 박힌 반지는 진홍색을 넘어 마치 핏빛처럼 붉어 있었다.

노움의 세공 마법(Magic Craft)은 고위급일수록 마법사들도 알아차리기 힘들었다. 일반적인 장신구처럼 보이는 그것을 그는 단번에 알아차렸다.

"나름의 비책인데……. 확실히 노룡(老龍)답군. 단박에 알아차리다니 말이야."

카릴은 손가락을 들어 보였다. 사용자의 마력을 뽑아내 보호막을 만들 수 있는 보구인 그의 반지는 이미 수년 동안 드래곤과 같은 그의 마력을 빨아 먹으며 성장했다. 실로 카릴 그 자신도 네 개의 송곳니가 만들어낼 보호막의 위력을 상상하기 어려웠다.

"하지만 너희들도 알 테지. 꼭 이게 아니더라도 내게 타격을 주려면 일반적인 마법으로는 불가능하다는 걸. 적어도 7클래스 이상의 마법을 써야 할 터."

우우우웅-

카릴이 마력을 끌어올리자 그의 주위로 우윳빛의 둥근 막이 생겨났다.

"어디 한번 너희가 자랑하는 인간의 영역을 뛰어넘은 드래곤만의 마법을 써보시지."

처음에는 한 겹이었던 막이 두 겹, 세 겹, 네 겹……. 계속해서 중첩되기 시작했다.

"하지만 과연 내 뒤에 저들은 그 마법을 맞고도 살 수 있을까 몰라."

그의 말에 세 사람의 얼굴이 굳어졌다. 다행이라면 그들은 네 개의 송곳니 안에 들어 있는 마력은 가늠할 수 있어도 사용 횟수가 정해져 있다는 것까지는 모르는 눈치였다.

정말로 그들이 마음을 먹고 카릴을 죽이기 위해 힘을 썼다면 카릴로서도 위험할지 몰랐다. 하지만 그는 일부러 반지와 함께 자신의 마력으로 실드를 만들어 보임으로써 더욱 그들에게 혼란을 주었다.

"적군마저 도구로 쓰다니. 확실히 범상치 않은 자로군요."

그의 협박이 통한 걸까. 에누마 엘라시의 주위에 집중되던 마력이 옅어 짐을 느꼈다. 그 광경에 그의 옆에 서 있던 녹색 머리를 뒤로 묶은 여인이 입꼬리를 올리며 옅게 웃었다.

"하지만 당신 말대로 드래곤인 우리가 인간의 목숨에 대해 고민을 할 것이라 보는가?"

저릿-

그녀의 목소리에서 스며들어 있는 마력에 머리가 곤두서는 느낌이었다.

"헉……."

"크윽?!"

주위의 병사 중 그 한마디에 다리에 힘이 풀려 주저앉는 이들도 있었다.

"그럼. 아니었으면 이미 저 붉은 머리가 폴리모프를 풀고 화염을 뿜어 댔을 테니까. 아직까지 인간의 모습을 하고 있다는 것 자체가 그걸 의미하는 것이겠지."

카릴의 말에 그녀는 어깨를 으쓱했다.

그러고는 돌아서며 나머지 두 사람을 향해 말했다.

"드래곤이 고작 인간 한 명의 말을 듣게 될 날이 올 줄이야……. 흥미롭네요."

카릴의 무위를 봤지만 드래곤의 시선에서는 아직은 상정할 수 있는 수준이라는 뜻일까. 어쩐지 여유로운 모습이었다.

하지만 현존하는 드래곤 중 유일하게 녹빛을 띠고 있는 자가 누구인지 알고 있는 사람들이라면 저 상냥함 속에 독이 스며들어 있다는 것을 잘 알 것이다.

그린 드래곤 크루아흐. 몸 안에 독과 산성을 품고 있는 드래곤인 그녀는 마음만 먹는다면 마법이 아니더라도 일대를 폐허로 만들 수 있는 유일한 존재일 것이다.

"그대의 말대로 우리는 드래곤이다."

세 명 중 가운데에 서 있던 에누마 엘라시가 앞으로 걸어 나오며 말했다.

"우리는 인간사에 관여하지 않은 것을 원칙으로 평온한 삶을 살고 있었다. 단지 부득이한 바가 있어 제국을 들렸을 뿐.

하나 이런 일이 벌어질 것이라고는 예상하지 못했다."

그는 카릴을 손으로 가리켰다.

"한 가지 묻겠다. 대답 여하에 따라 우리가 인간사에 관여를 할 수밖에 없는 이유가 될 수도 있으니까."

카릴은 에누마를 향해 코웃음을 쳤다.

"내 눈에는 끼고 싶어서 안달이 난 것으로 보이는데. 핑곗거리를 찾기 위해 머리를 굴리는 짓이나 하다니. 드래곤치곤 너무 약았다고 생각되지 않나?"

"용의 심장."

하지만 에누마는 카릴의 도발에도 불구하고 날카로운 목소리로 말했다.

"어디서 그걸 얻었지?"

그의 물음에 모두가 경악을 금치 못했다.

"요…… 용의 심장?!"

"정령왕과 계약을 했었다는 건 들었지만……. 그가 설마 용마력을 가지고 있단 말인가?"

"괴, 괴물……."

"어쩐지……. 납득이 가지 않는 힘이었어."

카릴을 둘러싼 수군거림은 점차 커져갔고 그럴수록 그를 향한 적대감도 높아짐을 느꼈다.

"그것은 인간에게 허락된 것이 아니다. 그대가 그 힘으로 이 세계의 균형을 어그러뜨리는 일을 행한다면 용의 힘을 수호해

야 하는 우리로서는 그대를 막아야 할 의무가 생긴다.]

[능구렁이 같은 놈이로군. 일부러 이 자리에서 그 얘기를 꺼내다니. 자신들이 전쟁에 참여할 타당한 핑계를 만들기 위해서 말이야.]

알른은 에누마 엘라시를 바라보며 낮게 말했다.

"그게 왜 너희 힘이지?"

하지만 카릴은 그의 말에 오히려 코웃음을 쳤다.

"리세이라는 카이에 에시르에게 죽었다. 싸움의 승자가 패자의 운명을 결정하는 것은 당연한 일. 지금 이 전쟁 역시 그러하지 않나? 너희가 감싸는 저 녀석과 나. 둘 중 이기는 자가 상대의 목숨을 결정하는 것."

카릴은 뒤에 서 있는 올리번을 가리켰다.

"리세리아의 심장은 카이에 에시르의 것이지 너희 것이 아냐. 나는 그가 숨겨둔 심장을 찾았고 너희는 못 찾은 것뿐. 그 이상도 그 이하도 아냐."

세 명은 그의 말에 살짝 굳은 얼굴로 그들을 바라봤다.

"탐하라. 카이에 에시르가 전언이다."

"……인간의 욕망이군."

"쓸데없는……. 그 탐함이 결국 멸망으로 가는 지름길이라는 것을 모르고."

드래곤들은 쯧- 하고 혀를 차며 말했다.

"아니. 인간이기에 욕망도 가질 수 있는 거다. 살고자 하는 욕망. 싸우고자 하는 욕망. 네놈들이야말로 순수한 의지를 가진 적이 있나? 없겠지. 고상한 척, 고귀한 척하지 마라. 복종하는 개의 삶이 네놈들에겐 더 어울릴 것이다."

카릴은 마지막 말을 삼켰다.

'그걸 안다면 전생에 네놈들이 꼬리를 말고 숨어 있지 않았을 테니까.'

"뭐라……!!"

"감히 인간 주제에!!"

세 마리의 드래곤들은 카릴의 말에 분노를 표했다.

"전쟁에 참여하고 싶다면 해라. 원하는 대로 싸워줄 테니. 어차피 네놈들은 올리번과 손을 잡고 나와 싸울 핑계를 찾는 것일 테니까."

"잘도 그런 말을 하는군."

"과연 끝까지 그 태도를 유지할 수 있는지 지켜보겠다."

[카릴. 녀석들을 더 이상 도발하지 마라. 저들을 모두 상대하는 건 위험해.]

알른이 다시 한번 경고했다.

[그의 말이 맞다. 정령력도 신력(神力)도 완벽하게 구축된 상태가 아니니 지금으로서는 후퇴를 해야 할 때다.]

[제국의 전력을 확인한 것만으로 만족해야겠지.]

[언제까지 저들이 인간 세계의 규율을 지켜줄 것이라는 보장도 없으니까. 수틀리면 모두 쓸어 버릴 수도 있어.]

정령왕들 역시 세 마리의 드래곤에게서 느껴지는 위압감에 조심스럽게 말했다.

"알아."

카릴은 천천히 뒤를 돌아섰다.

"아쉽지만 여기까지로군. 네 목에 검을 드리우기 위해서 넘어야 할 최후의 방패가 제법 두꺼운걸. 올리번. 하나 전장에서 만났을 땐 이렇게 쉽게 물러나지 않을 것이다."

저벅- 저벅- 저벅-

드래곤과 수만의 병사들 중 그 누구도 돌아서는 카릴을 저지하지 못했다. 오히려 병사들은 그가 걸음을 내디딜 때마다 양쪽으로 길을 트듯 갈라졌다.

툭-

그때였다. 바닥에 쓰러져 있던 한 사람에게 카릴의 시선이 꽂혔다.

"하지만 난 말이야."

빛보다 빠르다는 표현이 바로 지금 눈 앞에 펼쳐진 이것이 아닐까 싶었다. 드래곤들조차 예상치 못한 듯 카릴의 일검에 모두가 그저 어깨를 가볍게 움찔거렸을 뿐이었다.

촤아아악-!!

피가 솟구쳤다. 캄 그레이는 자신의 죽음을 인지하지도 못한 듯 눈을 부릅뜬 채로 몸에서 분리된 머리가 바닥에 떨어졌다. 제국은 50만을 이끌 지휘관을 잃게 되는 순간이었다.

"빈손으론 돌아가진 않아."

자신의 발아래로 구르던 캄 그레이의 목을 들어 올리번의 앞에 던지며 카릴은 나지막한 목소리로 말했다.

"찾아라!!"

"발견 즉시 신호탄을 울려라!!"

"포위망을 좁혀라!!"

"모든 결계를 강화하라!!"

여기저기에서 들려오는 병사들의 외침. 골목을 따라 달리던 카릴은 그들의 모습을 바라보며 몸을 돌렸다.

[난감하게 되었군. 황도 전역에 드래곤의 결계가 완성되었다. 아무래도 놈들은 너를 쉽사리 보내줄 생각이 없는 듯싶군.]

그의 뒤를 따르는 알른은 이제 검은 연기의 영체 형태로 상공을 훑으며 말했다.

[그 정도로 도발을 했으니까. 솔직히 그 자리에서 드래곤들이 싸우지 않은 것만으로도 다행인 일이지.]

라미느의 핀잔에 카릴은 쓴웃음을 지었다.

'걱정 마. 놈들은 이곳에서 싸우지 않아.'

카릴은 다리를 쉬지 않고 내달리면서 머릿속으로 그들에게 말했다.

[알고 있다. 그게 유일하게 우리가 기댈 수 있는 부분이지. 드래곤들도 너를 잡기 위해서는 황도를 폐허로 만들 각오를 해야 할 테니까.]

[하지만 이상하군. 어째서 드래곤이 제국에 손을 들어준 것이지?]

[제국이라기보단 그 소년 때문이라는 느낌이 강했다. 행방이 묘연했던 블레이더의 무구까지 설마 그들이 찾아낸 것이라면······.]

'찾을 수고를 덜어줘서 고마울 따름이지.'

카릴의 말에 모두가 그의 배짱에 혀를 내두를 수밖에 없었다.

[어딘가 틈이 있을 거다. 이곳을 전장으로 쓰고자 하더라도 아직은 병력을 철수하는 데 시간이 걸릴 테니까. 뭐, 애초에 병사들로 너를 찾는 것은 불가능 한 일일 테니······.]

'내가 경계를 하도록 의도하는 것이겠지.'

혹은 자신들이 만들어놓은 함정으로 유도하기 위한 것일지도 모른다. 확실히 소란을 피해 움직이게 되는 길들이 조금은 부자연스러워 지고 있다는 것을 카릴 본인도 느끼고 있었기 때문이다.

[맞아. 다행이라면 너 역시 용마력을 가지고 있다는 것이겠군. 무색의 마력이 드래곤의 색적마법(索敵魔法)을 융화시켜 피할 수 있으니까.]

알른의 말에 카릴은 고개를 끄덕였다.

[전에 썼던 구 제국의 비밀 통로는?]

'거긴 이미 막혔겠지.'

[흐음……. 다른 통로는 없더냐. 황도라면 모름지기 몇 개의 비밀 통로들은 더 있을 것 같은데.]

알른의 물음에 카릴은 가볍게 고개를 으쓱했다.

'글쎄. 내가 알고 있던 건 그것뿐이야. 아쉽게도 전생의 대부분을 전장에 있어 황궁에 머물렀던 시간이 적으니……. 게다가 딱히 그런 통로를 알려고 하지도 않았고.'

[너무 빨리 패를 꺼낸 꼴이 되었어. 난감하군.]

'뭐, 어쩌겠어. 필요했던 수순이니까. 상관없어. 원래 하던 식으로 돌파하는 수밖에.'

카릴은 황도의 정문을 향해 달려갔다. 성문 밖에는 적어도 드래곤들 중 하나는 그를 기다리고 있을 것이 분명했다.

[황도 밖으로 빠져나갈 수 있는 3개의 문에 각기 한 마리씩 널 기다리고 있겠지. 부디 에누마 엘라시가 아니길 빌어야겠군.]

'어째서?'

[그는 신화 시대의 드래곤 로드였던 황금룡 토스카의 후예니까. 마법적인 능력에 있어서 그를 따를 자는 없다. 아마도 지금 상황에서는 가장 까다로운 상대겠지.]

'백금룡이 드래곤들을 이끌었다고 하지 않았나?'

[조금 의미가 다르다. 로드가 아버지 같은 정신적인 지주라고 한다면 백금룡은 전투를 이끈 지휘관 같은 존재.]

라미느는 추억을 되짚듯 낮은 목소리로 말했다.

[드래곤들은 개체의 수도 적지만 애초에 개개인이 워낙 강력한 존재이기에 무리 생활을 하지 않지. 드래곤 로드가 있긴 하지만 다른 종족들처럼 절대적인 힘을 가지진 않아. 그저 의지를 조율하는 역할이지.]

카릴은 그의 말에 집중했다.

[개성이 강한 드래곤들이 하나로 뭉친다는 것은 정말로 어려운 일이다. 그런 점이 백금룡이 특별한 이유지. 과거에도 그랬고 지금도 드래곤들은 그의 아래에 뭉치니 말이야.]

'이유가 뭐지?'

[글쎄……. 강함이 아닐까.]

라미느의 말에 카릴은 살짝 인상을 찡그렸다.

[아무리 너라도 그가 진심으로 싸우는 모습을 본 적이 없을 거다. 비록 적이었지만 신령대전에서 모습은 가히 전율적이었으니까.]

'그 정도였나.'

[그는 모든 정령왕들과 계약을 했던 유일한 존재니까. 주덱스와 함께 블레이더의 강자 중 한 명이었다.]

[물론, 놈이 신의 편에 들며 우리와의 계약이 깨졌지만…….]

[그게 신령대전의 크나큰 패착으로 이어질 줄은 몰랐지. 그를 믿었던 게 우리의 잘못이지.]

카릴은 어쩐지 정령왕들의 그 말 속에서 과거의 자신을 돌아보게 만드는 기분이었다. 그 역시 나르 디 마우그를 믿었으니까.

[그게 네가 상대할 적이다.]

카릴의 마음을 읽기라도 한 것일까 아니면 계약된 정령이기에 그의 분노를 느낀 걸까.

라미느는 차분한 어조로 그에게 말했다.

[그렇다면 지금 상황에선 이 앞에 기다리는 것이 에누마 엘라시가 아니라 백금룡이 아니길 빌어야겠군.]

알른은 못마땅한 듯 이를 가는 듯 대답했다.

그때였다.

"이곳으로."

골목 안쪽에서 들려오는 나지막한 목소리. 후드로 얼굴을 가리고 있던 남자가 살짝 얼굴을 보이자 카릴은 순간 짐짓 놀란 표정을 지었다.

"넌……."

"어서."

그가 뭐라고 말을 하려고 했지만 남자는 황급히 손가락으로 입을 가리며 고개를 꺾었다. 골목 안쪽으로 사라진 그를 보며 카릴은 잠시 생각을 하더니 이내 곧 성문으로 향하던 발걸음을 돌려 그를 따라갔다.

"대단한 짓을 벌였더군."

골목길을 따라 들어간 작은 건물 안쪽 바닥을 열자 지하로 내려가는 계단이 나왔다. 그는 지체 없이 안으로 걸어가며 말했다.

"성문 쪽 추격대들은 믿을 만한 사람들이다. 몰래 빠져나갈 수 있을 거야."

"어째서 네가 여기에 있는 거지?"

카릴은 그를 향해 물었다. 황도의 또 다른 비밀 통로를 알고 있다는 사실보다 위험천만한 이런 상황에서 그를 만난 것이 카릴에게는 더 놀라운 일이었기 때문이다.

"란돌."

후드로 얼굴을 가리고 있던 남자의 걸음이 잠시 멈추었다.

"북부에서의 일은 들었다. 대전사의 칭호라니…… 나로서는 상상도 할 수 없는 일이야. 게다가 이민족을 통합하자마자 전쟁이라니. 언제나처럼 놀랄 일만 만드는군."

"묻는 말에 먼저 대답부터 해. 어째서 네가 있느냐 말이야."

오래간만의 재회였지만 애틋함이나 다정함 같은 감정은 없었다. 얼굴을 가리고 있어 보이지 않았지만 란돌은 언제나 같은 그의 태도에 어쩐지 자신도 모르게 입꼬리가 올라가는 기분이었다.

"안쪽으로 돌아서 나가면 광장 뒤쪽으로 빠져나갈 수 있는 샛길로 갈 수 있다."

"그걸 네가 어떻게 알지?"

의심스러운 눈초리로 카릴이 란돌에게 물었다.

"이 앞에 있는 게 탈출구가 아니라 함정이라면?"

"믿고 안 믿고는 자유지만 지금 상황에서는 정면 돌파보다는 이쪽이 좀 더 낫지 않을까. 어차피 싸운다면 말이야."

카릴의 물음에 란돌은 옅은 웃음을 지었다.

"무엇보다 네 옆에 내가 있으니 함정이라도 날 방패로 쓰기에 수월하고."

"방패도 방패 나름이어야지. 네 목숨이 얼마의 가치가 있을지 알고? 자신을 과대평가하는군."

"하여간……. 쓴소리는 여전히 잘하지."

란돌은 계단 아래를 내려가면서 말했다.

"평민이기 때문이다."

"평민?"

"구제국 시대에 있었던 비밀 통로 같은 거창한 것은 아니지만 황도에는 셀 수 없이 많은 샛길이 있다. 오직 평민들만 아는…… 아니, 정확히 말하면 구걸을 하던 아이들만 아는 길이지."

그의 출신이 평민이라는 것은 알고 있었지만 카릴은 그의 어린 시절까지는 알지 못했었다. 생각지 못한 그의 과거사에 카릴은 입을 다물었다.

"구걸하던 아이가 운이 좋게 소드 마스터의 눈에 들어 제국의 기사까지 올랐다, 라……. 출세가도를 달릴 수 있었던 미래를 내가 망친 거로군."

"맞아."

란돌은 통로를 빠져나가며 여기저기 미로처럼 얽혀 있는 지하길을 통과하며 말했다.

"네 덕분에 삶이 완전히 바뀌었지. 아쉽다고 해야 할지 다행이라고 해야 할지……. 덕분에 나는 지금 기사가 아니다."

"흠……?"

"혜임에서의 일을 너도 알잖는가. 나와 마르트 형님은 그 날 이후 기사직을 박탈당하고 자숙하라는 명을 받았다."

"전쟁에서 실력 있는 자 한 명 한 명이 아쉬운 상황에서 기사를 그것도 둘이나 빼다니. 올리번 놈도 여유만만이로군. 듣자하니 크웰 맥거번 역시 저택에서 자숙을 명받았다던데……."

"이제 너는 정말로 아버지라 부르지 않는군."

"적대감을 떠나 위치의 차이니까. 뭐……. 서로 검을 겨누는 사이가 된 것은 다름없지만. 언젠가 그리 부를 수 있는 날이 온다면 자연스럽게 바뀌겠지."

그의 대답에 란돌은 낮은 한숨을 내쉬었다.

"검을 든 것은 마르트인데 어째서 당신까지 함께 그렇게 되었지?"

"널 막지 않은 죄겠지."

"날? 누가? 네가? 그건 억지야. 다들 봤을 텐데. 크웰 경과나의 싸움을. 그런 상황에서 네가 날 막을 수나 있다고 생각하겠어?"

카릴의 말에 란돌은 어깨를 으쓱했다.

"핑계든 트집이든 이유로는 충분하니까. 나는 기사였고 적을 막지 않은 방관자지."

그의 대답에 카릴은 살짝 눈을 흘겼다.

"그럼 자숙을 하라는 명을 받고도 이곳에 왔다는 것은 두 가지겠지. 드디어 제국의 명을 거절하고 혼자 행동을 할 마음을 먹었든지 아니면 제국의 명으로 날 함정에 빠지게 만들려는 것인지."

탈칵-

란돌은 몇 개의 폐가 문을 통과하며 빠르게 걸음을 걸었다. 여기저기에서 울리던 병사들의 목소리가 점차 멀어지는 것을 카릴은 알 수 있었다.

[아무래도 거짓은 아닌 모양이로군.]

[하지만 샛길을 이용한다고 드래곤의 눈을 속일 수 있을 것이라고 생각지는 않는데……]

[그들이 카릴이 황도를 벗어나도록 묵인한 것일지도 모르지. 이곳을 전장으로 쓰지 않기 위해서.]

다시 또 골목을 지나 몇 개의 벽을 뛰어넘고 나자 황도 끝에 숲에 가려진 벽의 작은 틈새가 나타났다.

"좁지만 통과할 수 있을 거다. 내가 들어온 곳도 이곳이니까. 감시병은 없을 거야."

"나를 쫓는 자들은 드래곤이다. 밖으로 나가는 즉시 그들에게 잡힐 수도 있는데 어떻게 확신하지?"

카릴의 말에 란돌은 어깨를 으쓱했다.

"여긴 금역이니까."

"……황도에 그런 곳이 있다는 얘기는 못 들었는데."

"대부분 모르는 일이지. 이곳은 무덤이니까."

란돌은 오래된 성벽 사이의 틈을 살짝 엿보면서 말했다.

"사람의 무덤이 아니거든."

무슨 말인지 알 수 없는 그의 말에 카릴은 살짝 인상을 찡그렸다. 하지만 란돌은 주위를 살피며 천천히 벽 아래로 몸을 숙이며 말했다.

"카릴. 만약 나로 인해 황도를 무사히 빠져나갈 수 있게 된다면……. 날 데려가라."

그의 말에 카릴은 담담하게 대답했다.

"제국을 버리겠다는 뜻으로 받아들여도 되나?"

하지만 그의 물음에는 란돌은 대답하지 않았다.

예상하지 못한 일. 하지만 카릴은 어째서 지금 그가 황도에 있는 것인지 그리고 심경의 변화를 겪은 이유가 무엇인지 알아야 한다는 생각이 들었다.

"아무도 없군. 넘어와도 좋다."

란돌은 성벽 밖에서 그에게 말했다.

"이 벽을 넘게 되면 네 말이 진실인지 거짓인지 알게 되겠군."

"아직도 함정인가 의심하는 건가. 설사 함정이라 하더라도 천하의 카릴 맥거번이 설마 그걸로 겁을 먹었다고 생각하지는 않는데."

카릴은 조금 전 그가 바라봤던 틈 사이로 시선을 옮겼다. 그러자 두 사람의 시선이 서로 교차 되었다.

"조금 전에 내 덕에 삶이 완전히 바뀌었다고 했지?"

그의 말에 란돌의 눈빛이 떨렸다.

"그렇다면 넌 내게 감사해야 할 거다. 나락 바위에서 동료를 잃고 헤임에서의 일로 기사직을 박탈당한 것 따위는 사실 별거 아냐. 이미 넌 나로 인해 가장 큰 산을 넘었거든."

"……뭐?"

"네 삶의 언제부터 바뀌었던 것인지 넌 모를 거다."

삶이란 결국 살아 있어야 가능한 것이니까.

카릴은 옅게 웃었다.

그 말을 뒤로하고 카릴은 벽을 넘어 안쪽, 아니, 바깥으로 나갔다. 도심을 가로막는 벽을 넘었지만, 그밖에는 마찬가지로 울타리가 쳐져 있어 마치 안으로 다시 들어온 기분이었다.

"여긴?"

주위를 훑었다. 같은 장소였음에도 불구하고 소란스러운 침입자를 찾고 있는 황도의 분위기와는 완전히 달랐다.

이곳은 쥐 죽은 듯 조용했다. 폐허 같은 부서진 석조 건물들이 몇 개가 있을 뿐이었고 주변에는 관리하지 않은 풀들이 듬성듬성 자라 있었다.

"무덤이다."

설명을 요구하는 듯 카릴이 란돌을 바라봤다. 그의 부족한 대답에 카릴은 다시 한번 그를 바라보며 인상을 찡그렸다.

"아이러니하지. 여긴 경비가 없지만 금역이지. 정확히는 황도에서 버려진 공간이라고 해야 할까. 문을 열어둬도 들어올 사람도 없으니 그런 거겠지만."

[확실히 좋은 기운은 아니군.]

화아아아악-!!

알른이 검은 형체로 모습을 드러냈다. 그러고는 주위를 훑으면서 말했다.

[사자(死者)의 기운이 느껴진다. 자르카 녀석이 있었더라면 정확히 알 수 있을 텐데. 아쉽군. 케이 로스차일드를 데려왔으면 좋았을 것 같은데.]

"자리에 없는 녀석을 아쉬워해 봐야 소용없지. 그런데 죽은 자의 기운이 느껴진다고? 황도 안에 정말로 무덤이 있다는 게 조금 이상한데……."

이곳은 황제가 사는 곳이다. 헤임이라는 교단의 성지만큼이나 성스러운 장소가 바로 제국의 황도여야 하는데 죽음과 연관된 무덤을 두는 것은 타이란 슈테안의 성향과는 결코 맞지 않는 일이었기 때문이다.

"인간의 무덤이 아니니까."

"그게 무슨……?"

"황도라고 해도 모두가 부유한 것은 아니지. 아니, 오히려 심하면 더 심하지. 타투르로 도망친 자들을 보면 알겠지만, 이곳엔 노예도 있고 어느 도시보다 부랑아들도 많으니까. 이 도시에 사는 아이들은 암암리에 이 안으로 모여든다."

"어째서?"

"무덤 안에 있는 보물을 찾기 위해서."

스으으으윽––

놀랍게도 그의 말이 끝나기가 무섭게 주위에 옅은 안개가 피어오르기 시작했다. 처음 보는 음산한 기운에 카릴조차도 살짝 긴장한 얼굴이었다.

"구 제국시대의 유물들을 모아 놓은 곳이야. 선황이셨던 타이란 슈테안께서 과거의 유물들을 모두 이곳에 두었지. 관리는 수십 년 동안 되고 있지 않지만."

"유물을, 어째서?"

블레이더의 5대 무구와 같이 마도 시대의 유물들은 하나같이 귀하고 값진 것들이었다. 유적에서 발견된 쇠붙이 하나도 현대의 것과는 차원이 다르게 부르는 게 값인 경우가 많았다. 그 이유는 마도 시대의 물건들엔 짙은 마력이 담겨 있었기 때문이다.

"유물이라기보다는 정확히 말하자면 잔해에 가깝지만……. 이따금 떨어진 쓰레기 중에 값이 나가는 것들이 있거든. 공포보다 배고픔이 두려운 아이들은 그래서 이곳을 찾지."

황궁의 보고에 있어야 할 유물들이 황도 한구석에 있다는 말에 카릴은 이해가 가지 않았다. 게다가 그런 값이 나가는 것들이 있는 곳에 경비도 없다 하니 더욱더 이상했다.

"선황은 욕심이 많은 자였어. 그런 자가 버젓이 유물이 있는 곳을 그냥 뒀다고? 농담 같지 않은 소리 집어치워."

카릴은 란돌의 말을 무시하며 밖으로 나가는 길을 찾기 위해서 주위를 살폈다.

"우리가 유적이라 부르는 경우는 두 가지지. 하나는 말 그대로 마도 시대의 사람들이 세운 건축물들. 그 안에는 무수한 함정과 결계가 있긴 하지만 그 안에 값어치가 있는 물건들이 있지."

하지만 란돌은 여전히 걸음을 걸으면서 말했다.

"또 다른 경우는 마굴이었던 곳이 그 효력을 잃고 안정화가 된 경우지. 마굴에는 보스 몬스터가 존재하고 섬멸되었을 때 마굴은 힘을 잃고 더 이상 몬스터들이 나오지 않지. 대신 마굴의 안쪽에서 값비싼 무구들을 얻을 수 있고."

"내가 원하는 설명은 그런 게 아닐 텐데."

"황도에 있는 유물들을 어째서 선황은 관리도 되지 않는 이곳에 모아뒀을까."

"……."

"모아둔 게 아냐. 일부러 둔 것이지. 제물로서."

"어째서?"

"공포보다 배고픔이 두려운 아이들이 이 안으로 들어오게 하기 위해서."

카릴은 그의 말에 굳은 얼굴로 주위를 살폈다.

스으으으으으……

기분 탓일까? 공기가 일순간이지만 차갑게 변한 것 같은 기분이었다.

[마굴이로군.]

알른이 란돌의 말을 듣더니 나지막한 목소리로 말했다.

[황도 안에 마굴을 두다니……. 클클. 미친놈은 제국에도 있었군. 마굴의 등급은 원래 처음에 결정되지만, 그 마굴이 얼마만큼의 인간의 피를 먹어 치우느냐에 따라 등급이 오르지. 황제는 마굴을 키우고 있었군.]

그는 입꼬리를 올렸다.

[등잔 밑이 어둡다는 말이 바로 이 말이겠어. 가장 위험한 것은 가장 근처에 숨겨야 모두를 속일 수 있는 법이니까. 과연 선황 때 만들어진 것일까. 만약 이것이 구 제국 시대부터 존재하는 것이라면……. 수백 년간 키워 온 마굴이 되겠군.]

섬뜩했다.

알른의 말에 카릴은 주위를 다시 한번 훑었다. 만약 낮은 등급의 마굴이라면 시간이 흘러도 상관없지만 그것이 S급의 마굴이기라도 한다면……. 그 마굴이 수백 년간 인간을 잡아먹으며 성장했다면, 어쩌면 저 안에 끔찍한 것이 도사리고 있을지도 모른다.

"하지만 아이들에게도 나름의 방법이 있다. 벽을 넘어 스무

발자국 그리고 왼쪽으로 오십 걸음. 다시 앞으로 직진. 절대로 뒤를 돌아보지 않고 걸어갈 것. 흔한 말장난 같지만 의외로 이 규칙이 통하거든."

란돌은 묘한 미소를 띠었다.

"지금 우리가 가고 있는 방향이로군."

"맞아. 이 뒤에는 병사들이 없을 거다. 믿어도 좋아. 이제 거의 도착했으니 진실은 눈으로 확인할 수 있겠지."

"그런데 그걸 어째서 네가 알고 있는 거지? 이 장소가 마굴이라는 걸. 네 말대로라면 기껏해야 어린 시절 몰래 들어왔었던 경험뿐일 텐데. 황궁에서도 쉬쉬했던 비밀을 말이야."

카릴의 물음에 그는 쓴웃음을 지었다.

"마굴인지 아닌지는 나도 모른다. 그저 귀족들은 모르는 평민들만이 아는 소문 같은 것이니까. 다만……. 내가 확인을 하고 싶은 것은 다른 것이다."

"그게 뭔데?"

그는 발걸음을 세어가는 듯 고개를 끄덕였다.

"아버지를 비롯하여 우리들의 근신을 명받았을 때 명령의 부당함에 나는 티렌 형님을 찾아갔었다. 맥거번가의 형제 중 유일하게 폐하의 곁에 있는 분이니까."

"티렌……."

카릴은 둘째의 이름을 되뇌었다. 어쩌면 그라면 올리번과의 관계 속에서 이런 비밀을 알 가능성이 있긴 했다. 앞으로 미래에 그는 재상에 오를 자였으니까. 어떠한 형태로든 이미 비밀을 공유하는 사이가 되었을 수도 있었다.

"형님을 기다리던 중 형님의 책상에서 조금 의아한 것들을 봤었다."

"뭐지?"

"어떤 물건들에 대한 정보였다. 아마…… 비밀리에 뭔가를 조사하시는 것 같은데 정확한 것은 모르나 세 개의 유물에 대한 것이었지."

[카릴. 설마 그거……]

알른이 황급히 카릴에게 물었지만 카릴은 아무것도 아니라는 듯 표정을 바꾸지 않았다.

대신 고개를 끄덕였다.

묵시 목걸이. 노움국에 있던 영혼 샘에서 찾았던 목걸이. 과거 엘프의 성지라 불리던 에리얼 우드를 지키던 엘븐하임의 수장인 나르한 타누비엘이 만든 3개의 조각 중 하나.

'그래. 전생에 우리에게 내려진 신탁이기도 하지. 나를 포함한 신탁의 10인이 찾았던 신물(神物).'

대륙을 유린하던 괴물을 막기 위한 유일한 수단이라 여기며 죽을힘을 다해 완수했던 신탁이었다. 그 묵시의 목걸이와 함께 나머지 두 개의 조각.

극격(極格)의 갑주. 통탄(痛嘆)의 부정.

단지 세 개라는 숫자만으로는 단정 지을 수 없는 일이었지만 카릴은 어쩐지 단순한 우연이 아닐 것 같다는 불안감이 엄습했다.

"그게 이상할 게 뭐지? 황궁의 보고에만 해도 숱하게 그런 무구들이 쌓여 있는데."

일단은 아무렇지 않은 듯 물었다. 하지만 오히려 카릴의 물음에 란돌이 살짝 입술을 깨물었다.

"우든 클라우드."

"……?!"

"유물이 무엇인지는 모르나 내가 그것은 주시했던 이유는 티렌 형님께서 만난 인물 때문이다."

"네가 그 미친놈들이 누군지 어떻게 알고 있지? 그들의 실체는 찾으려고 해도 찾을 수 없는데."

생각지도 못한 이름에 카릴은 이곳이 아직 황도 안이라는 것을 잊은 채 물었다.

"기억나나? 처음 우리가 아니, 네가 우든 클라우드의 첩자를 잡았던 고블린 사냥 때. 첩자의 죽음으로 인해서 아버지께서 곤욕을 치르게 되었지."

"곤욕이라고 할 수 있을까. 내 공을 결국 너와 티렌에게 주어 지금 티렌은 황제의 옆을 보좌하는 자리에 올랐는데."

"맥거번가의 힘을 약화시키기 위한 포로지만 말이야."

"그렇게 하려던 자는 지금 죽어서 땅속에 묻혀 있지. 지금의 황제에게 말이야. 그러니 전화위복인 셈이잖아?"

카릴의 신랄한 대답에 란돌은 쓴웃음을 지었다.

"뭐······. 어쨌든 아버지께서는 그 날 이후 우든 클라우드가 제국의 위협이 될 수 있는 존재라 여기셨는지 비밀리에 우든 클라우드를 조사하셨다. 그 일을 보좌한 것이 엘리엇 형님이셨고."

"엘리엇이?"

"너도 알다시피 형님은 비록 몰락하긴 했으나 상인 가문의 아들이니까. 의외로 어두운 경로에도 익숙하시거든."

"조심성이 없는 것이 문제지만."

그렇게 말했지만 엘리엇은 형제들 중에 가장 튼튼한 체력을 가진 사람이었으니 궂은일을 하기엔 제격이라는 생각이 들었다.

"그래서?"

"우든 클라우드가 활동할 수 있는 곳들을 예의 주시했었다. 그중 하나가 공국이었지. 그리고 살피던 몇몇 사람 중 공국이 네 손에 넘어가고 난 뒤 수상한 움직임을 보인 자들이 있었다."

"그게 누구지?"

"더글라스 훈트."

'의외로 제대로 파고들었는걸.'

더글라스는 다름 아닌 예전에 레디오스와 함께 우든 클라우드의 줄기 중 한 명이었으니까. 비록 그 위의 뿌리에는 닿지 못했지만, 그 정도면 큰 수확이었다.

[네가 판 덫을 저 녀석들이 이용했군. 아마도 공국내전이 끝난 뒤에 노움국에서 놈들의 탈출을 도울 때의 일인가 보군.]

'맞아. 우리도 주시를 하고 있는 상황이었으니까.'

카릴은 입꼬리를 올렸다.

"그래서?"

"내가 형님을 찾아갔을 때 그가 서신을 건넨 것을 봤고 그게 유물에 관한 것임을 알았다. 그리고 그곳 중 한 곳이……."

"바로 여기로군."

란돌은 천천히 고개를 끄덕였다.

"그럼 솔직히 말해. 티렌의 책상을 우연히 본 게 아니라 뒤진 모양이로군. 헤임에서 선황을 죽이던 황제의 모습을 보고서 마음이 조금은 바뀐 모양이야. 그런 놈을 옹립하는 티렌을 의심할 마음이 생길 정도면 말이지."

"글쎄……. 나는 제국을 위해서 싸우는 기사지 우든 클라우드를 위한 말이 되고 싶진 않으니까."

"크웰 경도 이 일에 대해서 알고 있나?"

"아직은."

[카릴. 만약 그 나머지 유물이 정말 네가 말했던 신탁의 보구들이라면 그것을 모두 모으게 되었을 때 엘프의 피를 가진 자가 모은다면 차원문을 열 수 있게 된다 했었지?]

카릴은 고개를 끄덕였다.

'맞아. 정령계뿐만 아닌 마계의 문까지 열 수 있지.'

[우든 클라우드 놈들이 그 세 개의 유물을 찾고 있다고 봐도 과언이 아니겠군. 황제가 우든 클라우드라면 전생에 네놈

이 순진하게 그걸 놈들에게 갖다 바친 꼴이 되는 거고 말이지. 클클……]

알른의 웃음에 카릴은 살짝 입술을 깨물었다.

'인정하지. 하지만 지금은 달라. 묵시의 목걸이가 이미 내 손에 있는 한 놈들은 3개의 유물을 완성할 수 없다.'

[그래. 하지만 너 역시 다르지. 이번엔 네가 그 유물들을 사용할 차례다. 마계의 문을 열어 타락이란 괴물들로 인해 혼란스러운 대륙을 더욱 엉망으로 만들 것이 아니라……]

'그걸 모아 정령계의 문을 연다.'

[바로 그거지.]

스으으으으……

다시 한번 음산한 기운이 어깨를 스치고 지나가자 두 사람을 감싸던 안개가 언제 그랬냐는 듯 사라졌다.

숲으로 이어지는 좁은 길이 나타났고 카릴은 그 샛길이 황도의 뒤편 협곡으로 가는 길이라는 것을 알았다.

"정말로 무사히 빠져나왔군."

카릴은 뒤를 돌아봤다.

'묵시의 목걸이 때도 그렇고 지금 저곳도 내가 신탁을 받았을 때 발견했던 유물들의 위치와는 다른 곳이다.'

만약 폐허와도 같은 저곳에 정말 신탁의 유물이 잠들어 있는 것이라면 어쩌면……

'신탁의 유물들조차 이미 발견되어 인위적인 장소에 놓였을

가능성도 있다는 말이겠지.'

우든 클라우드의 손에 의해서.

'지금은 때가 아니다.'

아쉽지만 드래곤들이 자신을 찾고 있는 이 시점에서 여유롭게 유물 탐사를 할 수는 없었다. 다만 언젠가 다시 이곳으로 다시 돌아올 것이라고 카릴은 생각했다.

그리고 이곳에 발을 다시 들여놓았을 때.

그때는.

'황좌에 올랐을 때일 것이다.'

►Chapter 5◄

"좌측 성벽의 병사들이 약화되고 있습니다!"

"함정이다. 좌익의 군세는 유지하되 중앙을 노린다. 흔들리지 말고 소형 골렘을 방패로 하여 정문을 요격한다."

"보고드리겠습니다! 우회하는 숲 안쪽에서 기사단 일부를 확인! 청 기사단입니다!"

막사 안이 술렁였다. 하지만 병사의 보고에도 불구하고 약간의 침묵 뒤에 목소리는 차분하게 명령을 내렸다.

"크웰 맥거번이 이곳에 왔다고 볼 순 없다. 현재 운용할 수 있는 기사들은 기껏해야 베스탈 후작의 등 기사단의 잔병들뿐. 소란을 만들기 위해 갑옷을 바꿨을 가능성이 크다."

앤섬 하워드는 고개를 돌렸다.

"키누 무카리 님, 베이칸 님."

"네."

"말씀하십시오."

"각 부대의 대장들에게 전달해 주시기 바랍니다. 병사들의 사기에 영향이 끼치지 않도록 주의를 시키고 오히려 청갑옷의 기사를 포획하는 자에게 큰 수훈을 내릴 것이라고 말입니다."

밀려들어 오는 각 처의 보고에도 그는 그저 약간의 생각할 시간을 가질 뿐 재빠르게 대처했다.

'대단하군.'

'주군께서 전장을 맡긴 이유를 알겠어.'

키누 무카리와 베이칸은 앤섬 하워드를 지켜보며 같은 생각을 했다.

물고 물리는 싸움. 정말 거대한 전장에서 대국을 치르는 것처럼 두 사람의 수 싸움은 가히 놀라울 따름이었다.

후작령을 두고 모든 길목 곳곳에서 전투가 벌어지는 와중에도 서로 기습을 노리고 있었다. 제국 전쟁이 시작되고 가장 처음 전투가 벌어진 곳임에도 불구하고 아직도 결판이 나지 않은 이유를 단순히 지휘관의 무능함이라 평가하는 자들도 있을 수 있었다. 하지만 적어도 이 전장에 참여한 자들만큼은 결코 그렇게 생각하지 않았다.

"대초원에서도 제국군과 디곤 일족이 격돌하였다고 합니다. 제국군은 30만. 디곤 일족은 10만이라고 합니다."

"병력의 차이가 심하군요."

"은폐물도 없는 초원이라면……. 전면전일 텐데. 무려 20만의 차이라니."

병사의 보고에 키누 무카리와 베이칸은 낮은 탄성을 뱉어내며 말했다.

"두 분의 생각은 어떠십니까. 남부의 여제를 저보다 잘 아시는 분들이시니까요."

"말 그대로입니다. 디곤의 여왕은 남부에서 대적할 자가 없다고 해도 과언이 아닙니다."

"뿐만 아니라 그 스스로도 소드 마스터이니……. 사실 자유군에서 가장 강한 전력이라 할 수 있겠죠."

두 사람의 말에 앤섬 역시 고개를 끄덕였다.

"저 역시 공국 내전에서 밀리아나 님께서 싸우신 모습을 봤었습니다. 가히 가공할 능력. 다만, 소드 마스터가 아무리 뛰어나다 하더라도 수십만 명의 병력 차를 혼자서 뒤집을 순 없습니다."

"그 말씀은……?"

"거리상으로 봤을 때 현재 후작령을 최대한 빠르게 정리한 뒤에 대초원으로 지원갈 수 있는 병력은 저희뿐일 겁니다."

앤섬은 탁자 위에 놓인 지도에 선을 그으며 말했다.

"골렘들은 시동석을 보충하기 위해 이곳에 대기를 한다 하더라도 트윈 아머를 통해 최단길로 간다면 전장에 참여할 수 있을 겁니다."

"그럼 이제 이 전장의 단락을 지어야 한다는 말씀이시군요."

키누 무카리는 앤섬을 바라봤다.

"계책은?"

그의 물음에 앤섬은 그 옆에 서 있는 카일라 창을 바라봤다. 눈빛에 담긴 의미를 알았다는 듯 그녀는 긴장된 표정으로 고개를 끄덕였다.

"발판은 모두 만들어졌습니다. 지금까지 준비를 위한 여정이었으니까요."

"준비라면……?"

"그건."

앤섬이 사람들을 바라보며 입을 열었다.

"무(無)의 진법."

그때였다. 그의 대답이 있기 전 막사의 문이 거칠게 열리며 한 사람이 들어왔다. 모두의 시선이 그곳으로 쏠렸다.

[크르르르르……!!]

동시에 날카로운 비룡의 울음소리가 들렸다.

"주군!!"

막사 안에 있던 사람들이 황급히 무릎을 꿇으며 그를 맞이했다.

"전에 내게 올렸던 보고에서 그런 이름이었던 것 같은데……. 맞나?"

앤섬은 갑작스러운 그의 등장에도 불구하고 오히려 여유로운 표정으로 고개를 끄덕였습니다.

"그러합니다."

"완성했나 보군."

"그런데 어떻게 이곳에……."

카릴은 당황스러워하는 앤섬을 바라보며 입꼬리를 올렸다.

"제국에서 오는 길이야."

"네?! 제국이라니요."

그의 대답에 황당하다는 듯 앤섬이 소리쳤다. 그와 동시에 그의 뒤에 서 있는 란돌에게 눈길을 주었다.

"몇 가지 수확이 있었지."

굳은 얼굴을 한 란돌을 경계하며 앤섬은 카릴을 바라봤다.

"제국군의 50만 본대가 곧 움직일 거야. 그전에 후작령을 완벽하게 정리해야 한다."

"50만……."

그의 말에 모두가 자신도 모르게 마른침을 꿀꺽 삼켰다. 이미 대초원에서 30만의 군사가 격돌하고 있는 상황이었으니 말이다.

"문제는 그뿐만이 아니다."

"수호룡 때문입니까?"

"맞아."

"확실히 드래곤이 전장에 투입되면 상대함에 있어 꽤나 고전을 면치 못할 겁니다. 하나 주군을 비롯해 타투르의 소드 마스터들이라면 충분히 상정할 수 있는 전력입니다."

앤섬 하워드는 이미 거기까지 계산에 넣은 듯 말했다.

"한 마리라면 그렇겠지."

"그게 무슨……?"

"백금룡까지 모두 넷. 네 마리의 드래곤이 지금 제국에 있다."

"하면……. 그들이 각기 다른 곳을 친다면 막을 방도가 없습니다. 아무리 군사적으로 강력해도 드래곤이 주는 압도적인 위압감에 병사들의 사기가 꺾일 것입니다. 이건……. 가짜 청기사단보다 더 큰 일이군요."

하지만 카릴은 앤섬의 말에 입꼬리를 올렸다.

"정말 그럴까?"

"……네?"

"너는 이제 막 해협을 건너온 것이기에 자유군에 대하여 잘 모른다. 청기사단이 상대든 드래곤이 상대든 녀석들은 결코 겁을 먹지 않아."

키누 무카리와 베이칸은 천천히 고개를 끄덕였다.

"그들이 두려움이 없는 자들이라는 것은 이곳의 전투에서 이미 입증을 보였습니다. 하지만 적은 드래곤입니다. 그것도 한 마리가 아닌 넷이라면……."

카릴의 물음에 그는 쓴웃음을 지었다.

"그리되지 않도록 만들어야 하는 것이 제가 해야 할 일이겠지요."

"맞아."

그의 대답에 카릴 역시 고개를 끄덕였다.

"나 역시 놈들과 붙는다 하더라도 질 생각은 없다. 하지만 혼자서는 무리지. 놈들이 몸은 넷이고 나는 하나니까. 내가 모든 전장에 참여할 순 없는 법이지."

적과 자신의 강함을 비교하는 것이 아닌 지극히 현실적인 문제에 대하여 말하자 앤섬은 자신도 모르게 피식하고 웃고 말았다.

"하하……. 그게 문제신 겁니까?"

"그럼?"

카릴은 아무렇지 않은 듯 대답했다.

"그래서 생각해 낸 방법이 있다."

"그게 뭡니까?"

"드래곤을 모두 한 전장 안으로 끌어들이는 것."

그 말과 함께 카일라 창을 바라봤다.

"그러기 위해서는 어떠한 전장보다 압도적인 승리를 거두어 이목을 집중시켜야겠지."

"……주군께서는 이곳을 드래곤과의 일전을 위한 전장으로 쓰실 생각이시군요."

"맞아. 어차피 드래곤에게 기습은 먹히지 않는다. 진형을 유지하고 싸울 수 있는 너른 전장은 알다시피 세 곳. 제국의 황도 앞마당과 트윈 아머 그리고 대초원이지."

카릴은 손가락 세 개를 펼쳤다가 두 개를 접으면서 말했다.

"하지만 두 곳은 우리의 땅이다. 귀한 우리 땅을 폐허로 만들 수는 없지. 자르반트 그 노인네가 대초원을 노리고 습격했지만 곧 꽁지 빠지게 도망을 쳐야 할 테지."

그의 말에 마치 소름이 돋는 기분이었다.

"너 역시 마찬가지 아닌가?"

"네?"

"일부러 공을 들인 거잖아."

카릴의 말에 카일라 창은 자못 긴장된 얼굴로 마른 침을 꿀꺽 삼켰다. 마치 숙제를 검사받는 학생 같은 모습이었다.

"진법의 효용성을 확인하기 위해서 말이야. 베스탈 후작을 실험 대상으로 잡은 것. 이곳은 남부를 잇는 입구. 사실상 우리에게 있어서 이 성은 필요한 것이 아니니까. 파괴되어도 그만. 안 그래?"

"아셨습니까?"

카릴의 말에 앤섬은 고개를 끄덕였다. 공국을 평정하고 떠나기 전 앤섬에게 내린 하나의 명령. 로스차일드 가문의 진법인 르와의 진을 비롯하여 창의 창 일가의 맹화진(猛火陣), 동방국의 천문진 등……. 현존하는 모든 진법을 총망라하여 최고의 진법을 만들라 했었다. 그리고 드디어 그것을 시험할 수 있는 단계에 온 것이었다.

"황도에서 본대가 출격하려면 시간이 걸릴 거야. 그 안에 우리는 이곳을 점령한다."

"어째서입니까?"

"지휘관을 내가 죽였거든."

카릴의 대답에 모두가 헛웃음을 짓고 말았다. 단신으로 제국으로 쳐들어가 아무렇지 않게 기사단장을 죽일 수 있는 자가 과연 대륙에 몇이나 될까.

"아마도 새 지휘관을 뽑을 수밖에 없겠지. 대충 누가 될지는 예상이 가니……. 그를 불러들일 때까지 시간이 걸리겠지."

캄 그레이가 죽고 부지휘관마저 부상을 입은 상황에서 올리번이 선택할 수 있는 경우의 수는 한 가지뿐이었다.

'크웰 맥거번.'

카릴은 올리번이 언제까지고 대륙제일검이라는 카드를 쓰지 않을 리 없음을 알고 있었다. 그 시기를 녀석이 원하는 때가 아닌 자신이 사용할 수밖에 없게 만들었을 뿐.

'네가 무슨 꿍꿍이를 하고 있는지 모르겠으나 드래곤만으로 전쟁을 바꿀 수 있을 것이란 안일한 생각을 한다면 너는 그걸로 끝이다.'

카릴이 눈빛을 빛냈다.

"그럼 전황을 보고드리겠습니다."

"아니, 그럴 필요 없어. 이미 위에서 모두 살폈다. 앤섬. 후작령의 성진(城陣)에 대해서 알아차렸겠지."

그의 말에 앤섬은 고개를 끄덕였다.

"네. 후작령의 방벽엔 정문과 좌, 우측의 각기 4개의 문으로 도합 다섯 개의 문이 있습니다. 하나 두 번째 네 번째 문은 방어가 허술하지만 들어가게 되면 입구가 좁아지는 형세이기에 돌파한다 하더라도 큰 피해를 입을 겁니다."

"맞아. 첫 번째와 다섯 번째는 눈속임이고."

"네. 그곳은 입구가 뚫려도 길이 없습니다. 즉, 가장 위험해 보이지만 가운데 정문이야말로 유일한 길. 활로(活路)라 할 수 있을 겁니다."

카릴은 그의 말에 고개를 끄덕였다.

"주군께서 지휘하신다면 쉽게 공략이 가능할 겁니다. 정문을 막고 있는 수비군의 이목을 저희가 돌리도록 하겠습니다."

"아니. 그럼 의미가 없지. 내가 이곳에 가장 먼저 온 이유는 너희가 만든 진법을 확인하기 위해서니까."

앤섬의 어깨를 가볍게 두들겼다.

"지휘는 네가 직접 한다. 너는 지금부터 나를 이 전장의 말로 써라."

카릴의 말에 모두가 놀라지 않을 수 없었다. 일국의 수장인 그가 스스로 기수가 되겠다고 말하고 있었으니까.

"오래된 논을 살리기 위해서는 벌레를 없애야 하기에 태워 버려야 하지. 용 사냥을 위한 전장을 위해 그전에 이 땅을 깨끗하게 만들어야 하지 않겠어?"

카릴은 앞을 가리켰다.

"그러니 성안에 웅크리고 있는 벌레들을 모조리 태워 버린다."

화아아악--!!

막사의 문이 열렸다. 그 순간 그의 뒤를 따라 나온 앤섬이 있는 힘껏 소리쳤다.

"무진(無陣)을 펼쳐라!!

"전군(全軍)!! 공격 준비!!"

붉은 갑옷이 작렬하는 태양처럼 빛나며 마치 홍염의 시작을 이끄는 듯 길게 늘어뜨려 달리기 시작했다.

와아아아아아아--!! 와아아아--!!

거대한 베틀 액스를 사용하는 적 기사단을 필두로 30만의 대군이 남하하기 시작했다.

남부의 대초원. 기다랗게 자라난 초원의 들풀들이 무참히 말발굽으로 인해 꺾여 나갔고 너른 초원은 기마병들이 가장 위력을 발휘하기 좋은 곳이었다.

"정공법(正攻法)이로군."

"걸림돌이 없는 초원이니 전장 중에서도 힘 대결로 갈 수 있기 좋은 곳이니까요."

"늙은이가 용을 쓰는군."

밀리아나는 전방에 나열되어 있는 수만의 대군을 바라보면서도 여유로운 얼굴이었다.

"트윈 아머의 지원군을 기다릴까요?"

"내가?"

부하의 말에 밀리아나는 살짝 인상을 찡그리며 말했다.

"디곤이 지금 적을 눈앞에 두고 다른 이의 도움을 기다린다는 게 말이 된다고 생각하나?"

"……예?"

"누구에게 배웠지?"

부하는 화들짝 놀라며 무릎을 꿇고서 말했다.

"어디 소속이냔 말이다."

"디, 디그 님이십니다."

"어린애에게 맡기니 나약한 것들만 만들어지는군. 카노초, 당분간 셋째에게 병사를 주지 말고 단독으로 전장에 나서게 해. 검이 무뎌지니 생각도 안일해지는가 보군."

그녀의 말에 부하는 사색이 되었다.

"네. 그걸 스스로 아는지 이미 전투 준비에 들어갔습니다. 아마도 가장 선두에 서겠죠. 이참에 좌익으로 편입하는 것이 좋겠네요. 거기가 가장 치열한 곳이 될 테니까."

밀리아나는 둘째인 카노초의 말에 고개를 끄덕였다. 머리를 뒤로 질끈 묶은 그녀는 밀리아나보다 머리 하나는 더 있을 큰 키에 반월의 형태를 한 두 자루의 쌍검을 등에 메고 있었다. 검의 크기 역시 그녀의 키처럼 일반적이지 않았는데 한 손으로 들기 어려울 정도로 묵직하고 두꺼워 보였다.

"너."

"네…… 넵!"

"네놈도 좌익으로 가라. 100명의 목을 가져오지 못한다면 각오하는 게 좋을 거야."

"명심하겠습니다."

그녀의 명령에 부하는 황급히 허리를 숙이고는 달려 나가기 시작했다. 막사 안에서 그의 뒷모습을 보며 사람들은 키득거리며 웃었다. 대군이 격돌하는 전쟁이 시작된 곳이라고는 믿기 어려울 정도로 여유로운 표정이었다.

"흥. 내가 있는 대초원을 전장으로 선택한 것 자체가 노인네의 바보 같은 짓이지."

밀리아나는 자르반트의 대군을 앞에 두고 나지막하게 말했다. 대초원에 집결한 디곤 일족의 병력은 모두 10만. 일국의 군사와 맞먹는 규모였지만 제국에 비한다면 확실히 양의 차이가 있을 수밖에 없었다.

"베스탈 후작령은?"

"아직 교전 중인 듯싶습니다. 후작령을 중심으로 진격한 앤섬 하워드 군이 생각보다 수성을 하고 있는 브랜 가문트의 군사에 애를 먹는 듯싶습니다."

"피해는?"

"파견된 골렘 부대 덕분에 군사 피해는 적은 듯 보입니다. 하지만 골렘은 시동석이 필요한 마도기병이라……. 가동 시간을 계산한다면 아마 삼 일 남짓 남았을 듯 보입니다."

"그 안에 결판을 내야 한다는 말이겠군."

"네."

밀리아나는 고개를 끄덕였다.

"후작령의 답답한 책사는 그렇다 처도 제국의 30만이 움직인다는 것을 포착했다면 카릴이 가만히 있진 않을 텐데……. 무슨 생각인지 모르겠군."

"조금 전 나간 얼뜨기의 말처럼……. 후작령에서 승리를 거두고 난 뒤 남하하여 저희를 지원하라는 뜻일까요?"

"글세. 기억하기로는 카릴이 그를 자신의 밑으로 데려오기 위해 꽤나 공을 들였다고 하던데. 그런 것치고는 전과가 미비한걸. 거긴 가장 먼저 전투가 벌어진 곳이야. 그런데도 아직까지 결과를 내지 못했다는 것은 자신의 무능함을 증명하는 것밖에 안 돼."

"그만큼 적의 책사도 뛰어난 게 아닐까요."

"적이 뛰어나다고 그걸 인정해 버리는 것이 무슨 소용이야? 그래서 패배를 해도 좋다는 말이야?"

"아닙니다."

"뛰어나든 모자라든 결국 전쟁은 승과 패 두 가지뿐이다. 명심해. 디곤은 절대로 패배자의 위치에 서지 않아."

착-!!

그녀의 말이 떨어지기가 무섭게 막사 안의 전사들이 가슴에 손을 얹으며 고개를 숙였다.

"내가 하고자 하는 말이 뭔지 알겠지."

"물론입니다."

카노초는 자신의 등에 매달아 놓은 쌍검 중 하나를 뽑고서 고개를 숙인 부하들을 지나 막사의 문을 활짝 열었다.

집결된 일족들의 시선이 모두 그곳으로 향했다.

"모두 잘 들어라!! 최초의 전장인 베스탈 후작령이 앞으로 삼 일 안으로 결판이 난다. 그 말은 아직 삼 일의 시간이 우리에게 주어졌다는 것."

차앙-!!

카노초는 반대쪽에 있던 검까지 모두 뽑아내며 두 자루의 검을 서로 교차시켰다. 검날이 불꽃을 내며 날카로운 이명을 울렸다.

"언제나 그렇듯 일착(一着)은 우리의 것이다. 승리 역시 우리가 가장 먼저 쟁취해야 한다."

와아아아아아아--!! 와아아아--!!

그녀의 외침에 일족의 전사들이 일제히 자신의 무구를 하늘 높이 치켜들었다.

3배의 병력 차. 결코 쉽지 않은 싸움일 것이다. 하지만 대초원이 뚫리는 순간 남부를 통한 제국의 진격이 시작될 것이기에 이곳은 필시 막아야 하는 아니, 적을 섬멸해야 하는 전장임이 분명했다.

"적군!! 사정 범위 안으로 진격 중!"

척후병의 외침에 밀리아나는 검을 뽑았다.

"병력의 차이는 지휘관의 역량으로 극복하면 된다. 기껏해야 20만 차이. 나 하나로 충분해."

그녀는 외쳤다.

"모두 들어라!! 의심도 두려움도 가질 필요 없다. 너희는 그저 내 뒤를 따르라!"

타악-!!

사막의 말이라 불리우는 카르곤의 고삐를 잡아당기자 두 앞발을 허공에서 휘저으며 녀석이 거친 숨소리를 내뱉었다.

"그러면 이긴다."

와아아아아아아-!!

순식간에 고조된 일족의 사기는 수적인 열세 따위는 안중에도 없는 듯 보였다.

'공국 내전 이후 밀리아나 님의 지휘력이 더욱더 높아지셨군. 그야말로 패자라 불릴 만하시다.'

카노초는 자신도 모르게 저릿한 느낌의 전율을 받으며 잡은 무구를 꽉 손에 쥐었다. 하지만 한편으로는 그 모습을 바라보며 그런 그녀를 사로잡은 카릴이란 남자의 위대함을 다시 한번 깨달았다.

두두두두두두두-!! 두두두-!!

"적을 사냥하라!!"

선두에 선 디곤의 3자매 중 막내인 디그는 날카로운 두 자루의 단검을 안쪽으로 가로 쥐며 소리쳤다. 두 진형은 모두 날카로운 쐐기 모양의 추행진이었다. 서로의 선봉에 자신감이 있지 않으면 결코 할 수 없는 형태였다.

화르르륵⋯⋯!!

자르반트 레드크는 자신을 향해 달려오는 그녀를 바라보며 불타는 징벌을 뽑아 들었다.

기껏해야 10대로 보이는 어린 소녀. 거대한 카르곤 위에 마치 얹혀 있는 것처럼 달려오는 디그의 모습에 그는 기가 차다는 표정을 지었다.

"야만스러운 놈들. 저런 어린애들까지 전장에서 칼받이로 이용하는 것인가."

"헛소리. 칼받이는 할아범이지."

그때였다. 순식간에 거리를 좁히며 달려든 디그의 검날에 자르반트는 황급히 차크람을 들어 그녀를 막았다.

"크윽?!"

블레이더의 5대 무구 중 하나인 불타는 징벌은 그 자체로 엄청난 위력을 가졌지만 아쉽게도 자르반트의 주력 무기가 아닌 생소한 차크람이라는 것이 문제였다.

무기 자체가 가지는 위력보다는 자신의 실력이 중요시되는 고수 간의 싸움에서 여태까지 썼던 무구를 버리고 익숙하지 않은 무기로 싸우는 것은 크나큰 실책이 아닐 수 없었다.

'무슨⋯⋯. 이런 나이에⋯⋯.'

쉴 새 없이 쏟아지는 그녀의 단검이 하나같이 모두 자신의 급소를 노리고 있다는 것을 깨달았다.

디곤 쌍검술 1결 - 홍월풍(紅月風).

디그가 카르곤의 머리를 밟고 뛰어올라 자르반트의 뒤를 노리며 단검을 반원을 그리듯 찔러 넣었다.

카앙-!!

자르반트는 디그의 공격을 막기 급급했다. 그는 황급히 불타는 징벌에 마력을 집중했다. 차크람의 곡선 날에 화염이 솟구쳤고 그녀를 떼어내기 위해 자르반트는 황급히 무구를 휘둘렀다.

파앗!!

하지만 반격에도 불구하고 가벼운 몸놀림으로 뒤로 뛰어오른 디그는 어느새 나타난 카르곤의 이마를 다시 한번 밟아 공중으로 뛰어오르며 3결, 비조파동(飛鳥波動)을 펼쳤다.

"건방진!!"

화르르르륵……!!

자르반트가 있는 힘껏 차크람을 내던졌다. 마치 거대한 굴렁쇠가 굴러가는 듯 원형의 차크람에서 뿜어져 나오는 불꽃의 기세는 점차 더 커져 그녀를 집어삼킬 것 같았다.

"큭?!"

그에 비한다면 미약한 마력인 디그는 조금 전 기세와는 달리 자신을 집어삼킬 것 같은 거대한 화륜(火輪)에 황급히 물러섰다.그때를 놓치지 않고 자르반트는 등에 메고 있던 거대한 도끼를 한 손으로 휘둘렀다.

콰앙--!!

"디그 님!"

조금 전 막사에서 뛰쳐나왔던 부하는 자르반트의 일격에 황급히 그녀의 앞을 가로막으며 몸을 날렸다.

"무구의 차이보다는 실력의 차이가 중요하다는 걸 다른 의미로 보여주는군요. 익숙하지 않은 무구는 방어를 할 때 사용하되 자신의 마력으로 그 차이를 메꾸니 말입니다."

카노초는 두 사람의 격돌을 바라보며 나지막한 목소리로 말했다. 여기저기에서 병사들이 엉겨 붙기 시작했고 피비린내가 진동하고 있었다.

"믿는 구석이 있으니 노인네치고 후열에 숨어 있는 게 아니라 선두에 나선 것이겠지."

"제가 나설까요."

"아니. 아무래도 이미 나선 녀석이 있는 것 같다."

"네?"

그녀는 앞을 가리켰다. 조금 전 자르반트가 휘둘렀던 도끼가 디그의 앞에서 멈춰 섰다.

끄득…… 끄드드득…….

검은 인형이 그의 공격을 막고 서 있었던 것이다.

"네놈은……?"

바닥에 쓰러진 부하는 어리둥절한 얼굴로 주위를 살폈다. 디그가 그의 뒤통수를 한 대 때리고는 목덜미를 낚아채듯 잡아당겼다.

[클클…….]

자르반트의 도끼를 막은 그의 입에서 인간의 것이 아닌 듯한 웃음소리가 들렸다.

"지원군."

밀리아나는 자신의 옆에 들려오는 목소리에 고개를 꺾으며 말했다.

"카릴은? 어째서 네가 온 거지? 케이 로스차일드."

"그는 다른 곳으로 갔어. 당신에게 자르반트를 섬멸하고 북상하라 전하라더군. 그는 이미 제국을 한바탕 뒤집어놓았다던데."

"흠?"

밀리아나는 그 말에 흥미로운 듯 바라봤다.

"아쉽게도 황제의 목을 베진 못했지만 대신 본대 지휘관의 목을 잘랐다고 하던데. 캄 그레이? 뭐 그런 이름이더군."

그녀의 말에 자르반트는 믿을 수 없다는 듯 눈을 동그랗게 뜨며 소리쳤다.

"헛소리!!"

분노에 찬 일갈. 그는 황급히 도끼를 빼려고 했으나 자르카 호치에게 꽉 붙들린 그의 도끼는 옴짝달싹하지 않았다.

"지원군은 이걸로 끝인가? 고작 너 한 명?"

그때였다.

쿠득…… 꾸드드득…….

사막의 모래가 점차 솟구쳐 오르더니 수십, 수백 개의 작은 기둥들이 돋아났다. 케이 로스차일드는 밀리아나를 힐끗 쳐다보고는 다시 고개를 돌리고는 마치 연주를 하듯 수인을 맺기 시작했다. 모래가 아래로 후드득 떨어지기 시작했다. 기둥들의 숫자는 더욱더 증가하고 기하급수적으로 늘어나기 시작하는 광경에 디곤 일족은 무슨 일이 벌어지는지 가늠을 할 수도 없어 불안한 눈빛으로 사막을 바라봤다.

기둥들은 사람의 높이 정도에서 멈춰 섰다.

스스스스스……

솟아난 기둥 위에 쌓인 모래들이 물이 떨어지는 것처럼 빠르게 바닥으로 스며들 듯 흩어졌다.

모래가 걷히고 솟아난 기둥의 정체가 나타났을 때 디곤 일족은 놀라지 않을 수 없었다. 수천의 스켈레톤들이었다.

"마, 말도 안 돼……"

"어디서 저런……."

"도대체 수가 몇이나 되는 거야?"

[크르르르르르……!!]

언데드들은 그것으로 그치지 않았다. 인간형의 스켈레톤들이 모두 부활하자 이번에는 사냥당한 동물형 마물들까지 차례차례 바닥을 헤집으며 나타나기 시작했다…….

대초원의 부족들은 지금까지 오랜 세월을 주위의 마굴을 사냥하며 그 가죽과 살을 팔아 연명했었다. 이따금 박제를 하는 괴취미를 가진 제국의 귀족들에게 마물을 통째로 팔긴 했었지만 적어도 사냥꾼으로서의 규율만큼은 지키려 노력했다. 사냥감에 대한 예우.

자신의 손으로 목숨을 끊은 것이지만 그 역시 또 다른 삶을 이어가기 위한 희생이기에 대초원의 부족들은 사냥감의 살점을 발라내되 그 육신을 지탱하던 뼈들은 모두 이곳에 묻었다.

수십, 아니, 수백 년. 대초원의 들풀이 유독 길게 잘 자란 것은 어쩌면 그 시체의 양분을 먹고 컸기 때문일지도 모른다.

"그만큼 많은 시체가 잠들어 있는 곳이니까."

[오랜만이로군. 이 향긋함. 그녀는 드래곤이 아냐. 기껏해야 작은 어린 용 한 마리에 불과하지. 전장의 판도를 바꾸는 것이 지휘관의 역량이라? 그런 의미에서 진짜 역량이란 이런 것이겠지.]

"이끌어. 자르카."

자르카 호치는 마치 숨을 들이마시는 것처럼 가슴을 위로 펴면서 말했다.

[명을 받들지.]

삐걱…… 삐거덕…….

[크르르르……]

쿵!! 쿠웅……!!

그의 뒤로 스켈레톤 병사들을 비롯하여 늑대, 바질리스크, 워 베어 등등 동물형 몬스터들까지 언데드가 되어 나타났다.

콰앙-!!

자르카 호치는 자르반트의 도끼를 있는 힘껏 밀며 뒤로 물러섰다.

[듣자 하니 나인 다르혼이란 녀석이 불사의 군대를 만들었다고 했다던데. 기껏해야 수십 년밖에 살지 못한 애송이가 건방지지 않은가.]

그러고는 그가 무릎을 꿇고서 손을 뻗자 케이 로스차일드가 익숙한 듯 그의 팔을 밟고 어깨 위에 걸터앉았다.

차캉-!!

한쪽 팔로 그녀의 허리를 가볍게 잡고서 반대쪽 손을 젓자 날카로운 검날이 손등에서 튀어나왔다. 자르카 호치는 격돌하는 군사들을 바라보며 나지막한 목소리로 말했다.

[진짜 사령의 왕이 누군지 보여줘야겠지.]

"적군! 막사에서 출진 중입니다!!"

"골렘은?"

"소형 골렘이 양익으로 전진 배치되었으며 중앙군에 4만의 군세가 집결되어 있습니다."

후작령의 척후병들이 황급히 보고를 가지고 들어왔다.

"그리고 적군 막사 중앙에 비룡 한 마리가 선회하고 있다고 합니다."

"비룡? 혹시 비룡 부대가 전장에 참여했다는 뜻인가?"

"그렇지 않습니다. 다만……. 비룡의 비늘이 붉고 일반적인 드레이크보다 훨씬 더 크다고 하였습니다."

브랜 가문트는 그 말에 안색이 창백해졌다.

"설마……."

대륙에서 붉은 비룡을 타는 사람은 단 한 명뿐이었으니까.

"적의 수장이 직접 이곳에 참여한다는 말인가?"

생각지 못한 얘기였다.

"원군은?"

브랜은 바쁘게 마경과 통신구를 쓰고 있는 부하들을 향해 물었다.

"아직입니다. 황도로 연락을 취했으나 출진 예정이었던 본대의 준비 시간이 더 걸릴 것으로 사료된다고 합니다."

"도대체 뭣들 하는 것이냐!! 영지를 내어주었다면 그에 합당한 결과를 내어야 할 것 아니냐! 우리의 지원이 아니었으면 이미 너희는 끝났어!"

베스탈이 그들의 대화에 끼어들었다. 그는 신경질적인 목소리로 소리쳤지만 어쩐지 통신병과 브랜은 그에게 눈길조차 주지 않았다.

"이런 건방진……!! 내가 누군 줄 알아!!"

베스탈 후작은 거칠게 브랜의 멱살을 잡으며 소리쳤다.

"황후께서는 여전히 너희를 용서하시지 않았다. 내가 아니었으면 너희는 아직도 후작령을 발을 디디지도 못했을 것이다! 알아!?"

어느 누가 들어도 허풍이라는 것을 잘 알았다. 황후의 오라버니라는 자존심 하나만이 그에게 남은 유일한 동아줄이었으니까. 그것이 사라진다면 그의 목숨을 유지하기 어렵다는 것을 알기에 오히려 브랜에게 허풍을 늘어놓는 것이었다.

"진정하십시오, 후작님. 아직 전선이 무너진 것도 아니고 병력의 차이 역시 없이 호각입니다."

"전장의 판을 제대로 보지도 못하는 이런 애송이를 지휘관으로 보내니 승부가 나지 않지."

베스탈의 말에 상황실에 있던 사람들은 모두가 어처구니없는 듯 헛웃음을 짓고 말았다.

"원군도 늦는다는데 적은 소드 마스터까지 합류했으니 이거야 원, 완전히 진 싸움이로군."

그는 거칠게 브랜을 밀어 버리고는 몸을 돌렸다.

"본대가 늦는 이유는 왜지?"

헝클어진 옷깃을 만지며 브랜이 물었다.

"그게……. 캄 그레이 경께서 사망하셨다고 합니다."

부하의 보고에 브랜은 깜짝 놀란 얼굴로 소리쳤다.

"그게 무슨 말이야? 총사령관이 갑자기 사망이라니?! 황궁에 무슨 일이라도 난 것은 아니겠지?"

"통신부에서는 이 이상의 소식은 전선의 사기에 영향을 끼

칠 수 있다 하여 알려줄 수 없다고 합니다. 본대의 준비에 시간이 걸리는 상황이기 때문에 그 대신 다른 원군을 급파할 것이라고 합니다."

"다른 원군?"

"네, 곧 도착할 것이라고……."

그때였다. 갑작스럽게 상황실의 문이 열리며, 그 앞에 서 있는 사람을 본 순간 브랜의 눈빛이 떨렸다.

"넌 뭐야?"

상황실을 나서려던 베스탈이 문을 열고 들어온 남자를 향해 거칠게 물었다. 하지만 그의 말에도 남자는 오히려 그를 쓰레기 보듯 내려다봤다.

"이게 미쳤나. 이놈이나 저놈이나 다들…… 컥!!"

호통을 치는 베스탈의 말이 도중에 끊겼다.

우득-

그야말로 찰나였다. 막을 새도 없이 베스탈의 목이 직각으로 꺾였다. 모두가 어안이 벙벙한 표정으로 그 광경을 그저 입을 다물지 못한 채 바라봤다.

"이자가 베스탈인가?"

남자는 목이 부러진 후작의 시체를 들고서 물었다.

"그, 그렇습니다."

병사 하나가 떨리는 목소리로 고개를 끄덕였다.

"다행이로군. 제대로 죽여서. 말하는 투가 건방진 것이 녀석이라고 생각했는데."

아무렇지 않게 베스탈의 시신을 집어 던지고는 타는 듯한 붉은 눈동자로 말했다.

"그리고 네가 브랜이로군."

"만나 뵙게 되어 영광이옵니다……."

"눈치가 빠른 녀석이군. 날 본 적은 없었을 텐데."

"아카데미의 도서관에서 화룡에 대한 책을 읽은 적이 있습니다."

"그런가?"

그는 대수롭지 않은 일인 양 고개를 끄덕였다.

"너희 황제의 첫 명령이었다. 후작령에 도착하는 즉시 베스탈이란 인간을 죽이라고. 마음 약한 네가 그를 죽이지 않고 계속해서 데리고 있을 것이라고 말이지."

"송구하옵니다."

"황도의 일을 보고 받았나?"

"캄 그레이 경의 일 말입니까? 네, 조금 전에……."

"실로 불쾌한 일이 있었다. 규율대로라면 드래곤이 인간사에 관여하지 않는 것이지만……. 녀석을 가만히 둔다면 더욱 우리의 위상에 금이 가는 것이겠지."

"그 말씀은……."

남자는 브랜을 향해 말했다.

"우리 드래곤이 인간의 전쟁에 관여하기로 하였다."

그의 말에 브랜은 경악을 금치 못했다.

"내가 찾는 녀석이 이 전장에 있다는 것을 알고 있다. 이런 짙은 마력을 가진 인간은 그 말곤 없으니까.

남자는 수십 킬로미터 떨어진 진형을 마치 바로 앞에서 보고 있는 것처럼 말했다.

"그래서 누구보다 내가 먼저 달려온 것이다.지금 내 기분이 썩 좋지 않은 상황이라서 말이야."

꿀꺽-

남자의 말이 끝남과 동시에 그에게서 느껴지는 저릿저릿한 마력에 상황실에 있는 사람들은 숨조차 제대로 쉴 수 없는 기분이었다.

레드 드래곤 퓌톤.

"내가 온 이상, 더 이상 성안에 있을 필요 없다. 수비는 여기까지다."

그는 천천히 고개를 돌려 전선을 바라보며 말했다.

"기뻐해라. 내가 너희들에게 승리를 가져다줄 것이니까."

[카릴.]

"알고 있어."

[놈들이 급하긴 급했나 보군. 꽁지 빠지게 쫓아오다니 말이

야. 클클클······.]

카릴은 전장을 바라보며 말했다.

"드래곤이라······. 그것도 포악하다는 레드 드래곤이라니 확실히 제국군의 사기가 올라갈 수밖에 없는 것 같습니다."

앤섬은 마치 보란 듯이 성의 탑 위에서 거대한 날개를 펼치는 퀴톤을 바라보며 나지막하게 말했다.

"걱정 마십시오. 병사들의 사기라면 우리 쪽도 이상 무입니다."

그런 그의 말에 키누 무카리와 베이칸은 아무렇지 않은 듯 말했다. 앤섬은 그들의 태도에 일전에 자신이 했던 걱정이 단순한 기우라는 것을 알았다.

"지휘를."

카릴의 말이 떨어짐과 동시에 앤섬은 결의의 찬 듯 고개를 끄덕였다.

촤르르륵--!!

그가 가지고 있던 두루마리를 허공에 펼치자 푸른빛을 내며 지도가 하늘 위로 떠올랐다. 키누 무카리와 베이칸은 처음 보는 광경에 신기한 듯 그것을 바라봤지만 카일라 창은 앤섬과 함께 전술을 연구하는 동안 봤었는지 익숙하다는 표정이었다.

"좌익 비궁족 5천. 방패병 5천."

그의 말이 떨어짐과 동시에 허공에 떠 있는 지도 위로 푸른 점이 생겨나며 이동했다.

"우익 투부족 1만. 중앙의 자유군 3만은 주군께서 직접 운용해 주시기 바랍니다."

"중앙돌파를 위한 손쉬운 전략이군. 무진의 구성이 이걸로 끝인가?"

"세세한 변화는 카일라 창이 말씀드릴 겁니다."

그의 말에 카일라는 여전히 고개를 끄덕였다.

"좋아. 그럼 내가 말한 준비는?"

"칼립손 님께 출발 전에 언질을 드렸습니다. 이미 그전에 출발을 마쳤다 하였으니 곧 도착할 것입니다."

"좋아."

카릴은 후작령의 성의 문이 열리며 포진하기 시작하는 적군을 바라보며 나지막하게 말했다.

"사냥 시간이군."

"적군! 진격합니다!"

"제1군 수비 대형으로! 마법병대 영격(迎擊) 준비! 2군, 3군은 날개 진형으로 적은 포위하라!"

흙먼지를 일으키며 언덕을 내려오는 자유군을 바라보며 브랜 가문트는 빠르게 명령했다.

'레드 드래곤의 존재를 알고서도 오히려 망설임 없이 공격해 오다니……. 정말 카릴 님은 성을 공략할 생각이신가?'

브랜은 자신도 모르게 전장에 카릴이 있다는 것만으로 존칭을 쓰는 행위에 깜짝 놀라고 말았다.

기껏해야 단 한 번뿐. 그를 만난 것은 정말 스치듯 지나갔던 만남에 불과했는데도 그때의 인상이 너무나도 강렬했던 것일까. 브랜 가문트는 잠시 씁쓸한 듯 입맛을 다시며 다시 외쳤다.

"전군!! 공격하라!!"

두두두두두두두--!! 두두두두두--!!

성에서 나온 병사들이 일제히 대지를 진동시키며 달리기 시작했다. 기수들의 선두에 선 아지프는 말을 몰며 긴장이 역력한 얼굴로 전방을 주시했다.

금 기사단의 부단장인 그는 총기사단장인 벨린 발렌티온을 대신하여 이번 10만 원정군의 지휘관을 맡고 있었다.

'내가 떨고 있는 건가.'

카릴 맥거번이 이 전장에 합류했다는 보고를 듣자마자 그 이후부터 멈추지 않는 팔. 전장의 긴장감이 아닌 단순한 공포감이었다.

'드래곤의 비호가 있는데……?'

그것은 분명 트윈 아머에서 카릴과 검을 섞어 봤던 기억 때문일 것이다. 아이러니하게도 그 역시 카릴과의 만남은 아주 짧았음에도 불구하고 브랜 가문트와 다른 의미로 강렬하게 남아 있었다.

"후우……."

하지만 이제는 적이었다. 아지프는 붉은 날개를 펼치며 자신들을 내려다보는 드래곤을 힐끔 쳐다보고는 생각했다.

'이긴다.'

그때였다. 그의 앞에 눈으로 보고도 믿을 수 없는 일이 벌어지고 말았다.

와아아아아아--!! 와아아아--!!

두 세력이 격돌하며 병사들의 창과 방패가 서로 엉키기 시작했다. 기사들의 검이 점을 찌르고 마법사들의 마법이 쏟아지는 전장은 서서히 아비규환으로 변모하고 있었다.

카릴은 기사의 목을 베며 말했다.

"흩어진다."

그 순간 자유군들은 마치 지휘관을 잃은 것처럼 사방으로 달리기 시작했다. 그 안에는 질서도 방향도 없었다. 아무것도.

"무, 무슨……?!"

오히려 적인 제국군이 그 광경에 당혹스러워하며 어떻게 반응을 해야 할지 몰라 어리둥절하기 시작했다. 아지프 역시 썰물처럼 빠져나가기 시작하는 적군을 바라보며 황당한 표정으로 앞을 바라봤다.

그의 시선이 꽂힌 곳 그곳엔 카릴이 있었다.

"후웁……."

앤섬은 모래알처럼 흩어지는 병사들을 바라보며 자신도 모르게 주먹을 꽉 쥐었다.

"시작이다."

출진 하루 전.

"이게 무진(無陣)이란 말이지?"

준비를 하는 병사들을 내려다보던 카릴은 복잡한 글씨와 문양이 빼곡하게 적혀 있는 두루마리를 바라보며 말했다.

"그렇습니다."

"말도 안 되는 짓을 해냈군."

카릴의 말에 앤섬은 옅은 미소를 지었다.

"주군께서 내리신 명령을 완성하기 위해 몇 날 며칠 밤낮을 고민하고 또 고민했습니다. 말이 안 되는 것을 알면서도 아이러니하게도 이것 이상의 진법이 나올 수는 없습니다. 왜냐하면 이것은 애초에 실현 불가능한 전술이니까요."

그가 카릴을 바라봤다.

"주군이 없다면 말이죠."

"내가 진법을 움직이는 말이 되어야지 가능한 것이다……. 이거, 주군을 너무 굴리는걸."

하지만 카릴은 그렇게 말하면서도 마음에 드는 표정이었다.

"르와의 진부터 맹화진, 동방국의 진법까지 진(陣)이란 결국 아무리 변화무쌍하더라도 결국 일정한 법칙과 규율이 있습니다. 그것을 파훼하기 위해 만든 것이 바로 무진(無陣). 법칙과 규칙이 없되 완전히 흩어지지 수십, 수백의 변혁을 꾀할 수 있게 될 것입니다. 아무것도 없지만 그 무를 다룰 수 있는 단 하나의 구심점이 있다면요."

앤섬 하워드는 낮은 목소리로 말했다.

"병대의 구성은 제각각 다르듯이 진법을 효율적으로 운용하기 위해서는 결국 마력과 검술에 정통하지 않으면 안 됩니다. 하지만 대부분의 지휘관들은 기사이며 책사들은 검에 약하지요."

그는 주머니 속에서 작은 돌들을 꺼내어 흩뿌렸다. 아무런 규칙도 없어 보이지만 그 위에 또 다른 돌을 하나 얹자 마치 변화무쌍한 듯 달리 보였다.

"중심의 움직임에 따라 주변이 변화하는 것. 그것이 무진의 핵심입니다."

"이제 알겠어. 진법을 시험해 보기 위해서 시간을 끈 게 아니라 내가 이곳에 오도록 일부러 그런 거로군."

"10만이란 저희를 미끼로 쓰셨으니 한 번쯤은 낚여주셔도 좋지 않겠습니까."

카릴은 앤섬의 말에 그만 피식 웃고 말았다.

"구심점이 강해질수록 무진은 강해집니다. 주군께서 드래곤만큼 강하다면 무진은 드래곤조차 잡을 수 있게 될 겁니다."

"그래?"

카릴은 그의 말에 피식 웃었다.

"내가 신에 영역에 도달한다면?"

"신을 사냥할 수 있겠지요."

앤섬의 말에 카릴은 고개를 끄덕였다.

"그거 마음에 드는군."

좌아아악--!!

붉은 피가 사방에 흩어졌다. 카릴의 뒤를 따르는 자유군이 노도처럼 중심을 찌르며 쇄도했다가도 흩어지며 병사들은 때로는 제국군을 에워싸며 몰아세웠다.

"중앙 후위에 적 출현!!"

"뭐? 벌써 뒤를 잡혔단 말인가?!"

흩어졌던 병사들이 다시 하나로 뭉치자 마치 또 다른 군단이 형성되었다.

"제3군, 4군 측면이 돌파당합니다!!"

돌파했던 병사들이 흩어지며 새로운 병사들과 합류하며 또 다른 병대를 만들었다. 병대가 만들어졌다가 사라졌다를 반복하며 마치 군 자체가 순간이동을 하는 것처럼 느껴졌다.

그 모든 것이 가능케 할 수 있는 것은 다름 아닌 카릴의 돌파력과 함께 그의 끝을 알 수 없는 마력 때문이었다.

"주, 중앙!! 돌파당합니다!! ……컥!!"

다급한 목소리로 보고하던 병사의 사지가 그대로 두 동강 나며 잘려 나갔다. 저 멀리서 솟구치는 핏물들이 서서히 자신을 향해 다가오고 있다는 것을 브랜은 알아챘다.

"다시 만나는군."

카릴은 전방을 주시하며 나지막한 목소리로 말했다.

"일단 한 명."

►**Chapter 6**◄

"베이칸!!"

카릴이 외쳤다. 마력을 담은 그의 목소리는 드넓은 전장에 쩌렁쩌렁하게 울렸고 그와 동시에 베이칸이 이끄는 투 부족의 기마대가 일제히 그를 향해 몰려들었다.

"좌측이다! 마법병대는 실드를!!"

노도처럼 밀려드는 그들을 바라보며 황급히 제국군의 기사들이 소리쳤다.

"7, 8군 방패병! 횡으로 실드를 세워 적의 속도를 늦춘다!! 방어 태세로!"

착-! 쿠웅!! 오오오오오--!!

갑작스러운 기습 공격에 흔들렸지만 제국군은 어느새 혼란을 이겨내고 반격을 하기 시작했다.

"궁병!! 발사!!"

사사삭-!! 사사사사삭--!!

하늘을 덮을 정도로 수많은 화살이 적을 향해 쏟아졌다.

"투 부족!! 돌파하라!!"

베이칸은 화살비를 바라보면서 오히려 더욱 말에 박차를 가했다. 난전임에도 불구하고 놀랍게도 그들의 속도는 줄지 않아 화살의 범위 안쪽으로 파고들었다.

"방패병!!"

지휘관들의 외침 속에서 장벽처럼 거대한 타워 실드들이 겹겹이 쌓였다.

"서, 설마……?!"

어느새 수십 미터 안쪽으로 다가온 투 부족의 기마대는 방패병들을 앞에 두고도 속도를 줄이지 않았다. 오히려 방책을 세운 방패병의 지휘관들이 자신들을 향해 달려오는 그들을 보며 당황스러운 듯 소리쳤다.

콰가강--!!

베이칸의 거대한 도끼가 방패병의 방패를 단박에 갈라 버렸다. 우지끈! 하는 소리와 함께 병사들 몇몇이 그의 엄청난 괴력에 공중으로 튀어 올랐고 부서진 방패의 잔해들이 사방으로 튀었다.

"속도를 늦추지 마라!!"

베이칸이 뚫은 틈을 집요하게 노리며 투 부족의 병사들이 그 안으로 파고들기 시작했다.

"아지프 경! 7군에서 지원 요청이……!"

선두에서 싸우고 있던 아지프는 부관의 외침에 인상을 구길 수밖에 없었다. 후열의 마법병대를 보호하기 위해 방어 위주의 병사들로 편성된 것이 바로 7, 8군이었다.

그런데 오히려 그들이 가장 먼저 와해가 되었으니 자칫 잘못하면 아지프는 자신의 부대가 뒤를 잡히는 최악의 상황에 놓일 수 있다고 생각했다.

"보병대는 왼쪽으로 선회하며 놈들의 뒤를 잡는다! 녀석들을 포위하며 방패병들을 지원한다. 지금 당장 무너진 전선을 복구하는 것이다! 녀석들의 허리를 끊어라!!"

우오오오오오--!!

아지프의 외침에 병사들을 일제히 길을 만들기 시작했다. 그의 명령에 일대의 기사들이 방향을 틀며 돌진하는 카릴의 자유군의 뒤를 쫓았다.

"진격하라!!"

콰아아앙--!!

보병대가 자유군의 옆구리를 찌르고 아지프의 기사단이 뒤를 쫓으며 일대의 소란이 일었다. 금 기사단은 비록 황궁에 머무는 황제의 직속 친위대였지만 그들 하나하나가 모두 제국 최고의 기사들이기도 했다. 그중에서도 각고의 노력 끝에 부단장 자리에 오른 아지프였다. 비록 크웰 맥거번에 의해 가려졌지만 아지프의 지휘력만큼은 결코 뒤지지 않았다.

"다시 한번 산개한다. 집중해라. 내가 너희들에게 마력을 보낼 것이니까. 파도를 일으켜라."

하지만 카릴은 용맹하게 자신을 가로막은 그를 앞에 두고 오히려 여유로운 얼굴로 말했다.

우우우웅……!!

마력혈에서 끌어 오르는 뜨거운 마력이 카릴의 라크나를 통해 뿜어져 나왔다.

콰직-!! 콰드드득--!!

라크나의 손잡이에서 뿜어져 나오는 마력은 검날의 형태를 유지했던 지금까지와는 전혀 달랐다. 마치 거대한 기둥처럼 손잡이에서 마력이 솟아오르더니 역행하는 번개처럼 기다란 마력의 기둥에서 수십, 수백 아니, 수천, 수만 가닥으로 가지가 뻗듯 갈라지며 하늘을 뒤덮었다.

아지프는 그 광경에 입을 다물지 못했다.

'이 말도 안 되는 마력은 도대체 뭐란 말인가……. 설마 대마법사의 반열에 오른 건가? 믿을 수 없구나. 트윈 아머 때와는 비교도 될 수 없는 능력이로구나.'

제국의 궁정마법사인 카딘 루에르 역시 대마법사의 반열에 오른 자였다. 그와 친분이 있는 자신이었지만 솔직히 말해서 카딘이 이런 것을 할 수 있을지 확신이 들지 않았다.

"진격하라."

카릴의 낮은 음성이 귀에 들어왔다.

무진(無陣)의 중심. 흩어졌다 뭉치기를 반복하는 진법은 자칫 잘못하면 각개 격파당할 수 있는 취약한 전술일 수도 있었다. 적을 앞에 두고 오와 열을 무너뜨리고 싸운다는 것은 실로 병사 개개인의 능력이 뛰어나지 않으면 불가능한 일이었다. 그렇기 때문에 앤섬 역시 처음부터 가능한 전술이 아니라 했던 것이다.

단 하나, 그 불가능을 가능케 하는 방법. 바로 카릴이 마력이 없는 야만족들에게 마력을 제공하여 그들의 능력치를 상승시키는 것이었다.

"제국군은 불가능하나 저희는 할 수 있습니다."

앤섬이 출진 전에 흩뿌렸던 돌멩이들. 그것은 다름 아닌 청린이었다. 말도 안 되는 전략이었지만 이 발상을 가능케 한 또 다른 이유는 자유군의 무구가 청린이라는 전제조건이 있기 때문이었다. 수많은 병대가 얽혀 있는 상황에서 자유군만을 골라서 마력을 보낸다는 것은 아무리 대마법사라도 어려운 일이었다. 하지만 자유군들은 마력을 흡수하는 성질을 가진 청린을 사용하기에 카릴의 마력을 무구에 담을 수 있었으며 그들의 갑옷에 마력이 한 꺼풀 덧씌워져 그들의 능력치를 비약적으로 상승시켰다.

애초에 태생적으로 마력은 없지만 이민족과 야만족의 신체 능력은 제국인을 압도한다. 비록 제한적이지만 그러한 육체에 마력까지 더해지니 일개 보병조차도 기사급의 위력을 발휘하게 되는 것이었다.

"크윽?!"

아지프는 자유군의 후미에서 반격을 꾀하려고 했으나 오히려 기세를 몰아 반격하는 자유군의 기마대와 맞부딪히며 생각지 못한 거센 반격에 당혹스러운 듯 소리쳤다.

슉-!! 슈슉-!!

"방패병들을 무너뜨린다. 제1파의 공격을 계속 이어가게 하는 것이다. 제2, 3의 후속타는 첫 공격에서 이미 시작되었다. 투 부족을 엄호하라. 방패 뒤에 숨은 마법병대를 와해한다."

그때였다. 측면에서 쏟아지는 날카로운 화살들.

흩어졌던 궁병들이 다시 오를 이루며 나타난 것이었다. 키누 무카리의 외침과 함께 비궁족의 화살이 날카롭게 방패의 틈 사이로 병사들의 숨통을 정확히 노렸다.

"으악!! 아아아악!!"

"컥……! 크흑!!"

두꺼운 방패가 무용지물이 된 듯 방패병들이 하나둘 쓰러지기 시작했다. 그도 그럴 것이 아무리 두꺼운 방패를 사용한다 한들 그들은 기사가 아니었다. 하지만 카릴의 마력을 흡수한 청린제 화살은 한 발 한 발이 모두 기사의 공격과도 같은 위력을 가지고 있었다.

휘이익-!!

카릴이 손가락으로 호각을 불자 기사들의 머리 위로 붉은 비늘이 날아올랐다. 아래로 떨어진 고삐를 잡아당기며 비룡의 머리 위에 올라탄 그가 저 멀리 브랜을 향해 속도를 올렸다.

"성을 버리고 나오다니. 유일하게 가지고 있던 이점마저 포기하다니. 바보 같은 실수를 저질렀구나. 브랜 가문트."

오싹-!!

"마, 막아라!! 무슨 수를 써서라도 저자를 막아!!"

브랜 가문트는 아지프를 향해 날아가는 카릴을 바라보며 지금까지와는 달리 거칠게 소리쳤다.

"고작 드래곤 한 마리를 믿고 전술을 바꾸다니. 네가 전쟁에서만큼은 앤섬을 이기지 못했던 이유를 이제 알겠군. 무모해 보일지라도 책략을 믿고 끝까지 밀어붙일 자신감."

쏴아아아아아악--!!

붉은 비늘이 날개를 접자 속도가 더욱 빨라졌다. 대군의 머리 위로 날카롭게 날아오른 카릴이 정확히 아지프의 머리 위로 떨어졌다.

"그것이 없는 게 너의 패착이다."

아지프는 황급히 마력을 끌어 올렸다. 하지만 자신의 힘으로도 카릴의 공격을 막을 수 없다는 것을 직감했다.

죽음. 카릴의 등장을 알았을 때 느꼈던 섬뜩한 기운.

아지프는 그 미래를 피할 수 없다는 것을 직감했다.

[네놈!! 거기까지다.]

그때였다.

콰아아아아아아--!!

지금까지는 볼 수 없었던 날카로운 광풍이 몰아쳐 카릴의 주변을 막으려고 달려들었던 기사들이 오히려 몸을 가누지 못하고 마치 먼지가 흩어지듯 사방으로 튕겨 나갔다.

"컥…… 커억……!!"

"으아악……!!"

두꺼운 갑옷의 무게 따위는 상관없다는 듯 날아가는 병사들과 마찬가지로 속도를 올렸던 붉은 비늘마저 그 바람에 휘청거렸다.

[크아아아아!!]

날카로운 포효와 함께 머리 위로 거대한 그림자가 드리워졌다. 고개를 들자 퀴톤의 날카로운 이빨이 카릴을 향했다.

"피…… 피하십시오!!"

베이칸이 그 광경을 보며 경악에 찬 목소리로 외쳤다. 당장에라도 카릴을 삼킬 듯한 모습.

꽈악-

하지만 카릴은 오히려 고삐를 잡아당기며 날갯짓을 하는 붉은 비늘의 속도를 줄이지 않았다.

"주군!!"

그를 비롯하여 키누 무카리, 카일라 창 등 전선에 있던 모든 부하가 다시 한번 카릴을 불렀다.

[크아아아아아--!!]

실로 일촉즉발의 상황이었다. 그 순간, 머리 위에서 날아드는 퀴톤의 입이 카릴을 먹어 치울 듯 날아들었다.

"크, 크큭!! 끝은 네 녀석이다!!"

아지프는 주르륵 흐르는 식은땀을 닦을 겨를도 없이 창백해진 얼굴로 피식 웃으면서 소리쳤다.

"죽어라!!"

퍼억--!!

그 순간, 놀랍게도 쇄도하던 퀴톤의 머리가 마치 무거운 것에 힘껏 내려쳐지기라도 한 듯 목이 꺾이며 그대로 바닥에 처박혔다.

드래곤의 머리를 강타한 거대한 그림자. 운석이 떨어진 것처럼 엄청난 충격에 지면이 흔들렸고 흙먼지가 전장에 가득 피어올랐다.

"무…… 무슨?!"

"도대체 뭐지?!"

갑작스러운 공격에 레드 드래곤은 날갯짓을 하며 황급히 일어나려고 했지만, 자신을 짓누르는 엄청난 무게에 정신을 못 차린 듯 바둥거렸다.

아지프는 그 광경에 넋이 표정으로 주저앉고 말았다.

"죽어? 조금 전 나한테 한 소린가?"

붉은 비늘이 날갯짓을 멈췄다. 카릴은 아지프의 머리 위에서 그를 내려다보며 차갑게 말했다. 서늘한 검날의 냉기가 느겨졌다.

꿀꺽-

떨리는 눈으로 아지프는 그저 마른침을 삼키며 사색이 된 얼굴로 입을 뻐끔거렸다.

[제가 늦었습니까.]

기계음 속에서 반가운 억양이 들렸다. 카릴은 낮게 웃으며 말했다.

"아니. 딱 맞게 도착했다."

쿠웅-

자신을 향해 가슴에 손을 얹으며 경례를 하는 거신을 바라보며 카릴은 고개를 돌렸다. 까마득한 높이게 마도기병은 지금까지와는 본 적이 없는 외갑과 수많은 무장을 갖추고 있었다.

[네, 네놈!!]

바닥에 갈린 퓌톤이 으르렁거리듯 소리치며 날카로운 이빨을 보였다. 레볼의 주먹이 퓌톤을 강타한 듯 보였지만 놀랍게도 주먹과 머리 사이에 수십 겹의 보호 마법이 펼쳐져 있었다. 그 짧은 시간에 마법을 시전한 것이었다.

철컹-!!

하지만 레드 드래곤의 실력에 놀라기는커녕 아무렇지 않은 듯 레볼은 손을 들었다. 손등에서 날카로운 쇠기둥이 튀어나왔고 쇠기둥의 색깔은 흑갈색으로 햇빛에 번뜩이자 오묘한 빛을 띠었다.

콰직-!!

윈겔 하르트는 조종석 안에서 자신의 발아래 으르렁거리며 날카로운 이를 가는 레드 드래곤의 머리를 다시 한번 내려쳤다.

쿠드드드……!!

다시 한번, 다시 한번, 다시 한번.

[큭……!! 크르륵!!]

수 톤에 달하는 거신의 주먹이 끝없이 부딪히자 퀴톤의 머리가 정신없이 흔들렸고 그를 보호하고 있던 보호 마법이 일순간 깨졌다. 카릴은 레볼의 손등에 장착된 쇠기둥이 청린과 조암석을 섞어 만든 것임을 단번에 알았다.

[마력을 흡수하는 성질이 있는 두 개의 광물을 하나로 합성을 시키다니. 클클……. 그 노움의 작품인 건가? 저 말도 안 되는 크기를 봐라. 하여간 네 주위에는 미친놈들뿐이야.]

알른은 그 모습을 지켜보며 웃었다.

퍼억-!!

그 순간 두개골이 깨지는 듯한 둔탁한 소리가 들렸다.

[컥……! 커컥…….]

퀴톤의 비명이 터져 나왔지만 레볼은 그럼에도 불구하고 몇 번이나 계속해서 녀석의 머리에 주먹을 박아 넣었다.

[쿠, 쿨럭!! 이 빌어먹을……! 놈들이……!!]

정신을 못 차리겠는 듯 입가에 주르륵 핏물을 뱉어내며 축 늘어진 몸으로 힘겹게 퀴톤이 레볼을 향해 소리쳤다.

콰아아앙--!!

하지만 그런 드래곤의 안면에 거신은 대답 대신 주먹을 박아 넣을 뿐이었다.

쿠으으으으으으……!!

하늘 위로 먹구름이 짙게 깔리기 시작했다.

[크아아아아!!]

얼굴이 만신창이가 된 퓌톤이 거칠게 바닥을 긁으며 일어서며 포효를 외치자 하늘 위로 거대한 마법진이 생겨났다.

반경 수십 미터에 달하는 거대한 마법진이 겹겹이 쌓이더니 영창도 없이 중첩 마법이 완성되면서 하늘 위로 급격히 먹구름들이 쌓이기 시작했다.

콰아앙!! 콰가가가강!!

전장 전역에 강력한 벼락들이 사정없이 떨어졌다. 어떠한 전조도 없이 순식간에 떨어지는 수십 다발의 번개는 하나하나가 6클래스급 마법인 기가 라이트닝(Giga Lightning)에 맞먹는 위력이었다.

"지, 진형이 무너진다!!"

"모두 피해……!!"

기껏해야 5클래스의 중급 마법사일 뿐인 제국군의 마법병대의 마법사들이었다. 그들의 보호 마법으로는 번개 하나조차 막기에 역부족이었다.

"으아아악!!"

"으악!!"

"사, 살려줘……!!"

분노에 찬 드래곤의 마법에 적군, 아군 할 것 없이 순식간에 전장은 아비규환이 되어버렸다.

화아아악--!!

그럼에도 퓌톤은 아랑곳하지 않고 날개를 있는 힘껏 펼쳤다. 그의 날갯짓이 만들어낸 강풍 한 방에 또다시 사방으로 날아가 버리는 병사들의 비명이 전장에 울렸다.

[이 미천한 인간 놈이 감히!! 죽여 버린다……!!]

화가 머리끝까지 치솟은 레드 드래곤은 제국군 따위는 안중에도 없는 듯 그저 눈앞에 있는 두 사람을 잡아 쳐 죽이겠다는 일념뿐인 듯 보였다.

"미쳐 날뛰는군."

카릴은 그런 퓌톤을 바라보며 차갑게 말했다.

"저게 네들이 믿고 있던 승리의 카드다."

아지프는 여기저기에서 죽어 나가는 자신의 병사들을 바라보며 망연자실한 표정이었다.

"고귀한 존재? 수백 년을 살아오면서 쌓인 지혜가 그에게서 보이나? 놈은 그냥 태어날 때부터 강한 힘을 가지고 태어났을 뿐이야. 그 이상도 그 이하도 아니다."

[크아아아아아아아--!!]

퓌톤이 크게 입을 벌리자 용암과도 같은 뜨거운 화염 브레스가 뿜어져 나왔다.

"으아아악!!"

"아아악!!"

화염 줄기에서 떨어지는 불덩이들이 닿는 순간 제국 병사들은 순식간에 잿더미가 되어버렸다.

"혹여 수호룡은 다를지 모르지. 하지만 저놈은 너희들의 수호룡이 아니다."

카릴은 차갑게 말했다.

"인간의 역사는 죽이 되든 밥이 되든 인간들끼리 만들어가야 하는 것이다. 올리번과 놈들이 어떤 맹약을 맺은 것인지는 모르겠지만 저놈들은 제국의 승리를 위해서 싸우는 게 아냐."

아지프는 떨리는 눈으로 레드 드래곤의 광란을 지켜봤다.

"그랬다면 제국군을 저렇게 짓밟지 않겠지."

"무, 무슨……."

"자신들의 안위와 존속을 위해서도 아니지. 이 세상에 위협이 될 만한 존재는 아무것도 없다고 스스로 자부하는 놈들이니까."

그런 그를 바라보며 카릴이 말했다.

"놈들은 그저 자존심을 위해서 싸우는 것뿐이야. 자신들이 가장 우월하다는 것을 인간에게 알리기 위해 그저 유희로 인간사에 관여하는 것이지."

그러고는 옅게 한쪽 입꼬리를 올리며 피식 웃었다.

"그런데 내가 놈의 자존심을 조금 긁어놨거든."

"……뭐?"

아지프가 주저앉은 채로 고개를 들었다. 하지만 카릴은 이미 그에게서 시선을 뗀 채 다른 이를 바라보고 있었다.

"그러니 너희들도 이제 진실을 봐라. 마법의 높고 낮음이 존재의 우월함을 나타내는 척도가 아니라는 말이다."

카릴의 말은 마치 드래곤에게 국한된 것이 아닌 이민족과 자신들을 구분 지었던 제국인들에게 하는 말 같이 들렸다.

"내가 이 전장에서 가장 먼저 벨 한 놈은 너도 브랜 가문트도 아닌 저놈이니까."

그의 말이 들린 걸까. 저 멀리 서 있던 브랜의 얼굴이 굳어졌다. 서로 떨어져 있음에도 불구하고 아지프와 브랜, 두 사람은 할 말을 잃은 듯 그저 멍한 얼굴로 카릴을 바라볼 뿐이었다.

"제국인들이여."

그 순간, 마력이 담긴 카릴의 목소리가 순식간에 전장에 울려 퍼졌다.

"살고 싶은 자는 지금부터 내 말을 기억해라. 너희들이 누구에게 목숨을 빚지게 되었는지. 이 전장에서 누구 때문에 살아남게 되었는지."

파앗-!!

카릴의 인영이 사라졌다. 어느새 그의 뒤로 나타난 레볼이 기다렸다는 듯 팔을 뻗자 손등에 튀어나온 쇠기둥 위에 카릴이 올라섰다.

"목숨은 목숨으로."

촤아악-!! 펑! 펑! 펑……!!

기둥을 발판 삼아 있는 힘껏 뛰어오르자 마치 허공 위를 달리는 것처럼 발아래에 새하얀 충격파가 일었다.

콰앙!!

하늘 위에서 떨어지는 낙뢰를 피하며 카릴이 순식간에 질주하듯 퓌톤의 머리를 향해 달려갔다.

"다시 만날 때 너희들은 그 빚을 갚아야 할 것이다."

스으으으윽……!!

먹구름을 통과하자 마치 새하얀 연기처럼 구름이 카릴의 궤도를 따라 흩어졌다. 라크나의 은회색 오러 블레이드가 번뜩였다. 그와 동시에 카릴은 등 뒤에 매달고 있던 얼음 발톱을 뽑아 있는 힘껏 두 자루의 검날을 부딪쳤다.

섬격(殲擊) - 제1섬(殲).

캉!! 카강……!! 카가가가가각……!!

낙뢰의 굉음을 뚫고 검격의 울림이 전장 위로 울려 퍼졌다. 화염을 내뿜던 퓌톤이 황급히 꼬리를 말며 있는 힘껏 그를 향해 꼬리를 휘둘렀다.

서걱-!!

하지만 드래곤의 공격보다 카릴의 검날이 반 박자 더 빠르게 들어갔다. 퓌톤의 뺨에서부터 목으로 이어지는 붉은 검상을 따라 피가 솟구쳤다.

"역린(逆鱗)은 피했나."

카릴은 바닥에 착지하자마자 오른 다리를 축으로 삼아 반 바퀴 회전하며 두 번째 자세를 잡으며 위를 쳐다봤다. 섬광 같은 일격이었지만 퀴톤은 본능적으로 자신의 단단한 비늘로 숨겨진 약점을 방어했다.

[버러지 같은 인간 놈이······!!]

하지만 그 단단한 비늘조차 뜯겨 나가 선명하게 그어진 붉은 검상에서 흘러나오는 피를 닦아내며 퀴톤은 우레와 같은 노성을 뱉어냈다.

[명색이 레드 드래곤이다. 쉽게 목을 따낼 생각은 버리는 게 좋다. 결코 쉬운 상대가 아냐.]

알른이 경계를 하듯 말했다. 그 역시 마법으로 정통한 대마법사였으나 확실히 드래곤의 마력은 그조차도 떨게 만들기 충분했다.

"그건 이쪽도 마찬가지야."

하지만 그와는 달리 카릴은 자신을 향해 뛰어오르는 퀴톤을 향해 나지막하게 말했다.

콰아아앙--!!

그때였다. 카릴을 향해 달려들던 퀴톤의 육중한 몸이 휘청거렸다. 어느새 레볼이 녀석의 꼬리를 양팔로 움켜쥐고 반대쪽으로 잡아당겼다.

[크르르르르······!!]

하지만 그런 레볼을 바라보며 퀴톤이 으르렁거리며 붙잡힌 꼬리에 힘을 주자 거대한 거신의 몸이 휘청거렸다.

[코어 시동석 속성 변환. 내부 비상 전력 가동. 충전 마력 방출.]

레볼의 조종석 안에 있는 윈겔 하르트의 혈관 곳곳에 부착되어 있는 거미줄 같은 마나 플러그의 색깔이 순간 푸른색에서 흰색으로 바뀌었다.

즈으으으웅······!!

그는 쓰고 있던 고글을 벗으며 황급히 밖을 비추는 마경(魔鏡) 위에 있는 기다란 장치를 잡아당겼다.

철컥-!

기관이 맞물리는 소리와 함께 가로로 눕혀져 있던 레버가 아래로 내려오자 그는 있는 힘껏 레버를 앞으로 밀었다.

드르르륵······!!

그러자 마경의 테두리가 붉은색으로 변하면서 문자들이 나타났다.

[태세 변환 가동. 긴급 구동.]

레볼의 조종석에 생성된 글자는 지금까지와는 달리 고대어가 아닌 현대어였다. 그 말은 지금 변환되는 장치들은 유적에서 찾아낸 유물이 아닌 윈겔 하르트 그가 직접 만든 오리지널이라는 뜻이었다.

철컥······!! 쿠르르르르르······!!

레드 드래곤의 꼬리를 움켜쥐고 있던 레볼의 다리에 부착되어 있던 갑주가 양옆으로 벌어지더니 마치 기중기의 다리처럼 땅에 박혔다.

콰드득……! 콰득!!

동시에 레볼의 손등에 튀어나와 있던 쇠기둥이 바닥으로 떨어지며 양 손목을 가리고 있던 갑옷이 앞으로 젖혀지며 마치 건틀렛처럼 손을 감쌌다.

'설마 3태세……?!'

카릴은 레볼의 장갑의 형태가 변하는 것을 보며 짐짓 놀란 표정으로 눈을 동그랗게 떴다. 전생의 그의 기억 속에 레볼의 전투 형태는 총 3가지였다. 다수의 적을 상대할 수 있도록 마도 포격기를 장착한 2태세와 거대형 타락을 잡기 위해 개발된 3태세였다.

사실상 3태세는 신탁이 내려지고 타락들이 나타나면서 윈겔 하르트가 새로이 만든 것이었다. 그런데 화이트 벙커 때만 하더라도 1태세까지 밖에 개발되지 않았던 레볼이 벌써 3태세가 가능하다는 것은 전생의 개발 속도를 완전히 뛰어넘었다고 봐도 과언이 아니란 말이었다.

'아냐 조금 달라.'

카릴은 레볼의 형태를 살피며 자신의 기억 속의 형태와의 차이점을 발견했다. 거대형 타락 중에서는 형체가 있는 것도 있지만 영체의 형태로 되어 있는 것도 있었다. 그렇기 때문에 전생에서 레볼의 3태세의 무장에는 삼방석영을 가공하여 영체에 타격을 줄 수 있는 무구도 장착했었다.

하지만 지금의 레볼에게는 그것이 없었다. 즉, 무형의 존재를 배제하고 유형의 존재에게 타격을 입히는 것에 집중하여 만들어진 무장이란 의미였다. 타락의 존재를 알 리가 없는 윈겔 하르트가 어째서 3태세를 만들었을까.

그 이유는 하나였다. 타락이 아닌 거대형 몬스터를 상대하기 위해서. 그리고 지금 그것을 증명하기라도 하는 듯 거대한 괴물이 눈앞에 있지 않은가.

윈겔 하르트는 바로 이 순간을 위해서 3태세를 개발한 것이었다.

드래곤을 사냥하기 위하여.

쾅!! 쾅가강!! 쾅과가가강--!!

날카로운 폭음과 함께 레볼의 어깨에 달려 있던 마도 포격기가 불을 뿜었다.

[크아아악……!!]

포신에서 쏟아지는 에너지가 직선으로 쏘아지며 뒤에서 날아들며 퓌톤의 날개를 뚫고 날아갔다.

'……무색(無色)?'

카릴은 그 순간 포격기에서 응축된 마력이 속성을 가지지 않았다는 것을 눈치챘다.

'칼립손이 속성석 합성을 성공한 모양이로군.'

그 짧은 찰나에도 카릴은 상황을 파악했다.

'고든에게 드디어 줄 것이 생겼군.'

카릴은 그 생각에 옅게 웃었다. 북부에서 상처를 입은 채로 놔뒀지만 그 괴물 같은 인간이 그리 쉽게 죽을 리가 없을 테니까. 게다가 제국에 그 난리를 피웠건만 모습을 보이지 않았다는 것은 이미 교도 용병단은 다른 꿍꿍이로 움직이고 있음을 짐작할 수 있었다.

[건방진……!!]

구멍이 뚫린 날개를 퍼덕이며 퓌톤이 다시 한번 입을 커다랗게 벌렸다.

우우우우웅!!

그러자 그의 입 주위로 다섯 개의 마법진이 동시에 펼쳐지며 마력이 한 곳으로 응축되기 시작했다.

콰아아아아아아아아--!!

마법진에서 모여진 마력과 함께 그의 브레스가 뒤엉켜 레볼을 향해 쏟아졌다. 대지가 진동할 정도로 엄청난 굉음이 쏟아졌다.

파캉……!!

하지만 레볼은 오히려 기다렸다는 듯 지면에 박힌 다리를 좀 더 아래로 숙이며 양팔을 가슴 쪽으로 모았다. 그러자 즈아앙……!! 하는 소리와 함께 거대한 타워 실드를 연상케 하는 매직 실드가 만들어졌다. 실드의 색깔은 놀랍게도 투명했는데 빛을 받는 부위만 이따금 거품의 표면을 보는 것처럼 묘한 색깔을 띠어 겨우 존재를 알 수 있었다.

콰아아아아앙!!

퓌톤의 브레스와 레볼의 실드가 격돌했다. 비록 용마력은 아니었지만 속성이 없는 무색의 속성석을 내장한 레볼의 실드는 가히 드래곤의 것과 맞먹는다고 할 수 있었다.

강렬한 충격과 함께 지면에 고정되어 있던 레볼의 보조 갑주들이 한순간에 부서지면서 거신이 뒤로 수십 미터 주르륵 밀려 나갔다. 뜨거운 열기에 시커먼 연기가 레볼의 주위에서 마치 불이 난 것처럼 솟구쳤다.

[내 브레스를 막아……?!]

비록 뒤로 밀려나긴 했지만 자세를 유지하고 있는 레볼을 바라보며 퓌톤을 믿을 수 없다는 듯 중얼거렸다. 하지만 그보다 더 놀라운 것은 따로 있었다.

"첫 제물은 너다, 퓌톤."

퓌톤의 목덜미 위로 어느새 카릴이 나타났다.

푸욱……!!

카릴은 있는 힘껏 라크나를 그의 뒷목에 박아 넣었다. 단단한 비늘이 산산이 부서지며 붉은 피가 마치 분수대처럼 뿜어져 나오기 시작했다.

[큭……?! 크윽……!! 네, 네놈……!!]

퓌톤이 안간힘을 다해 카릴을 떨어뜨리기 위해 이리저리 목을 좌우로 휘둘렀다. 하지만 그러면 그럴수록 그의 뒷목에 박힌 라크나가 더욱더 깊게 박힐 뿐이었다. 카릴은 그런 그의 비늘을 움켜쥔 채 마력을 높여 전장에 외쳤다.

"용사냥을 시작한다."

우아아아아아아아아아--!! 와아아아아--!!

그 순간 자유군의 외침 소리가 전장을 집어삼킬 만큼 울려 퍼졌고 제국군들은 그 함성에 오금이 저리는 듯, 한 발자국도 움직이지 못하고 굳어 버려 넋이 나간 얼굴로 그 광경을 바라봤다.

[큭……!! 크윽?!]

퓌톤은 황급히 목을 흔들면서 카릴을 떨어뜨리려고 했다. 하지만 그가 요동치면 칠수록 라크나는 더욱더 깊게 박혀 들어가기 시작했다.

"모두 들어라! 지금 순간만큼은 너희들은 자유군이 아닌 대초원의 사냥꾼으로 돌아간다."

카릴은 퓌톤의 머리 위에서 소리쳤다.

"남부의 사냥을 보여줘라."

와아아아아아--!!

카릴의 외침과 동시에 키누 무카리가 자신의 활을 들어 있는 힘껏 시위를 당겼다.

후우욱!!

그러자 화살 끝에서 마치 바람이 모이는 것처럼 작은 소용돌이가 생겨났다 사라졌다.

파앙-!!

시위를 놓자 맹렬한 파공음과 함께 화살이 그의 품에서 날아가자 그의 뒤를 따라 베이칸이 소리쳤다.

"모두 각왕(角王)을 따르라!!"

누구보다 뛰어난 사냥꾼인 대수렵의 왕을 눈앞에 둔 대초원의 부족들은 전쟁이 아닌 사냥의 시작이라는 말에 유례없는 투지가 불타올랐다.

"사냥이라면 우리를 두고 논할 수 없지. 라후들이여!! 안개전형을 펼쳐라!!"

"후!!"

마굴의 몬스터를 사냥하면서 생활을 하던 라후 부족들은 사냥이란 말에 고조되며 사방으로 흩어지기 시작했다.

"클클……. 작디작은 부족이 가장 먼저 열을 올리는군."

얼굴에 잔뜩 기묘한 문양으로 문신한 리수 부족의 족장은 그 모습에 코웃음을 쳤다.

"그건 너희 리수 부족도 매한가지 아닌가?"

"뭐, 뭐야?!"

"잔말 말고 그냥 꽁지 빠지게 쫓아오기나 해."

리수 부족의 족장은 고개를 돌리며 뭐라 반박을 하려다 말고 입을 다물었다. 그 말을 한 사람은 다름 아닌 키누 무카리의 아버지이자 비궁족의 족장인 스완 무카리였기 때문이었다.

"알겠나? 늙은 몸뚱이지만 젊은 놈들에게 뒤지지 않는 걸 보여줘야 하지 않겠나. 적어도 사냥에서만큼은 말이야."

얼마 만에 느껴보는 고양감이던가. 대초원의 4대 부족의 족장들은 아이러니하게도 지금 이 순간 마치 젊은 시절로 돌아간 것 같은 기분이었다.

"흥, 말하지 않아도 그리 할 참이었다. 리수, 거격(巨擊)하라!!"

족장의 외침에 리수 부족의 전사들 역시 무구를 들고 질주하기 시작했다. 두 부족은 퓌톤의 좌우를 노리며 물결처럼 그의 주위를 감싸기 시작했다.

"병대!! 방어 태세!!"

그때였다. 앤섬 하워드의 외침에 두 부족은 본능적으로 자신들의 팔에 장착되어 있는 팔찌를 앞으로 내밀자 반투명한 실드가 펼쳐졌다. 이스트리아 삼국에 처음 제공했었던 마광산의 속성석을 재료로 만든 마도구들이었다.

"방진(防陣)! 형태를 유지하라!"

전사들은 펼친 실드를 앞으로 내밀어 벽을 만들었고 그 뒤를 따르던 나머지 전사들이 창을 실드 사이에 세웠다.

"투 부족들은 드래곤의 후방을 노린다. 꼬리를 잘라 중심을 잃게 만든다!!"

마치 경쟁을 하듯 퓌톤에게 달려들던 대초원의 전사들이 일사불란하게 앤섬의 명령에 움직이기 시작했다.

"이거, 이거……. 사냥꾼으로 돌아간 저들이 명령을 따르다니. 우리의 젊은 군사 나으리께서 병사를 다루는 솜씨가 대단하군."

스완 무카리는 눈에 이채를 띠며 그 모습을 지켜보며 턱을 쓸었다.

"사냥을 하더라도 자유군이란 이름에 걸맞게 해야 합니다. 주군께서는 사냥꾼으로 돌아가라고 했지 무분별하게 싸우라는 말은 하지 않았으니까요."

스완 무카리는 그의 말에 엷은 미소를 지었다.

"여러분들의 방식을 부정하는 것이 아닙니다. 다만 저는 저들 모두의 목숨이 더 소중하기 때문입니다."

"여부가 있겠습니까."

이미 지금까지 그가 보여준 신묘한 전술들은 대초원의 전사들을 놀라게 만들기 충분했으니까.

"키누, 가자꾸나. 이럇!!"

마지막으로 스완 무카리의 뒤를 따라 비궁족들이 한 차례 더 화살을 쏟아내고는 흩어지기 시작했다.

"저희도 지원을……!!"

제국군의 부관이 질주하는 자유군을 바라보며 브랜 가문트에게 소리쳤다.

[저리 꺼져라!! 이 미천한 것들!!]

하지만 퓌톤은 자신의 뒤에 있는 제국군 따위는 안중에도 없는 듯 괴성을 지르며 좌우로 날개를 펼쳤다.

화아아악--!!

강렬한 풍압에 오히려 제국군은 진열이 무너지고 퓌톤이 카릴을 떨어뜨리기 위해 움직일 때마다 사방에 병사들이 드래곤의 발에 짓밟혔다.

"아아악!!"

"커헉!"

여기저기에서 들리는 비명에 브랜 가문트는 얼굴이 사색이 되어 소리쳤다.

"후퇴하라!! 모두 성안으로 돌아간다."

"……네? 하지만."

"이대로 있다가는 오히려 우리는 싸우지도 못해보고 드래곤에게 밟혀 죽고 말 거다. 싸우다 지는 것도 아닌 이런 패배는……. 받아들일 수 없다."

그는 입술을 깨물었다. 카릴이란 강자가 등장한 순간부터 패색이 짙어진 전장이라고 생각했지만 적어도 그는 책략가로서 자신의 역량을 모두 발휘해 보지도 못한 채 어이없이 지고 싶진 않았다.

"윈겔."

카릴은 퓌톤의 몸통 위에 올라 나지막한 소리로 말했다.

[크아아아아아--!!]

그의 명령이 떨어지는 순간 레볼이 거대한 주먹을 위로 치켜들었다. 그의 팔꿈치의 갑주가 열리며 그 안에 원형으로 박혀 있는 속성석들이 빛나기 시작했다.

[보조 추진 플레어 가동.]

조종석의 마경이 붉은색으로 변하며 경고음이 들렸다. 윈겔 하르트는 긴장된 얼굴로 전방을 바라봤다.

콰가가가가각--!!

팔꿈치에서 굉음과 함께 새하얀 빛이 뿜어져 나오며 거대한 거신의 주먹이 믿을 수 없는 속도로 퓌톤의 몸통을 찍어 눌렀다.

[컥……!!]

레드 드래곤의 단단한 비늘이 짓이겨지며 사방으로 가루가 날리듯 부서졌다. 하지만 레볼의 공격은 거기서 끝나지 않았다.

[드래곤의 비늘에 있는 마력 실드를 부수겠습니다.]

윈겔은 그 말과 함께 조종석에서 복잡하게 나열된 버튼들을 빠르게 눌렀다.

철컥! 지이이잉-!!

가슴 상단 부분의 갑주가 양쪽으로 열리며 그 안에 수십 개의 포신이 앞으로 튀어나왔다.

[적 속성 확인. 마도탄 속성 변환.]

포신 안에는 여러 가지 속성의 속성석들이 들어가 있었는데 마치 탄창을 가는 것처럼 둥근 원통이 움직이면서 푸른색의 요람석이 포 안으로 장착되었다.

펑! 펑-!! 타다다다다다다--!!

레볼의 가슴에서 불이 뿜어져 나왔고 수십 개의 탄환이 레드 드래곤의 몸에 박혔다.

[크악!! 크아악!!]

탄환이 한 발 한 발 몸에 박힐 때마다 지금까지와는 달리 퓌톤은 진심으로 고통스러운 괴성을 지르기 시작했다.

[저걸 만든 놈이 누구야? 완전히 미친 짓을 했군. 돈을 쏟아붓고 있어. 클클클······.]

알른 자비우스는 레볼의 공격을 보며 어처구니가 없다는 듯 웃고 말았다. 그도 그럴 것이 레볼이 쏟아내는 마도탄에 들어가는 속성석은 모두 최상급인 8각석들이었기 때문이었다. 하나만으로도 금액을 상상할 수 없는 물건이 지금 탄환이 되어 마구 사용되고 있는 것이었다.

그야말로 제국조차도 엄두를 내지 못할 일.

하지만 그 결과는 더 놀랄 일이었다. 레드 드래곤의 실드 마법이 마도탄에 의해 부서지고 녀석의 비늘마저 뜯겨 나가 살점이 훤히 보였다.

드르륵-!!

쉬지 않고 윈겔 하르트가 조종석에서 레버를 있는 힘껏 잡아당겼다.

철컥-!! 즈으으응-!!

그러자 다시 한번 레볼의 양다리를 감싸고 있던 갑주가 바닥에 기둥처럼 꽂혔다. 그리고는 부서진 실드 안으로 그의 주먹이 레드 드래곤의 살점을 뜯어낼 듯 움켜잡았다.

"흐읍!!"

꿈쩍도 하지 않는 레버에 윈겔은 양손을 모두 손잡이 위에 포개고는 다시 한번 힘을 주었다.

치익!! 치이익!

레볼의 등 뒤에서 새하얀 증기가 뿜어져 나왔다.

크드드드드드드……!!

동시에 레드 드래곤의 거대한 몸뚱이가 천천히 들려 올라가기 시작했다. 사람들은 그 광경에 놀란 나머지 넋을 잃고 말았다.

[흐아아아아아!!]

윈겔의 고함과 함께 레볼이 퓌톤의 몸을 머리 위로 치켜들어 올리며 소리쳤다.

[지금입니다! 주군!]

카릴은 기다렸다는 듯 날개에 박아 넣었던 라크나를 고쳐 쥐고서 아래로 몸을 던졌다.

"드래곤의 재생 능력이 얼마나 되지? 잘은 몰라도 날개 하나 정도론 죽지 않겠지?"

촤아아아악!!

마치 종이가 잘려 나가듯 아래로 떨어지는 카릴을 따라 그의 검이 퓌톤의 날개를 잘라냈다.

쿠웅……!!

거대한 드래곤의 날개가 바닥에 떨어지자 지진이 난 것처럼 지면이 흔들렸다.

[크아아아아악!!]

동시에 고통 섞인 비명과 함께 잘려 나간 등에서 피가 뿜어져 나왔다. 잘린 날개는 마치 아직 살아 있는 생물처럼 철퍼덕 거리며 꿈틀거렸고 난리를 칠 때마다 사방으로 피가 튀었다.

[네, 네놈이……!! 감히!! 네놈이!!!]

정신을 차릴 수 없을 정도의 아찔한 고통은 수백 년을 넘게 살아온 드래곤에게도 겪어보지 못한 것일지 모른다.

등에는 마치 뿔처럼 잘려 나간 날개 부분의 새하얀 뼈가 여실히 드러나 있었고 재생을 하려는 듯 살점들이 뭉글거리며 뭉쳤지만 불에 덴 듯한 시커먼 상처 때문에 쉽사리 회복되지 않았다. 화염의 힘을 가지고 있는 레드 드래곤이 불에 덴 상처라는 것이 아이러니하게 들릴지 모르겠지만 그 말은 곧 카릴의 공격이 결코 단순한 하나의 속성만으로 이루어진 것이 아니라는 뜻이기도 했다.

"마도기병(魔道騎兵)! 공격 준비!!"

공격은 거기서 끝이 아니었다. 기회를 놓치지 않고 쓰러진 퓌톤을 향해 앤섬의 외침이 들렸다. 어느새 소형 골렘들이 퓌톤의 주위를 포위하듯 배치되어 있었다.

"발사!!"

투다다다다다닥……!! 투다다다다……!!

골렘의 양팔과 어깨에 장착되어 있는 마도포격기가 불을 뿜었다. 요란한 폭음과 함께 흙먼지가 숫구쳐 올랐다.

"그만."

바닥에 착지한 카릴이 천천히 몸을 일으키며 말했다. 그가 검을 한 번 휘두르자 날카로운 바람과 함께 시야를 가렸던 먼지가 순식간에 갈라졌다.

[헉…… 허억……]

거친 숨을 몰아쉬는 퓌톤에게서 더 이상 드래곤의 위용 따윈 찾아볼 수가 없었다. 처참하게 무너진 지상 최강 종족의 모습에 전장에 수만의 병사들은 그저 침묵하고 말았다.

[내가……. 드래곤인 내가 겨우 이 정도로 죽을 것 같으냐!!]

저벅- 저벅- 저벅-

퓌톤의 외침에도 불구하고 카릴은 천천히 그의 앞으로 걸어갔다. 모두의 시선이 그에게로 쏠렸다.

"알아. 안 죽겠지. 근데 모르겠어? 일부러 안 죽을 만큼만 한 건데."

피투성이가 된 얼굴로 퓌톤이 고개를 들며 카릴을 물어뜯기 위해 발악을 하듯 입을 벌렸다.

서걱-

하지만 날카로운 송곳니는 허무할 정도로 쉽게 카릴의 검에 잘려 나갔다.

[크, 크아아악!!]

퓌톤은 비명을 질렀지만 그 외침은 그다지 오래 가지 못했다. 카릴이 거대한 그의 혀를 밟고서 입천장에 검을 겨누었기 때문이다.

"하지만 지금부턴 다를 거야."

푸욱-!!

라크나를 들어 올리며 퓌톤의 입천장에 쑤셔 박았다.

[크악!! 크아아악……!!]

"반대로 죽여 달라고 빌게 될 테니까."

[크…… 크윽…….]

흐느끼는 것인지 화를 참는 것인지 알 수 없는 기묘한 드래곤의 울음소리를 들으며 카릴은 속삭이듯 말했다.

"살고 싶으면 알아서 기어."

"장관이로군요. 이 정도의 인간이 집결한 것은 실로 오랜만이겠습니다."

크루아흐는 황도 앞으로 정렬해 있는 끝을 알 수 없는 병사들의 모습에 혀를 내두르며 말했다. 병사들만 아니라면 방 안은 전쟁 중이라는 느낌을 전혀 받을 수 없을 정도로 평온했다.

"자네가 인간을 마지막으로 본 게 언제였지?"

"대전(大戰) 이후 저는 꽤 오랫동안 레어에 잠들어 있었습니다. 이따금 잠에서 깨어 세상을 돌아보았으나 특별히 눈에 띄는 일은 없었습니다."

"잠이라……. 그래, 현실을 잊기엔 그것만큼 좋은 것도 없지."

황금빛 머리카락을 넘기며 중후한 목소리로 말하던 남자는 살짝 자신의 대각선에 앉아 있는 사람에게 시선을 주더니 머쓱한 듯 말했다.

"뭐, 나 역시 크게 다르지 않지만 말일세. 대전을 치르는 동안 그저 후방에 웅크리고 있었던 혜슬링에 불과하니까."

크루아흐는 그의 말에 옅게 웃었다.

"그만큼 두려운 일이었잖습니까. 사실 기억도 제대로 없을 정도로 어렸던 제가 이럴진대 대전을 겪으셨던 에누마 님이시야……."

하지만 그녀 역시 에누마가 바라본 곳에 앉아 있는 남자에게 눈길을 주며 황급히 입을 다물었다.

"실언을 했습니다."

노련한 에누마 엘라시는 분위기를 환기시키기 위해 다른 주제를 꺼내었다.

"퓌톤이 먼저 떠난 지 사흘이 되었군. 이제 곧 후작령의 전투 소식이 올라오겠군."

"황도에서 벌어진 일 때문에 그의 자존심이 많이 상했을 겁니다. 하나 그가 전선에 가담하였으니 결과는 뻔하겠죠."

"그러겠지. 레드 드래곤은 태생적으로 워낙 호전적이니 말이야. 조금 성급한 감이 없지 않아 있지만……. 그 혼자서도 전황을 뒤집어놓을 수 있는 존재니까."

"인간은 할 수 없는 일이죠."

크루아흐는 에누마 엘라시의 말에 고개를 끄덕였다.

"쉽게 볼 일은 아닙니다."

그때였다. 두 사람의 뒤에서 조용히 찻잔을 기울이고 있던 남자의 말에 그들이 고개를 돌렸다.

"뭔가 문제라도 있으십니까. 고견을 청하겠습니다. 어떻게 생각하십니까. 닐 블랑 경, 아니, 나르 디 마우그."

그 순간 방 안의 분위기가 싸늘하게 차가워졌다.

"무슨 말씀인지……. 전 제국의 공작일 뿐입니다만."

은빛의 머리칼을 넘기며 탁자 위에 찻잔을 내려놓자 달그락거리는 소리가 묘하게 중압적으로 들렸다. 크루아흐는 그의 행동에 살짝 초승달 같은 눈썹을 찡그렸다.

'뭘 그리 감추는 거지?'

인간들이야 그렇다 쳐도 두 사람은 드래곤이었다. 닐 블랑의 정체가 무엇인지 애초에 알고 있는 자들인데도 불구하고 저렇게 아닌 척을 하니 그들의 눈에는 마치 되지도 않는 연기를 하는 것처럼 보일 뿐이었다.

"하하……. 저야말로 실언했습니다. 그럼, 닐 블랑 경. 그대의 고견을 듣고 싶습니다만."

에누마 엘라시는 마치 이 보잘것없는 연극에 동참이라도 해 주겠다는 듯 말했다.

"적의 수장은 비록 인간이나 정령왕을 셋이나 계약한 자입니다. 여러분들도 아시다시피 정령왕은 드래곤에 필적하는 존재이지 않습니까."

"그 말씀에 대해서는 인정하기 어렵군요. 정령왕의 힘이 그렇다는 것은 맞지만 그것은 정령계에 국한된 것입니다. 정령계의 힘이 거의 소실 된 대륙에서 기껏해야 그 힘을 발현할 수 있는 것은 인간의 육체를 뿌리 삼는 것."

에누마 엘라시는 턱을 스윽 훑으며 말했다.

"인간의 육체가 드래곤을 뛰어넘을 수 없는 한 그들과 계약한 정령왕이 그만한 힘을 낼 순 없을 겁니다."

"그렇다면 그가 가진 신력에 대해서는 어떻습니까."

"확실히……. 인간이 마스터 키를 가지고 있을 것이라고는 상상도 하지 못한 일이지요. 신화 시대의 유물이 아직까지 남아 있다니 말입니다."

강한 부정을 했던 처음과는 달리 에누마 엘라시는 신의 힘에 대해서 만큼은 쉽사리 답을 내지 못했다.

"그중에서도 그가 가진 힘은 마엘(Mael). 여러분들도 아시다시피 최초의 블레이더가 썼던 힘입니다. 열다섯 번째 힘. 그건 신조차 대적할 수 있는 힘이죠."

"하지만 그 역시 패배하지 않았습니까."

에누마 엘라시는 나지막하게 말했다.

"백금룡에게."

그의 말에 닐 블랑은 묘한 쓴웃음을 지으며 내려놓았던 찻잔에 물을 붓기 시작했다.

"닐 블랑 경께서는 설마 퓌톤이 패배할 수도 있다는 말씀이십니까?"

"조심해서 나쁠 것은 없다는 뜻이죠. 황도에서 그의 힘을 여러분들께서도 보시지 않았습니까. 뭐……. 신의 은총으로 세 분께서 제국에 힘을 보태어 주신다니 감사할 따름입니다만."

닐 블랑은 어쩐지 '신'이라는 단어에 힘을 주며 말했다. 그의 말에 두 사람의 얼굴이 굳어졌다.

"제가 가겠습니다."

대화를 듣고 있던 크루아흐가 먼저 말을 꺼냈다. 그녀는 여전히 못마땅한 눈초리였지만 거역을 하거나 반박을 할 생각은 없는 듯 보였다.

"그래 주시면 한결 마음이 놓일 겁니다. 제국이 큰 은혜를 입었습니다."

마치 기다렸다는 듯 크루아흐의 출전에 닐 블랑은 반가운 듯 대답했다.

"어차피 도착했을 때는 결판이 난 후겠지만요. 그렇게 되면 저는 퓌톤과 함께 남부로 향하겠습니다. 그거라면 닐 블랑 경도 만족하시겠지요."

"알겠습니다."

한 전장에 두 마리의 드래곤을 배치한다는 것은 아무리 생각해도 전력 낭비였다. 드래곤 로드인 에누마 엘라시 역시 그리 생각하지만 닐 블랑에게 어떤 반박도 하지 않았다.

"이 정도로 일단락이 되겠군요. 카릴 그자를 잡고 나면…….

크게 문제 될 자는 없어 보일 테니까요. 소드 마스터라든지 대마법사라든지 하는 자들이야 뭐……."

에누마 엘라시는 천천히 자리를 털며 말했다.

"그건 그렇고 새로운 지휘관은 뽑으셨습니까. 병사들이 집결된 지 꽤 시간이 흘렀는데……. 정작 움직이질 못하고 있는 듯싶군요."

"이미 내정되어 있는 자가 있습니다. 북부에서 현재 황도로 내려오는 중이니……. 곧 도착할 겁니다."

닐 블랑의 말에 에누마는 역시나 하는 표정으로 고개를 끄덕였다.

"하긴 50만 대군을 이끄는 지휘관으로서 제국에서 그만큼 가장 잘 어울리는 자도 없겠군요."

"곧 출진할 테니 여러분들께서 조금 더 신경을 써주시기 바랍니다."

"인간을 위해서 먼저 길을 터놓는 꼴이라니……. 고귀한 드래곤의 꼴이 조금 우습게 되었지만 '그것'을 위해서라면……."

크루아흐는 끝까지 말을 잇지 못했다. 닐 블랑이 그녀를 바라보며 조용히 하라는 듯 입술 위에 손가락을 얹으며 웃고 있었기 때문이다.

"그럼."

그녀는 황급히 자리에서 일어섰다.

그때였다.

"보, 보고드리겠습니다!!"

복도에서 들려오는 거친 숨을 몰아쉬며 뱉어내는 다급한 목소리.

"무슨 일이지?"

문을 열자 얼굴이 시뻘겋게 달아오른 기사가 황급히 무릎을 꿇었다.

"도대체 무슨 소란인가."

"후, 후작령이 함락되었다고 합니다."

그 순간, 닐 블랑의 얼굴이 굳어졌다. 지금까지의 여유로움 따위는 사라진 듯 그에게서 느껴지는 살기에 보고를 한 기사는 당장에라도 주저앉아 버릴 것 같았다.

"지금…… 뭐라고 했지?"

"……예?"

"지금 뭐라고 했느냐 말이야!! 똑바로 고하라!!"

그의 호통에 기사는 끝내 다리에 힘이 풀린 듯 바닥에 넙죽 쓰러졌다. 하지만 닐 블랑은 갑옷의 무게 따위는 상관없다는 듯 기사의 멱살을 움켜쥐며 들어 올렸다.

"켁!! 케엑!!"

허공에서 발을 동동 구르며 기사는 조여 오는 목에 숨을 헐떡이며 그의 손목을 부여잡았다.

"그…… 그게……."

"퓌톤은? 레드 드래곤을 어떻게 되었느냐!!"

"저, 저 역시 급보를 받은 거라……. 전선의 상황은 알 수 없습니다. 다만……. 지금 즉시 폐하께서 공작 전하를 불러오심을 명하셨습니다."

콰앙--!!

"컥……!"

닐 블랑은 대답을 하는 기사를 거칠게 내동댕이쳤다.

"말도 안 돼……. 고작 인간에게 퓌톤이 당했다는 말인가?"

"그럴 리가 없어. 어떻게……?!"

자신들이 어떤 존재인가. 혼자서도 인간의 왕국 하나를 우습게 절멸시킬 수 있는 능력을 가진 드래곤이지 않은가.

그 순간 불안한 듯 세 사람의 머릿속엔 신기하게도 한 사람의 얼굴이 동시에 떠올랐다.

"전장에 뭔가 변고가 생긴 게 틀림없습니다!!"

"당장에 퓌톤을 구하러 가야겠습니다."

"잠깐."

황급히 일어나는 크루아흐와 에누마 엘라시를 닐 블랑이 멈춰 세웠다.

"그것이야말로 적이 원하는 일입니다."

"그게 무슨 뜻입니까?"

"여러분들은 한 명 한 명이 강대한 힘을 가진 전력입니다. 그 말은 여러 곳에 분산되어 싸울 때 위력을 발휘한다는 뜻입니다."

에누마 엘라시는 그의 말에 자신도 모르게 낮은 탄식을 토해내고 말았다.

"설마……. 우리들의 발이 묶인다는 말이십니까?"

"……당했군요."

그들의 안색이 어두워졌다.

모든 드래곤을 하나의 전장으로. 마치 그곳에서 기다리고 있는 한 사람이 자신들에게 말하고 있는 것 같았다.

[크아아아아아……!!]

퓌톤의 괴성이 울려 퍼졌다.

퍼억……!!

하지만 그 외침에 대한 대답으로 돌아오는 것은 레볼의 주먹뿐이었다. 만신창이가 되어버린 얼굴로 퓌톤은 정신을 차리지 못하겠다는 듯 고개를 좌우로 저었다.

하지만 거기까지였다. 그가 할 수 있는 것이라고는 그저 고통에 몸부림치며 고개를 젓는 것까지.

너덜너덜해진 그의 날개는 더 이상 재생되지 않았고 그 위에 날개 뼈는 수십 개의 쇠기둥이 박혀 바닥에 고정되어 있었다. 박힌 쇠기둥은 레볼의 손등에 튀어나왔던 것과 비슷하지만 조금 달랐다.

청린과 새로이 합성에 성공한 무색의 속성석을 합쳐서 만들어진 이것은 퀴톤이 마력을 끌어올릴 때마다 오히려 그의 마력을 더욱 빨아들이며 단단히 지면에 박혔다.

[말도 안 돼……! 내가……!!]

퍼억-!!

엎드려 있는 그의 허리를 레볼이 있는 힘껏 짓밟았다.

"컥!!"

그러자 퀴톤의 머리가 바닥에 처박혔다.

[드래곤이 대단하긴 하네요. 마력이 끊임없이 재생되고 있습니다. 덕분에 마도포격기에 사용할 탄들을 전부 충전할 수 있겠는걸요. 주군께서 왜 마력을 충전하지 않고 가져오라 하셨는지 이유를 알겠습니다.]

윈겔 하르트는 혀를 내두르며 말했다. 그의 손을 따라 레볼이 퀴톤의 날개뼈에 박혀 있는 쇠기둥을 뽑아냈다.

[크아아악!!]

그러자 비명과 함께 쇠기둥 안에 있는 투명한 관에 붉은빛을 띠는 순도 높은 마력이 저장되어 있는 것이 보였다. 윈겔은 속이 비어 있는 기둥을 뽑아낸 자리에 다시 박아 넣었다. 놀랍게도 퀴톤에게 박혀 있는 쇠기둥들은 모두 마력을 저장할 수 있는 통들이었다.

[네놈……!! 죽여 버리겠어!!]

하지만 퀴톤이 포효를 내지를 때마다 쇠기둥 안에 마력이 차오를 뿐이었다.

[흠, 용마력으로 만든 탄이라…….]

레드 드래곤의 일갈 따위는 관심도 없다는 듯 윈겔 하르트는 그저 쌓여 가는 마력탄을 바라보며 마도공학자로서의 새로운 흥미를 느낄 뿐이었다.

[드래곤인 나를……!! 네놈, 우리를 적으로 돌리고도 무사할 것이라고 생각하느냐!]

그때였다. 소리치는 퓌톤의 앞에 카릴이 섰다.

"그게 뭐?"

그러고는 드래곤의 유일한 약점인 목덜미 안쪽에 숨겨놓은 역린을 가린 비늘을 하나씩 하나씩 잘라내기 시작했다.

치이이이익……!!

화염 속성을 가진 레드 드래곤의 비늘 위로 얼음 발톱이 닿을 때마다 새하얀 수증기가 뿜어져 나오며 퓌톤의 고통스러운 비명이 울려 퍼졌다.

[으아아악!! 아아악……!!]

카릴이 손을 까닥거리자 레볼이 퓌톤의 머리를 잡아 아래로 짓눌렀다.

"처음부터 우린 적이었잖아? 안 그래? 학습능력이 없는 건지……. 아직도 상황 파악이 되지 않아?"

"……."

"너희가 오는 거? 그거야말로 내가 바라던 바야. 어떻게 하면 황도에 숨어 있는 놈들을 한시라도 빨리 부를 수 있을까? 네가 고통스러울수록 놈들이 서두를까?"

이 광경을 지켜보는 성안으로 후퇴한 제국군은 그저 넋을 잃고 바라볼 뿐이었다. 그들은 이미 전의를 상실한 지 오래였다. 카릴은 보란 듯이 후작령의 성문 앞에 퓌톤의 날개에 거대한 쐐기를 박아 고정시켰고 목에는 두꺼운 족쇄를 채웠다. 그 모습은 실로 지상 최강의 군림자에게 최악이라 할 수 있을 정도의 굴욕적인 모습이 아닐 수 없었다.

[네 뜻대로 되었군. 무진의 위용을 확인한 것과 동시에 제국군의 피해를 입히지 않고 승리를 한 것 말이야. 이 모습을 보고 네게 덤빌 인간은 없겠지. 게다가 이 소식이 제국에 들어가게 되면 다른 드래곤의 발이 묶일 수밖에 없을 터.]

알른은 퓌톤의 머리 위에 올라서며 이 상황이 즐거운 듯 가벼운 목소리로 말했다.

[드래곤이 아무리 대단해도 결국 몸은 하나. 이곳에 모이게 된다면 나머지 전장은 결국 인간끼리의 승부가 될 터. 클클……. 위대한 존재라 어깨에 힘이 들어가 있던 놈들의 꼴이 우습게 되었군.]

[알른!! 알른 자비우스……!! 감히 드래곤에게 은혜를 입은 네놈이 이따위 짓을 하느냐!]

퓌톤이 소리쳤다.

[뭔 개소리야? 내가 마법을 배운 건 드래곤이 아니라 백금

룡에게서다. 너희들이 모두 우릴 가르친 것은 아니잖아? 그리고…….]

알른이 두아트의 힘이 담긴 검은 손으로 퓌톤의 머리를 잡아 뜯을 듯 비틀며 말했다.

치이이이익……!!

어둠의 정령왕의 힘이 닿자 퓌톤의 비늘이 타들어 가는 듯 고약한 냄새와 함께 시커먼 연기를 뿜어냈다.

[내 목숨을 빼앗아 간 놈이 바로 그 빌어먹을 놈이니 내 앞에서 함부로 지껄이지 마라. 도마뱀 새끼야.]

[이익……!! 네놈……!!]

알른은 퓌톤을 바라보며 코웃음을 쳤다. 그러고는 고개를 돌려 말했다.

[그런데 말이야. 제국군 10만의 병력은 매력적이긴 하지만 그래도 드래곤의 힘에 비한다면 너무나도 모자란 것이지 않으냐. 이런 식으로 녀석들과 척을 둔다면……. 네가 말하는 미래에도 썩 좋지 않을 것 같은데.]

"걱정하지 않아도 돼. 내가 그들에게 원하는 것은 동료가 아니니까. 더 이상 드래곤을 동료라고 생각하지 않을 거거든."

"그럼?"

알른이 카릴을 향해 되물었다. 그 순간 퓌톤은 차가운 카릴의 눈빛에 섬뜩한 기분을 느꼈다. 그 기분에 답하듯 카릴은 천천히 퓌톤의 귀에 아로새기듯 한 글자 한 글자 확실하게 말했다.

"절대적 복종."

"적진에서…… 보내온 서신입니다."

정적이 흐르는 성안에서 기사가 올린 두루마리에 모두의 시선이 집중되었다.

"무슨 내용인가?"

아지프는 걱정스러운 눈빛으로 브랜 가문트를 바라봤다. 하지만 그의 우려대로 서신을 읽어 내려가기 시작하는 브랜의 낯빛이 어두워지기 시작했다.

"후우……."

그는 자신도 모르게 한숨을 내쉬었다. 라크나에 베였던 목의 상처가 아직도 욱신거리는 기분이었다. 하지만 조금만 더 카릴이 힘을 주었다면 고작 상처가 아니라 머리가 바닥에 떨어졌을 것임을 알기에 아지프는 입맛이 쓴 기분이었다.

"항복 권유입니다. 서로가 최대한 피해를 보지 않는 방법이라고 쓰여 있네요. 요구 사항을 이행한다면 성안에 있는 병사들의 목숨은 확실하게 지켜주겠다는 내용입니다."

"항복 권유……?"

아지프는 브랜의 말에 입술을 깨물었다. 영광스러운 제국의 기사로서 항복은 결코 용납할 수 없는 일이었으니까. 하지만 밤새 레드 드래곤의 비명이 울려 퍼질 때마다 병사들의 사기는 뚝뚝 떨어져 바닥을 치고 있었다.

"어떻게 할 생각인가. 정말로 항복을 할 생각은 아니겠지? 아직 제국엔 50만 대군이 있고 남부에는 자르반트 경의 30만 군이 있네. 그들과 합세할 수만 있다면 저놈들이야······."

"그게 언제일까요."

"······뭐?"

"자르반트 경과 격돌한 디곤 일족은 남부의 패자입니다. 수장인 밀리아나 역시 소드 마스터이며 그녀의 전술 실력 역시 제국 기사 못지않겠죠. 병력 차이가 있으니 이길 가능성은 충분하나 단기간에 승부를 볼 수는 없을 겁니다."

브랜은 두루마리를 아지프에게 건네며 말을 이어갔다.

"캄 그레이 경께서 사망하시고 현재 본대의 지휘관 자리가 공석입니다. 예상되는 분은 있으나······. 상대가 상대인 만큼 그분을 앉히실지 폐하께서 고민하실 것이 분명합니다."

다음 지휘관으로 제국에겐 선택지가 없었다.

크웰 맥거번. 현재 제국 전쟁에서 유일하게 참여하지 않은 기사단이라면 청기사단이었다. 하지만 북부 국경의 수비를 맡고 있는 청기사단은 실질적으로 제국에서 가장 실전이 뛰어난 자들이었다.

'문제는 선택지가 없기 때문이다. 피가 섞이지는 않았지만 두 사람은 부자 관계. 과연······. 제국 내 대신들의 반발을 어

떻게 잡을 수 있을지가 관건이겠지.'

브랜은 펼쳐 놓은 군사지도를 살피면서 고민을 했다.

"그럼……. 방법이 없단 말인가?"

"전혀 없는 것은 아닙니다."

"그게 뭐지?"

"드래곤."

그의 대답을 들은 아지프는 어쩐지 실망스러운 표정을 감출 수가 없었다. 사실상 50만 대군보다 드래곤이라는 존재가 가지는 위용이 더 커야 할 텐데 아이러니하게도 이곳에 있는 제국군들에게는 그 위세가 전혀 먹히지 않을 것 같았다.

그도 그럴 것이 승리를 가져다 줄 것이라 믿어 의심치 않았던 레드 드래곤이 지금 성 밖에서 고문을 당하고 있었으니 말이다.

"어쩌면 기회일지 모릅니다. 현재 황도에 남아 있는 그들이 레드 드래곤의 상황을 알게 되면……. 모두 이곳으로 오게 되겠죠. 아무리 그래도 드래곤 전부를 상대하는 것은 불가능한 일."

"위기가 역전의 기회가 될 수 있다는 말인가."

아지프는 떨리는 목소리로 말했다.

"저희가 해야 할 일은 드래곤들이 이 전선에 합류하기 전까지 성을 빼앗기지 않는 것입니다. 다행이라면 이 성은 수성(守城)에 용이하게 만들어졌다는 것입니다."

"당분간 웅크리고 있어야겠군……."

쫘악-

그는 서신을 움켜쥐었다. 마지막 문장이 눈에 들어왔다.

[목숨은 목숨으로. 그 상처를 기억하라. 두 번은 없다.]

경고처럼 들리는 말. 자신도 모르게 아지프는 목에 난 검상을 손으로 쓰윽 만져보았다.

똑, 똑.

그때였다. 방문의 노크 소리와 함께 문이 열렸다.

두 사람은 자신들을 찾아온 한 사람의 모습에 짐짓 놀란 표정을 지었다.

"예상대로네요."

"그렇겠지."

"앞마당에 만들었던 거점을 모두 철수하는 것을 봐서는 시간 끌기를 할 모양입니다."

앤섬은 분주하게 성안을 움직이기 시작하는 제국군을 바라보며 말했다.

"아직 군사가 남아 있는 상황에서 쉽게 포기를 하진 않을 테니까. 녀석들은 퓌톤이 당하는 순간 군사를 이미 뺐지. 피해를 최소화한 덕분에 사실상 현재 남은 군사력은 비등하다고 볼 수 있지. 개입한 드래곤이 처리되었으니 말이야."

후작령의 대처가 그다지 놀랍지 않다는 듯 카릴은 술잔을 들어 한 모금 입에 털어 넣었다.

"결국 성을 공략해야 하는군요. 적군의 지휘력이 생각보다 뛰어납니다. 수비에만 집중한다면…… 어려워지겠군요."

카릴은 앤섬 하워드를 바라보며 입꼬리를 올렸다.

"바라던 바야. 솔직히 말해서 오히려 드래곤을 구하기 위해서 성 밖으로 나온다면 곤란할 뻔했지. 저만한 덩치로 자리를 차지하고 있으니 솔직히 말해서 방해물이거든."

그는 퀴톤을 가리켰다. 거대한 크기의 드래곤으로 인해서 전장의 범위가 좁아진 상황에서 싸우는 것은 확실히 불리한 조건이었다.

"게다가 녀석이 풀려나지 않도록 신경을 쓰면서 싸우려면 병력을 제대로 활용할 수도 없고 말이야. 브랜 가문트, 녀석은 이번에도 틀린 수를 뒀어. 판을 보는 눈은 우리 쪽이 한 수 위다. 성은 놈들을 가두는 우리가 될 것이다."

카릴은 말했다.

"주군께서 뛰어난 것이겠지요."

앤섬은 그런 그에게 나지막한 목소리로 대답했다. 카릴은 비등한 전력이라고 얘기했지만 갑작스럽게 개입한 존재는 드래곤만이 아니었으니까. 드래곤은 포박당한 채 무용지물이 되었으나 또 다른 개입자인 카릴은 지금 자신의 눈앞에서 자유롭게 움직일 수 있지 않은가.

전세는 이미 기울어졌다고 봐도 과언이 아니었다.

"성의 활로는 앤섬, 자네도 알다시피 이미 파악해 둔 상황이다. 그리고 그건 녀석들도 알고 있겠지. 정문을 집중적으로 수비하려 들 것이다. 하지만 반대로 말하자면 그곳만 부수면 성의 공략은 끝난다는 것."

"분부를 받들겠습니다."

앤섬은 카릴의 말에 자신감 넘치는 목소리로 대답했다. 그 모습에 이미 그의 머릿속에 후작령을 공략한 방법을 준비해뒀다는 것을 알 수 있었다.

"녀석들은 바로 황도에 소식을 전했을 것이다. 본대가 남하하는 것은 시간이 걸릴지 모르지만 남은 드래곤들이 움직이게 된다면 우리에게 주어진 시간은 많지 않아. 동이 트는 아침. 우리는 저 성 위에서 녀석들을 맞이할 것이다."

카릴의 말에 앤섬을 비롯한 부하들이 고개를 끄덕이며 전의를 불태웠다.

"후우⋯⋯."

성벽 위에 경계하고 있던 병사들은 밤이 깊어 오자 긴장 가득한 얼굴로 주위를 살폈다.

"몇 시지? 해가 뜰 때가 되었을 텐데……. 앞이 보이진 않으니 원……."

"어이, 이봐, 누가 시간 좀 알아봐."

"갑자기 이게 뭔 일이야. 웬 안개가……."

병사들은 빛조차 가린 새하얀 기류에 허공을 저으며 말했다.

그때였다. 순간 그들의 코끝을 자극하는 매캐한 냄새.

"불이다!!"

어디선가 외침이 들렸다. 하지만 그곳이 어디인지 알 수 없어 병사들은 그저 우왕좌왕할 뿐이었다.

조금 전 허공에 손을 저었던 남자는 자신들의 시야를 가리고 있는 것이 안개가 아님을 깨달았다.

"여, 연기?"

삐익-!

날카로운 호각 소리가 들렸다.

"아아아악!!"

그와 동시에 날아드는 화살 세례에 병사들은 속수무책으로 당하기 시작했다.

"갑자기 어디서?!"

"당장 적의 위치를 찾아라!!"

"아, 안 돼! 적이 올라오는 것을 막아라!!"

갑작스러운 공격에 수비병들은 혼란에 빠져 어찌할 바를 몰렸다.

삐익-!!

다시 한번 호각이 울렸다.

"쿨럭……! 커컥!"

그러자 조금 전 외치던 병사들의 목과 가슴에 정확히 화살이 꽂혔다.

"대단하군요. 눈으로 봐도 믿을 수 없을 정돕니다. 비궁족의 궁술은."

앤섬 하워드는 감탄하며 말했다. 한 치 앞도 보이지 않는 연기 속에서 키누 무카리는 정확히 들리는 소리의 위치를 파악하고는 그곳으로 화살을 날렸다.

"이 정도는 보잘 것도 없습니다. 드래곤과 싸울 때에 비한다면 너무나도 수월하군요. 대단한 것은 성 전체를 감쌀 정도의 마법을 쓸 수 있는 주군의 실력이겠지요."

키누 무카리는 다시 한번 활의 시위를 당겼다.

슈욱-!!

그의 화살이 날아가는 방향을 따라 한 치의 오차도 없이 비궁족들이 활을 당겼다.

"으아아악!!"

그들의 화살이 날아간 자리엔 여지없이 병사들의 비명이 들렸다.

"아니면……. 주군을 사지로 혼자 내보내실 생각을 하신 앤섬 님이 대단한 것일지도 모르겠습니다."

키누 무카리의 말에 앤섬은 옅은 미소를 지었다.

"사지라……. 아마 모두 같은 생각이지 않겠습니까? 드래곤이 잡힌 순간 제국군은 바로 퇴각을 했어야 합니다. 성안에서 방어를 한다? 그것이야말로 잘못된 선택을 한 것이죠."

앤섬은 쥐고 있던 지휘봉을 가볍게 위로 치켜세웠다.

"전술에서 승리를 위해서는 적을 도망치지 못하도록 막다른 곳에 몰아넣고 아군은 안전한 곳에서 공격하는 것이 가장 이상적인 것이라 칭합니다."

"너무나도 당연한 이야기지만 적을 함정으로 몰아넣는 것은 쉬운 일이 아니기에 그것을 가능케 하는 자를 책사라 부르고 그 행위를 전술이라 칭하겠지요."

키누 무카리의 말에 앤섬은 고개를 끄덕였다. 그가 팔을 들어 올리자 라후 부족이 안개 속에서 적군의 위치를 확인하고는 다시 한번 호각 소리를 냈다.

삐익-!!

또다시 호각 소리가 들리자 키누 무카리는 활의 방향을 움직여 정확히 소리가 들리는 곳을 향해 쏘아냈다. 소수 부족이기에 대초원에서 세력을 키우긴 어려웠지만 대신 사냥으로 연명했던 라후 부족의 전사들은 언제나 마굴 속에서 생활을 했기에 누구보다 제한적인 시계 속에서 움직임이 뛰어났다. 어둠을 틈타 피운 연막 속에서 그들은 정확히 적의 위치를 파악하여 비궁족에게 신호를 보냈다.

"저희 같은 미천한 자들은 할 수 없는 일입니다."

"글쎄요……. 과연 이것이 책략이라 할 수 있을지 모르겠습니다. 성 가까이 연막을 피울 수 있었던 것 자체가 드래곤이 패배한 후 제국군이 성안으로 숨었기 때문이니까요. 그로 인해서……."

앤섬은 쓴웃음을 지었다.

"본디 성이란 분명 침입을 막기 위해 존재하는 곳. 그야말로 전장에서 가장 안전한 곳입니다. 하지만 주군께서는 오히려 지금 저 성을 가장 위험한 곳으로 만들지 않았습니까."

키누 무카리는 앤섬이 하고자 하는 말을 알고 있다는 듯 옅은 미소를 지었다.

"그것을 가능케 한 것은 드래곤을 잡은 압도적인 위용에서부터 나오는 공포감이니까요."

"다섯 개의 문 중 4개는 허수이며 정문만이 활로라 할 수 있는 이 성은 뒤집어 말한다면 정문이 아닌 다른 곳은 퇴로가 되지 못한다는 뜻. 제국군은 그야말로 갇히게 된 것이죠."

앤섬이 다시 한번 손을 들어 올렸다.

"곧 문이 열릴 겁니다."

그러자 자유군의 기병들이 일제히 진격하기 시작했다.

"정문을 타격하는 자유군을 맞이하는 것보다 성안을 휘젓는 주군이 더 공포스러울 테니까요."

"성의 문을 열기 위해 군사를 진격하는 것이 아니라 적 스스로가 성문을 열고 나오도록 만든다……. 잔혹한 상황이군요."

"실로 주군이 아니면 할 수 없는 책략일 겁니다."

앤섬은 고개를 끄덕였다.

"드래곤조차 이기지 못한 주군을 어찌 인간이 막을 수 있겠습니까. 하나……."

그는 미간을 찡그리며 말했다.

"적군의 책사 역시나 만만히 볼 자가 아닌 모양입니다."

"네?"

콰아아아앙--!!

성의 정문이 우지끈하며 산산조각이 났다.

저벅- 저벅- 저벅-

당당하게 성안으로 걸어가며 입성하는 카릴을 막을 수 있는 자는 없었다. 이미 전의를 상실한 제국군에게 연기 속에서 나타나는 그의 모습은 그야말로 사신과도 같게 느껴졌다.

"브랜 가문트. 다시 만나는군."

화염 속에서 카릴은 성의 중앙에 서 있던 그를 향해 나지막하게 말했다.

"뭐, 멈춰라!!"

호위병들이 외쳤지만 그들의 검 끝이 두려움에 떨고 있는 것을 감출 수는 없었다. 카릴은 잠시 그들에게 시선을 두었다 떼었다.

"절대적인 힘 앞에는 전략과 전술이 무의미해지는 것 같군요. 정문이 단 한 번에 뚫리다니 말입니다."

카릴은 어깨를 으쓱했다.

"전력으로 방어를 했다면 이렇게 쉽게 부서지진 않았겠지. 드래곤들이 오는 시간을 벌 수 있었을지도 몰라."

"하지만 그 시간을 버는 동안 제국군 10만은 몰살당했을 겁니다."

브랜의 말에 카릴은 주위를 훑었다.

"그래서 최소한의 병력만 남겨두고 도망치게 했군."

카릴의 말에 그는 옅은 미소를 지었다.

"한 방 먹었군. 수성을 하는 척하고는 병력을 후퇴시키다니 말이야. 제국군에게 공포를 심어주기 위해 뿌린 연막 때문에 오히려 그들을 뒤쫓기 힘들겠군."

그야말로 진심으로 감탄하지 않을 수 없는 일이었다. 자신이 연기를 사용할 것을 예상한 걸까. 그 짧은 순간에 눈속임과 동시에 오히려 자신의 계책을 역이용하였으니 말이다.

"우리가 알지 못하던 퇴로가 또 있었던 모양이지."

"미천한 저희는 알지 못하는 비밀 통로를 알고 계신 분이 한 분 계셔서 말입니다."

카릴은 그의 말에 아차 싶었다.

"황후……."

헛웃음이 터지고 말았다.

"모두가 잊고 있었던 카드인데……. 그녀가 이런 식으로 쓰일 줄이야. 황후라면 확실히 비밀 통로를 알 수 있겠지. 그녀의 오라버니 영토니까."

브랜은 고개를 끄덕였다.

"황후의 목숨도 질기군. 10만 대군을 살려 보내는 조건으로 올리번에게 목숨을 구걸할 생각인가 보군. 어째서 네가 남았지? 내 눈에는 황후의 목숨보다 네 재능이 더 아깝다고 생각하는데."

하지만 그는 아무런 대답을 하지 않았다.

"날 속이기 위해서로군. 이 성에 군사가 있는 것처럼 보이게 하도록 말이야."

카릴은 그가 하지 못한 답을 이미 알고 있었다.

"아직도 내 제안은 유효한데……. 어때."

브랜의 눈빛이 떨렸다. 하지만 이내 곧 그의 입에서 나오는 대답은 하나였다.

"죄송합니다. 저는 제국인입니다. 제가 그리고픈 그림은 모두의 평화가 아닌 제국의 영광입니다."

"……그런가."

카릴은 쓴웃음을 지었다. 아무리 회귀를 하고 재능이 있는 자들을 알고 있다 한들 모든 이들의 마음을 자신이 사로잡을 순 없는 법이었다. 모두가 자신이 바라는 같은 미래만 본다면 전생의 미래 역시 그렇게 어긋나지 않았을 테니까.

하지만 카릴은 안타까운 마음을 감출 수 없었다. 그가 앞으로 있을 타락과의 전쟁에서 숱한 업적을 남겼던 것을 기억하니까.

'하늘 아래 두 명의 천재를 함께 둘 순 없는 일인가…….'

전생에 단명했던 앤섬 하워드가 현생에는 살아남았고 전생에 위업을 이뤘던 브랜 가문트가 현생에선 자신에게 죽게 되었으니까.

"브랜. 너는 10만의 목숨을 구했다."

카릴은 천천히 브랜의 목에 검을 겨누었다.

"이는 실로 칭송받아 마땅한 일."

그는 나지막한 목소리로 읊조렸다. 그러고는 천천히 검을 그었다.

"잊지 않고 내가 만들 역사에 네 이름을 남기겠다."

브랜은 옅은 미소를 지으며 두 눈을 감았다.

►**Chapter 7**◄

　"후우."

　적군의 피로 얼룩진 갑옷을 거칠게 벗어 던지며 밀리아나는 거친 숨을 몰아 쉬었다.

　"전황은?"

　"소환된 사령들로 좌익을 밀어붙이고 있습니다. 그 꼬마 대단한걸요. 부서지는 언데드의 수보다 오히려 다음 날이 되면 더 많은 수를 부활시키고 있습니다. 거의 혼자서 한 부분을 맡고 있다고 해도 과언이 아닙니다."

　둘째인 카노초는 반대쪽 막사를 가리키며 말했다.

　"게다가 그녀가 사용하는 인형의 실력도 대단합니다. 움직임은 말할 것 없고 인형이니 지치지도 않으니……. 게다가 검술로도 저희 자매들에게 결코 밀리지 않습니다."

그녀는 제법 케이 로스차일드가 마음에 든 눈치로 말했다. 확실히 실력 위주인 디곤 일족들은 전장에서 존재감을 나타내는 그녀를 인정하지 않을 수 없었다. 하지만 그녀의 말에 도리어 밀리아나는 살짝 인상을 찡그리며 말했다.

　"그건 결코 달가운 얘기가 아닌걸. 디곤 일족이 고작 꼬마 한 명에게 뒤처진다는 것이 말이 돼?"

　"걱정 마십시오. 우익을 맡고 있는 디그가 혼자서 적 기사단의 부관의 목을 베었다고 합니다. 자르반트가 한쪽 날개를 잃었으니 내일부터는 고전할 수밖에 없을 겁니다."

　"흐음."

　밀리아나는 그제야 만족스러운 듯 고개를 끄덕였다.

　"디그에게 1천 기를 내어 주도록 해. 내일 동이 트고 시작되는 전투에서 그녀를 창으로 쓰겠다. 우측에서 중앙으로 돌파하여 적의 진형을 가로 긋는다."

　"기뻐할 겁니다."

　밀리아나의 말에 카노초는 옅은 미소를 지었다.

　"보고드립니다!!"

　그때였다. 막사의 문이 활짝 열리며 다급히 부하가 들어왔다.

　"무슨 일이냐."

　"베스탈 후작령이 함락되었다고 합니다."

　"……뭐?"

　막사 안이 술렁였다. 아군의 승전보를 당연히 기뻐해야 할 일이었지만 어쩐 일인지 그곳에 있는 디곤의 전사들은 살짝 밀리아나의 눈치를 보는 것 같았다.

"어떻게? 애송이 책사 녀석이 며칠이나 걸리면서 시간을 끌던 곳이 어떻게 단번에?"

"그게……. 보고 된 바로는 후작령에 주군께서 가세하셨다고 합니다."

"역시……."

"그렇다면 가능한 일이겠군요."

전사들은 이제야 조금 안도한 듯 여기저기에서 수긍하는 목소리가 들렸다.

"뭘 안심한 듯 인정하고 있는 거야."

꿀꺽-

하지만 밀리아나의 냉기 어린 한 마디에 전사들은 긴장 가득한 얼굴로 마른침을 삼켰다.

"너희들 다 들었지? 저 말은 우리가 일착(一著)을 빼앗겼다는 말이다. 카노초."

"네."

"디그에게 1천 기가 아니라 5천 기를 내어 주도록 해라. 이대로는 디곤의 자존심이 용납 못 해. 내일 안으로 승부를 본다. 그리고 베스탈 후작령으로 군을 북상시킨다."

그녀의 말에 막사 안은 전운이 감돌았다.

"알겠습니다."

"이만 해산하도록. 내일의 전투를 준비해라."

"네!!"

전사들이 호기롭게 대답하며 막사의 문을 열고 나가려던 찰나.

"큰일 났습니다!!"

저 멀리서 달려오는 척후병의 외침이 들렸다.

"저, 전방 상공에 미확인 물체가 확인되었습니다……!!"

부하의 다급한 외침에 밀리아나는 굳은 얼굴로 하늘 위를 바라봤다.

[크아아아아아아--!!]

그 순간 날카로운 포효가 울렸고 하늘을 뒤덮을 정도로 거대한 날개가 상공에 펄럭거렸다.

[크…… 크큭.]

날개와 몸통에 말뚝이 박힌 채로 힘겨워하는 퓌톤은 카릴을 바라보며 낮게 웃었다.

[왜 웃지? 고통에 드디어 실성이라도 했나? 고작 하루밖에 지나지 않았는데. 천 년을 갇혀 살던 사람도 있는데 고작 이걸로 힘들어하면 안 되지.]

알른이 그런 드래곤의 몸뚱이에 손날을 찔러 넣으면서 말했다.

[캬!! 크아악⋯⋯!!]

피가 아직 마르지 않은 상처를 잡아 후비듯 알룬이 검은 손으로 퀴톤의 가죽을 뜯어내자 제아무리 드래곤이라 할지라도 고통스러운 비명을 지를 수밖에 없었다.

[너희들은 전쟁에서 질 것이다.]

퀴톤은 이를 악물며 저주하듯 카릴을 향해 말했다. 비어 버린 후작령을 가만히 내려다보던 카릴이 그의 말에 고개를 돌렸다.

"어째서?"

[날 미끼로 에누마 엘라시와 크루아흐를 불러들일 생각이었겠지. 네가 대단하다는 것은 인정하지만 네 부하들은 그렇지 못할 테니까. 드래곤들을 모두 네가 상대할 생각으로 말이야.]

퀴톤은 코웃음을 쳤다.

[하지만 잘못 생각했어. 그들은 다른 전장으로 갈 것이다.]

[툇! 용족은 동료애도 없는 건가? 그걸 자랑이라고 잘도 말하는군.]

알룬 자비우스는 그를 바라보며 거칠게 말했다.

"용족이 아니라 나르 디 마우그겠지. 아니, 널 블랑이라고 해야 하나? 그놈이라면 제국의 승리를 먼저 생각하겠지."

[⋯⋯잘 아는군. 네가 아무리 대단해도 결국 몸은 하나다. 서로 다른 전장에 떨어진 드래곤들을 혼자서 상대할 수는 없는 일이지. 크큭.]

퀴톤에 말에 앤섬을 비롯한 전사들의 낯빛이 어두워졌다.

'역시……. 꿰뚫어 보고 있었던 건가.'

이곳이야 카릴과 레볼이 함께 있었기에 쉽사리 레드 드래곤을 제압할 수 있었지만 다른 곳은 다르다.

'현재 자유군이 주둔하고 있는 곳은 남부의 디곤 일족과 포나인의 방어성이다. 밀리아나 님과 그레이스 님의 실력이 소드 마스터급이라 할지라도 드래곤을 혼자서 상대하는 것은 어려운 일. 뭔가 조치를 취해야 하는데…….'

앤섬은 불안한 눈빛으로 카릴을 바라봤다.

"글쎄. 난 그렇게 생각하지 않는데."

하지만 퓌톤의 으름장에도 불구하고 카릴은 오히려 그 말을 기다렸다는 듯 콧방귀를 뀌며 대답했다.

그의 말에 모두가 의아한 듯 고개를 갸웃거렸다.

"……그런 드래곤이다!! 모두 대피하라! 놈의 브레스엔 산성이 있어 닿기만 해도 위험하다!"

카노초는 자신들을 향해 날아오는 크루아흐를 경계하며 소리쳤다.

"어찌할까요? 본진을 옮기심이……."

"물자를 옮길 시간이 부족해. 게다가 이 초원에서 어차피 숨을 곳도 없다. 우왕좌왕하다가 오히려 적군에게 뒤를 잡힐 수 있어."

"하지만 이대로 제국군과 협공을 당하게 되면 퇴로마저 확보할 수 없을지 모릅니다."

밀리아나는 카노초를 향해 날카롭게 말했다.

"1군을 네가 이끌어라. 중앙의 수비를 굳건히 한다. 그리고 타카오, 우몬. 너희는 카노초의 중앙군 앞에서 드래곤의 공격을 막아낸다. 방패병들을 모조리 끌고 가도 좋다."

"알겠습니다."

"명을 따르겠습니다."

"그리고 하소, 바슌. 너희들은 각 1만씩 좌우의 방책이 된다. 무슨 일이 있어도 자르반트 저 노인네가 중앙으로 오지 못하도록 막는다."

수비를 할 수 있는 방패병들이 앞선 두 사람에게 모두 투입이 된 상황에서 하소와 바슌의 군대는 방어가 취약한 전사들뿐이었다.

"넵."

"몸을 던져서라도 놈들을 붙잡고 있겠습니다."

하지만 두 사람은 아무런 거리낌 없이 그녀의 명령에 대답했다.

"지금 당장 둘째를 불러와라. 그녀에게 내린 1만 기병을 중앙군 뒤로 배치한다. 창날의 목표가 바뀌었다."

"창날이라 하심은……."

카노초는 밀리아나의 대응에 자신도 모르게 긴장한 얼굴로 되물었다.

"드래곤의 목을 딴다."

밀리아나의 말에 디곤 일족의 전사들은 자신도 모르게 몸을 부르르 떨었다. 인간이 범접할 수 없는 절대적 존재인 드래곤의 앞에서 냉철한 대처를 넘어 사냥의 대상으로 생각할 수 있는 자가 몇이나 될까. 절망적인 상황에서 그녀의 흐트러짐 없는 모습은 디곤 일족의 전의를 다시금 불태우기 충분했다.

"마지막으로⋯⋯."

밀리아나는 낮게 숨을 토해내며 말했다.

"제2의 창날은 내가 될 것이다."

그 순간 디곤의 모든 전사들은 안일했던 자신을 질책했다. 그리고 아직 자신들의 여왕은 포기를 하지 않았음을 깨달았다.

"여제를 따라라!!"

"디곤의 사냥이 시작된다!!"

와아아아아아--!! 와아아아--!!

전사들의 함성이 전장을 고조시켰다.

[디곤 일족의 여왕? 인간치고는 쓸 만하지. 미약하지만 그녀는 용마력을 가졌으니까. 하지만 그래봐야 조금 얻은 힘일 뿐. 드래곤의 압도적인 힘 앞에 그들은 제물에 불과하다.]

"압도적인 힘?"

퓌톤의 말에 카릴은 피식 웃었다. 그러고는 천천히 그의 턱을 아래로 잡아당겼다. 거대한 퓌톤의 눈알에 비친 카릴의 모습이 비쳤다.

"난 왜 그걸 볼 수 없었을까. 응?"

[큭…… 크윽…….]

"인간을 얕보지 않는 게 좋아. 지금 네 상황을 인지해라. 넌 내게 졌고 결국 굴복할 것이다."

[절대적인 복종? 힘으로 우리를 굴복시킬 수 있다고 생각한다면 오산이야. 인간 따위에게 머리를 조아릴 것 같아?]

실성하듯 소리치는 퓌톤의 모습을 가만히 지켜보던 카릴은 아무렇지 않은 듯 담담한 목소리로 말했다.

"그럼 너희가 굴복한 이유가 뭐지?"

[……뭐?]

"신령대전 때 인간을 배신하고 신의 개가 된 이유 말이야. 신에게 굴복한 이유는 그렇게 당당하고 타당한 것이던가?"

퓌톤은 그의 물음에 아무런 대답도 하지 못했다.

"결국 신의 힘 앞에 굴복한 것이겠지. 신은 위대하고 인간은 하찮다? 그건 결국 자기 위안밖에 되지 않아. 네 들은 종족의 중요성이 아니라 그저 힘 앞에 나약한 것뿐이니까."

카릴은 퓌톤의 역린을 비틀었다.

"말하고 싶지 않다면 말하지 않아도 된다. 앞으로 차근차근 알아볼 테니까."

[네놈……. 이러고도 용족이 가만있을 것 같으냐! 에누마 엘라시와 크루아흐가 네놈의 군대를 절멸시키고 마지막에 널 찢어발길 것이다!!]

"퓌톤."

순간 자신의 이름을 부르는 카릴의 얼굴에서 느껴지는 여유로움에 퓌톤은 어쩐 일인지 등골이 오싹한 기분이었다.

"내가 아까 말했지. 난 그렇게 생각하지 않는다고."

퓌톤은 그의 말에 눈동자가 흔들렸다.

"그리고 지금 네가 누굴 걱정할 입장이냐? 네 앞길이나 걱정해. 네 말대로 밀리아나의 용마력은 미약하지. 하지만 난 달라. 특히 레드 드래곤인 너라면 더욱 잘 알 텐데?"

화르륵……!!

카릴의 손바닥이 마치 인두처럼 붉게 변했다.

[크…… 크아아악!!]

이마를 짚은 손에서 새하얀 연기가 솟구쳤고 퓌톤의 비늘이 녹아내리기 시작했다.

"내가 누구의 심장을 가지고 있는지 말이야."

카릴의 입꼬리가 올라갔다. 그 순간 퓌톤은 마치 자신의 앞에 염룡(炎龍)을 마주하는 듯한 공포를 느꼈다.

"과연 그 어떤 안배도 해놓지 않고 전쟁을 시작했을 것 같아? 단지 대상이 인간이 아니라 드래곤으로 바뀌었을 뿐. 하지

만 너희들이라고 별반 다르지 않아. 내가 버린 검날은 드래곤
에게도 박힐 테니까."

"진형을 유지하라!!"

드래곤이 디곤을 향해 날아오는 모습이 점차 가까워졌다.
자르반트가 이끄는 제국군은 크루아흐의 등장에 사기가 하늘
에 닿을 듯 치솟기 시작했다.

"……만만치 않겠군요."

"전쟁이 언제 쉬운 것이 있더냐."

밀리아나의 말에 카노초와 디그는 쓴웃음을 지었다. 이제
부터 펼쳐질 전투는 자신들이 겪었던 그 어떤 결전보다도 치
열할 것이었다.

"간다."

자신의 애검인 아크와 게일을 뽑고서 타고 있던 카르곤의 옆
구리를 두들겼다.

전운이 감도는 전장. 모두가 긴장된 얼굴로 전방 주시했다.

"나 참, 드래곤의 성지에서 겨우 벗어났더니 대륙에 드래곤
이 날아다녀?"

그때였다. 밀리아나는 자신의 등 뒤에서 들려오는 목소리에
화들짝 놀라며 고개를 돌렸다.

소드 마스터의 반열에 오른 그녀가 기척조차 알아차리지 못할 정도의 고수가 지금 이 전장에 있을 것이라고는 생각하지 못했던 일이기 때문이었다.

"저놈은 먹기 싫게 생겼는데……. 일단 잡아 볼까."

한 명이 아니었다. 그들의 모습은 하나같이 피골이 상접한 얼굴이었고 입고 있던 새하얀 도복은 너덜너덜 걸레짝이 된 지 오래였다. 드래곤에 대한 감상을 고작 먹잇감으로 말하는 남자를 바라보며 밀리아나는 어이가 없다는 표정으로 그 이름을 불렀다.

"……에이단?"

"폐하."

한 차례 난동이 지나가고 부서진 태양홀은 한창 보수 중이라 무척이나 소란스러웠다. 공사를 하는 인부들은 벽돌과 자재들을 나르면서도 긴장된 표정이 역력했다. 위험하기 때문이 아니었다. 먼지 가득한 이 한가운데에 앉아 있는 한 소년 때문이었다.

"먼지가 심합니다. 옥체가 상하실까 걱정입니다. 돌아가시지요."

재상 브린 이니크는 자욱한 먼지를 손으로 훔쳐내며 말했다. 황제가 있는 상황이라면 당연히 공사를 중지해야 하는 것이 맞으나 올리번은 마치 스스로에게 벌을 내리는 것처럼 부서진 황좌 위에 앉아 있었다.

"재상의 말씀이 옳습니다. 폐하야말로 제국 그 자체이십니다. 전쟁은 이제 시작되었을 뿐이니 폐하께서 쓰러지시기라도 한다면 오히려 군의 사기가 떨어질 것이옵니다."

황좌의 옆에 함께 서 있던 티렌이 조심스럽게 재상의 말에 동의했다.

"글쎄. 티렌, 제국의 상징이라 할 수 있는 고작 단 한 명에게 부서졌다. 이런 상황에 내가 어디로 갈 수 있겠는가."

"하오나……."

"안 그렇습니까?"

올리번은 차가운 눈빛으로 물었다. 마지막 물음이 자신에게 한 것이 아님을 안 브린 이니크는 고개를 돌렸다.

"먼 길을 오느라 수고하셨습니다."

모두의 시선이 한 곳에 집중되었다.

"크웰 경."

차가운 냉기가 태양홀에 흘렀다.

"신(臣), 제국의 기사로서 명을 받들고자 폐하의 부름을 받고 왔습니다."

쿵- 쿵- 쿵-

육중한 갑옷의 무게가 울렸다. 크웰의 뒤에는 첫째 마르트와 셋째 엘리엇이 함께하고 있었다. 엘리엇은 당장에라도 전선에 참여하고 싶어 하는 의욕 넘치는 얼굴이었지만 마르트는 그와 달리 어두운 표정이었다.

"상황은 보시는 바와 같습니다. 캄 그레이 경께서 살해당하였고 베스탈 후작령은 함락이 되어버렸습니다. 참으로……. 제국으로서 치욕스러운 일이 아닐 수 없습니다."

"……송구하옵니다."

올리번의 말에 크웰은 침울한 얼굴로 대답했다.

"제국은 실로 위기라 할 수 있습니다. 하나 지금이야말로 경의 충정을 보여줄 때라 생각합니다."

"폐하!!"

그때였다. 태양홀 입구에서 들려오는 우렁찬 외침.

황금빛의 두꺼운 갑옷을 입고도 그 무게가 느껴지지 않을 정도로 성큼성큼 걸어 들어오는 벨린 발렌티온의 모습이 들어왔다.

"신에게 명을 내려 주십시오. 제가 병력을 이끌고 더러운 이민족 놈들을 일망타진하겠나이다!"

총 기시단장인 벨린 발렌티온은 자신의 옆에 서 있는 크웰을 순간 노려보고는 무릎을 꿇고 손을 모으며 소리쳤다.

"그대의 마음은 잘 알고 있습니다. 하지만 지휘관의 자리는 이미 다른 이로 정하였습니다."

올리번의 말에 벨린의 얼굴이 굳어졌다.

"저자를 어찌 믿겠습니까! 지금 제국에 검을 드리우는 적을 키운 것이 바로 저자이옵니다."

그의 노성에 크웰은 아무런 대답을 하지 못했다.

"크웰 경. 제국 최고의 기사로서 내게 승리를 안겨다 줄 수 있겠습니까."

하지만 올리번은 벨린의 말에도 불구하고 끝까지 크웰에게서 시선을 떼지 않았다.

"명을 받들겠습니다."

크웰은 다시 한번 손을 모아 그에게 인사를 하고는 천천히 몸을 돌렸다. 올리번은 천천히 고개를 끄덕였다.

"크웰. 경에게 자켄을 붙여 주겠습니다. 그의 이름은 아직 퍼지지 않았으나 제국의 두 번째 소드 마스터입니다."

"소드 마스터…… 입니까?"

크웰이 살짝 미간을 찌푸렸다.

"그렇습니다. 비록 전쟁 경험은 부족하나 경이라면 그를 잘 활용할 수 있을 겁니다."

자켄 볼트. 전생에 제국 7강 중 한 명이자 전쟁광이었던 그는 북부에 있던 크웰도 풍문으로 들어본 이름이었다.

'황자 시절부터 비밀리에 특임대를 만드셨다는 것을 들었는데……. 감춰진 자들 중에 유일하게 이름이 알려진 자로군. 북부 원정 때 고든과 함께 갔었다고 하던데……. 소드 마스터라니 언제 그런 실력자를 키우셨지?'

올리번의 가신으로서 오랜 세월 그를 모셨던 크웰이지만 그는 이따금 자신이 생각보다 올리번에 대하여 자신이 알고 있는 것들이 너무 적은 게 아닌가 하는 의구심이 들었다. 그리고 그런 기분이 들 때마다 올리번과 자신과의 거리감이 깊이 느껴졌다. 마치, 그를 배제하고 또 다른 계획을 준비하는 것 같은 느낌.

"돌아가도 좋습니다."

올리번은 무거운 발걸음을 떼며 돌아가는 크웰의 뒷모습을 바라보며 나지막하게 말했다.

"그를 믿으십니까?"

황좌의 뒤에서 들려오는 목소리. 올리번이 가볍게 손을 젓자 재상과 총기사단장이 물러났다.

"나는 그가 충신이라는 것과 그의 실력에 대해서 믿어 의심치 않습니다. 하나 이번 드래곤마저 실패한 일입니다. 공작께서도 아시다시피 후작령이 함락되고 퓌톤은 포획되었습니다."

"……."

"좀 더 대책을 강구해야 할 것입니다. 닐 블랑 경."

그의 말에 티렌이 긴장된 눈빛으로 황좌 반대편에 서 있던 닐 블랑을 바라봤다. 베일에 감춰졌던 마지막 공작인 그는 올리번이 즉위함과 동시에 마치 기다렸다는 듯 모습을 드러냈다. 여전히 그의 정체는 알 수 없었지만 그와 함께 제국을 방문했던 세 사람이 드래곤이라는 사실을 알게 된 지금 티렌은 혹여나 이들의 심기를 거스를 수 있다는 불안감에 긴장하지 않을 수 없었다.

퀴톤이 패했다는 소식을 듣자마자 황급히 태양홀로 달려온
그는 크웰이 온 것을 확인하고는 어쩐지 조금 안도를 하는 듯
한 모습이었다.

그 때문일까. 티렌의 걱정과 달리 닐 블랑은 올리번의 말에
엷은 미소를 지었다.

"아직은 그리 단정 지을 수 없습니다. 폐하. 퀴톤은 다른 드
래곤들보다 호전적인 만큼 조심성이 부족한 자이옵니다. 그의
실패는 뼈아픈 실책이나 에누마 엘라시와 크루아흐는 다를 겁
니다."

"하지만 그것이 끝이 아니겠죠? 닐 블랑 경."

"폐하의 혜안에는 당해 낼 수가 없군요. 드래곤들의 힘은 강
력하나 그들은 독단적인 존재들. 그들만을 믿을 수는 없는 법
이지요."

"그래서?"

"교단(敎團)이 힘을 빌려주기로 하였습니다."

티렌은 닐 블랑의 말에 마른침을 꿀꺽 삼켰다.

'교단은 선황과 깊은 관련이 있던 곳인데…… 언제 그들을
포섭하신 걸까.'

"지휘관은 누구입니까?"

"최근에 주교가 타계하였다고 합니다. 그리하여 이번에 새로
이 뽑힌 자라 하였습니다."

"흐음……. 이것 참. 교단에 그런 일이 있었을 줄이야. 전쟁 준비로 정신이 없어 소홀한 대처를 하고야 말았군요. 주교가 직접 전쟁에 참여하다니……. 은혜를 입게 되었군요."

말과 달리 어쩐지 올리번은 주교의 죽음에 그다지 놀라지 않은 듯한 말투였다. 오히려 그 죽음이 당연한 수순이라 여기는 것처럼. 하지만 헤임에서의 일을 알지 못하는 티렌은 그저 의아할 뿐 이의를 제기하지 않았다.

"신입 주교가 누구입니까?"

"라엘."

닐 블랑은 허리를 천천히 아래로 숙이고는 올리번에게 속삭이듯 말했다.

"라엘 스탈렌이라 하옵니다."

[큭……. 크윽!]

카릴은 퓌톤의 머리를 지그시 누르며 일어섰다. 동이 트고 나서도 드래곤들이 나타나지 않는다는 것을 확인한 그는 앤섬에게 말했다.

"퓌톤의 말대로군. 두 마리는 다른 전장으로 갔겠지. 앤섬, 후작령은 남부와 연결된 관문이다. 이곳의 방비를 철저히 해두는 것이 좋다. 소형 골렘들을 대기시키고 라니온 연합으로

부터 마광산에서 속성석을 보충하도록 해."

"알겠습니다."

"그리고 대초원의 부족들은 남부로 가서 디곤을 지원하도록 한다. 카일라 너는 앤섬과 함께 나를 따라 중앙으로 간다."

앤섬이 긴장 가득한 카일라를 바라보며 말했다.

"대초원의 부족들은 확실한 성과를 보였다. 하지만 5대 일가의 수장인 너희는 아직 이렇다 할 결과를 보여주지 못했지. 안 그래?"

그의 말에 카일라는 고개를 끄덕였다.

"내가 너를 앤섬에게 붙여 준 이유는 창 일가의 맹화진(猛火陣)이 남부의 그 어떤 부족의 전술보다 훌륭하기 때문이야. 그 말은 너희 일가의 전사들이 누구보다 무진(無陣)을 가장 잘 발휘할 수 있는 자들이라는 뜻이겠지."

"이미 다른 계획이 있으신 거군요."

앤섬의 말에 카릴은 기지개를 켜며 나른한 표정으로 말했다.

"우린 중앙으로 간다."

그 말에 모두가 깜짝 놀란 표정으로 카릴을 바라봤다.

"드래곤이 있는 전장이 아니고요?"

"그래. 지금까지 그랬던 것처럼 전장은 우리가 선택하게 만든다."

카릴은 눈을 빛냈다.

"이건 제국과의 전쟁임과 동시에 드래곤과의 싸움이기도 하니까. 누가 그랬지. 이 전쟁 자체가 도전이라고. 필멸자 중에 신과 어깨를 나란히 할 수 있는 존재라면 역시 드래곤뿐이니까."

[크, 크흠…….]

알른은 그의 말에 나지막하게 헛기침을 했다.

[힘의 대결이 아니다. 인간과 드래곤의 전력을 단순히 숫자로 비교해서는 안 되니까. 놈들과의 싸움은 결국 수 싸움이 되어야 한다.]

"그래, 드래곤의 힘은 확실히 인간이 대적하기에 확실히 강력하지. 하지만 녀석들과 달리 우리에겐 이게 있다. 바로 이 안에."

카릴은 검지로 자신의 관자놀이를 가볍게 두들겼다.

[웃기는군. 기껏해야 100년도 살지 못하는 인간이 드래곤의 앞에서 지고의 지혜를 자랑하는 것이냐.]

퀴톤은 더 이상 힘이 남아 있지 않은 듯 너덜너덜해진 얼굴을 바닥에 처박고서 나지막하게 말했다.

"너희가 지혜로운 존재라고 누가 그랬지?"

툭- 툭-

카릴은 마치 애완견의 머리를 두들기는 것처럼 퀴톤의 머리를 내려쳤다.

"너흰 그저 수천 년 동안 신의 애완동물로 살았을 뿐이다. 시간이 지혜를 준다면 그건 착각이다. 시간은 그저 안주(安住)만을 줄 뿐이다."

그는 퀴톤의 머리 위에서 내려왔다.

"하지만 인간은 다르다. 자율의지(自律意志). 우리는 그릇된 것을 그릇되다 말하며 스스로 변혁하고자 하니까. 과거에도 그랬으며 앞으로도 그럴 것이다."

[네놈도 블레이더(Blader)의 후예라는 뜻인가. 같잖군. 그들은 결국 패배했다. 그리고 죽었지.]

"그럼 너희가 얻은 것은 승리인가?"

[……뭐?]

"신에 빌붙어 보존한 그 목숨이 과연 승리라 할 수 있느냐 말이다."

퓌톤의 얼굴이 굳어졌다.

"나는 이걸 예행연습이라 생각한다. 좀 더 높은 위치에 있는 존재와 싸우기 위한."

[설마…….]

카릴의 말에 퓌톤의 눈빛이 떨렸다.

[너는 또다시 끔찍한 전쟁을 저지르려는 것이냐.]

"끔찍한 전쟁? 퓌톤 네 나이가 몇이지?"

퓌톤은 갑작스러운 그의 물음에 무슨 소리냐는 듯한 표정을 지었다. 나이라는 것을 세는 것조차 이제는 무의미할 정도의 삶을 살아왔던 자신에게 그런 것을 묻다니 말이다.

"정령왕들에게 들었다. 지금의 드래곤 로드인 에누마 엘라시가 헤츨링이었던 시절이라고. 그런 네가 과연 신령대전 때 태어나긴 했나 모르겠군."

[……뭐?]

"겪어보지도 못한 애송이가 뭘 안다고 그래?"

알른은 자신도 모르게 푸핫! 하고 웃음을 터뜨리고 말았다. 퀴톤은 입술을 씰룩이며 언짢은 목소리로 물었다.

[그럼 너는 뭐지? 인간인 네가 그 전쟁을 겪었을 리 없는데 어째서 잘난 척 말하는 거지?]

"그보다 더 끔찍한 걸 아니까."

[……뭐?]

"과거가 아니다. 내가 아는 것은 신을 믿게 되면 벌어지게 될 미래니까."

퀴톤은 카릴을 바라봤다.

[무슨 말인지 모르겠군. 우리가 너희를 따라야 할 이유가 그것이라는 것이냐? 인간의 자율의지? 그것이 미래를 바꿀 열쇠라 하더라도 고작해야 인간의 힘을 어찌 믿을 수 있지?]

하지만 카릴은 퀴톤의 말에 입꼬리를 올렸다.

"따르라고 부탁하지 않는다고 했을 텐데. 믿지 않는 녀석들은 그냥 힘으로 굴복시킬 뿐이라고. 너처럼 말이야. 기다려봐라. 멱살을 잡아 진실의 앞에 데리고 가 두 눈으로 확인시켜 줄 거니까."

퀴톤은 어쩐 일인지 카릴의 말에 전과 달리 반발하지 않았다. 그의 이마에 진하게 남아 있는 손자국이 마치 인장처럼 남아 있었다.

[염룡의 힘은 레드 드래곤 일족에겐 절대적이다. 하나 나는 제국과의 전쟁에서 널 도울 순 없다.]

"어째서지?"

[백금룡과의 약속이기 때문이다. 다른 드래곤들 역시 마찬가지지. 네가 드래곤 로드의 힘을 가지고 있다 하더라도 제국 전쟁에서 그들을 쓸 순 없을 것이다.]

"백금룡이 드래곤 로드보다 높은 위상이란 뜻인가?"

카릴의 물음에 퓌톤은 천천히 고개를 끄덕였다.

[그는 특별하니까. 가장 오래 살아왔으며 가장 강한 드래곤이기도 하지. 신령대전에 참가한 유일한 드래곤이기도 하며…….]

퓌톤은 마지막 말을 삼켰다.

"블레이더이기도 했지. 비록 배신자이지만."

카릴의 물음에도 그는 끝내 대답하지 않았지만 그것만으로도 충분한 대답이 되었다.

"만약 내가 백금룡의 심장을 가진다면?"

[……뭐?]

"너뿐만 아니라 다른 드래곤들도 내 말을 따르게 되지 않을까."

퓌톤은 어이가 없었다.

[너는 백금룡이 어떤 존재인지 알지 못하니 그런 말도 안 되는 소리를 할 수 있는 거다.]

"글쎄. 과연 그럴까."

카릴은 그의 말에 묘한 미소를 지었다.

꿀꺽-

퓌톤은 자신도 모르게 마른침을 삼켰다.

[진심으로 이 전쟁에서 너희가 이길 것이라 생각하는 거냐. 네가 없이 나머지 두 드래곤에게서 승리 할 수 있다 생각하느냐 말이다.]

카릴은 대답 대신 천천히 걸음을 옮겼다. 그의 입가에 옅은 미소가 드리워졌다.

"물론."

툭- 툭-

"네 두 눈에 보여주겠다."

카릴이 퓌톤의 머리를 가볍게 두들겼다.

화아아악……!!

그러자 거대한 레드 드래곤의 날개가 펼쳐졌다. 결국 전쟁을 끝내기 위해서는 수장을 잡아야 하는 법이었다. 그렇기에 카릴은 다른 전장이 아닌 중앙으로 가기로 결정한 것이었다.

그곳에 녀석이 있기 때문이었다.

바로. 나르 디 마우그가 있는 곳으로.

"그레이스."

"말씀하십시오. 전하."

포나인 강의 방어성을 점령하고 있던 비올라는 쌀쌀한 북부의 바람을 맞으며 떨리는 눈으로 상공을 바라봤다.

새하얀 달빛에 반사되는 황금빛 비늘. 거대한 날갯짓으로 맹렬하게 날아오는 골드 드래곤의 위용에 모두가 패닉에 빠질 수 있는 상황이었다.

"우리가 모시는 왕의 식견에 실로 전율을 느끼지 않을 수 없구나."

하지만 놀랍게도 방어성의 자유군들은 드래곤이라는 존재의 등장이 아닌 그 앞에 서 있는 다른 이들에게 시선을 빼앗겼다.

"실로 이에는 이 눈에는 눈이란 말이로군."

비올라는 그렇게 말하면서 옆에 서 있는 하시르를 향해 가볍게 어깨를 으쓱했다.

"오해는 하지 말길. 나쁜 의미로 말한 것은 아니니까."

그녀의 말에 하시르는 후드로 얼굴을 가리며 나지막한 목소리로 대답했다.

"상관없습니다. 저 역시 그리 생각하니까. 그녀는 북부에서도 이미 괴물 같았던 사람인걸요."

그가 손을 들었다. 그러자 뒤에 있던 늑여우 부족의 전사들이 그를 따라 어둠 속으로 자취를 감추었다.

"하지만 지금은 '같았던'이 아니라 진짜 괴물이 되어 나타났군요. 골드 드래곤은 이제부터 지상 최고의 괴물과 싸워야 할 겁니다."

[크르르르르르…….]

방어성 앞에 일대의 병사들이 서 있었다. 저마다 서로 다른 무구를 들고 있는 그들은 다름 아닌 북부의 이민족들이었다. 천둥일가, 무쇠일족, 호표, 붉은달, 늑여우, 잔나비……. 제각각이었던 그들이 하나로 뭉친 순간이 얼마 만이던가.

'카릴, 당신이 이렇게나 준비를 해놓았다니……. 이런 상황에서 드래곤을 잡지 아니한다면 그거야말로 나의 무능을 보이는 꼴이 되겠지.'

비올라는 드래곤의 등장에 맞춰 마치 기다렸다는 듯 북부를 질주하며 달려온 이민족들의 모습에 전율을 느끼고 말았다. 하지만 무엇보다도 가장 놀라운 것은 이민족의 선두에 서 있는 라이칸스로프였다.

달빛이 내리는 밤. 마치 그 달빛을 흡수하는 것처럼 눈에 이채를 띠고 있는 괴물은 위풍당당하게 이민족의 전사들 앞에서 서 있었다.

잔나비 부족의 수장, 화린. 목에 빛나는 에메랄드 보석이 번뜩이는 순간 그녀는 날카로운 포효를 토해냈다. 그냥 겉모습만 본다면 괴물이라 해도 과언이 아니었다. 하지만 이성을 잃고 그저 한낱 맹수가 되었던 그때와 다르다.

[클클……. 북부에서 내려오자마자 이토록 완벽한 사냥감을 만나게 되다니. 고생한 보람이 있어.]

그녀는 기다란 송곳니를 보이며 웃었다.

[북부의 전사들이여.]

라이칸스로프는 놀랍게도 또렷한 인간의 언어로 전사들에게 소리쳤다.

[저기 저 도마뱀 새끼를 찢어발겨라.]

"이런 식으로 다시 복귀할 줄은 몰랐습니다."

폴 헨드는 입고 있는 갑옷이 어색한 듯 황도의 막사에 있는 책상 위에 투구를 벗으며 말했다.

"자네 말고는 맡길 사람이 없더군. 미안하네."

"그런 말씀 마십시오."

청기사단의 부단장자리에 있다가 퇴임 이후 맥거번가의 아이들의 검술 교관이었던 폴 헨드는 감회가 새롭다는 듯 대답했다.

"저 같은 늙은 몸뚱이를 다시 써주시는 것만으로도 감개무량할 따름입니다. 몸이 녹슬어 제대로 움직일 수 있기나 할는지 모르겠습니다."

"폴 헨드 경의 실력이야 누구보다 저희들이 잘 알고 있으니 그런 말은 하지 않으셔도 됩니다."

막사 안에 있던 마르트는 어린 시절부터 자신을 가르쳤던 그의 대단함을 잘 알고 있었다. 기사 서임을 받고 난 뒤에도 폴 헨드와의 대련에서 그를 이긴 적은 그리 많지 않았다.

하지만 그때의 승리도 지금 생각해 보면 일부러 그가 져준 것이 아닐까 하는 생각이 들 정도였다.

"허허, 그들이 과연 저를 잘 따를지 걱정입니다."

늦은 밤. 태양홀에서 올리번의 명령을 받은 후 크웰은 빠르게 군사를 정비했다.

그리고 캄 그레이가 만들었던 편대를 대대적으로 수정하였고 창단된 지 얼마 되지도 않아 졸지에 단장을 잃은 비 기사단을 폴 헨드에게 맡겼다. 몇몇 기사들은 현역이 아닌 그가 다시 복귀하는 것이 단장이라는 것에 반발이 있었지만 대부분은 서임한 지 얼마 되지 않은 젊은 기사들이었다.

경험이 오랜 기사들은 오히려 폴 헨드의 복귀를 반기는 눈치였기에 그들의 반발은 그리 오래가지 않았다.

"형님 말씀대로 걱정하지 않으셔도 됩니다. 아저씨, 아니, 폴 헨드 경. 전쟁이란 전투와 다르니까요. 경의 연륜이야말로 단장으로서 제격이라는 것은 검술을 모르는 저조차 교관으로서의 경의 모습을 봐왔으니 잘 알고 있습니다."

막사의 문이 열렸다.

"티렌."

크웰은 문 앞에 서 있는 그를 바라보며 나지막하게 이름을 불렀다.

"오랜만입니다, 아버지."

"폴 헨드를 폐하께 추천한 것이 너라고 들었다. 이제 제법 제국 귀족의 모습이 잡혔구나. 하긴, 너는 누구보다 황도에 어울리는 아이였으니까."

"과찬이십니다."

"잘 지냈느냐."

"네. 형님께서도 좋아 보이셔서 다행입니다."

좋아 보인다는 말에 마르트는 쓴웃음을 지으며 말을 아꼈다.

"조금 늦었지만 황명이 내려졌습니다. 후작령의 책사였던 브랜 가문트가 죽고 폐하께서 전술 지휘관으로 저를 임명하셨습니다. 아버지와 함께 전장에 설 예정입니다."

크웰은 티렌의 말에 무겁게 고개를 끄덕였다.

"미안하구나. 너희 형제들이 모두 같은 전장에 나서게 되다니."

"아닙니다."

떨어져 있었던 시간은 그리 오래되지 않았는데 크웰은 티렌이 마치 수십 년간 못 본 사이처럼 멀게 느껴졌다.

"아버지."

"……?"

"제가 이 시간에 온 것은 드릴 말씀이 있어서입니다."

"뭐지?"

"우든 클라우드에 대하여 조사하고 있다는 것을 알고 있습니다."

티렌의 말에 크웰의 얼굴이 굳어졌다.

"교단의 세 가지 유물. 혹여 그것을 찾고 계셨던 것이 아닌 지요."

"그걸 어찌 네가⋯⋯."

"란돌이 일전에 저를 찾아온 적이 있습니다. 그것들에 대한 정보가 적힌 고서가 책상에 너부러져 있었습니다만 정체를 알 지 못한다면 한낱 낡은 책에 불과할 뿐일 것들이었습니다."

티렌은 나지막하게 말했다.

"한데 어쩐 일인지 그것들에 대하여 흥미를 보이더군요. 단 순한 호기심이 아닌 뭔가를 찾고자 하는 눈빛이었습니다."

"일부러 동생을 시험한 게로구나."

크웰의 말에 티렌은 대수롭지 않은 얼굴로 어깨를 으쓱했다.

"단지 의아했을 뿐입니다. 아버지뿐만 아니라 첫째 형님과 란돌이 왜 카릴을 죽이는 것에 대해 주저를 하는 것일까."

마르트는 그의 말에 당혹스러운 표정을 지었다.

'흐음⋯⋯.'

티렌은 순간 그 변화를 놓치지 않았다.

'형님은 아닌 건가.'

맥거번가(家) 속에서 일어나는 일이 아이러니하게도 유일한 친자인 그를 제외하고 발생하고 있었다.

"그 이유가 무엇일까 말입니다."

"⋯⋯너는 그 이유를 알았단 말이더냐."

"모릅니다."

일말의 망설임 없는 티렌의 대답에 크웰은 그를 물끄러미 바라봤다.

"하나 아버지께서 제국과 우든 클라우드와의 관계로 폐하의 제국을 의심한다는 것은 옳지 못한 처사라 생각합니다."

"그게 무슨 뜻이지?"

"선황께서도 제국의 입지를 굳건히 하기 위해 교단에 힘을 빌리셨습니다. 이것과 무슨 차이가 있는지 되려 묻고 싶습니다."

"교단과 우든 클라우드는 다르다. 율라의 뜻 아래 백성을 보호하는 교단과 달리 우든 클라우드는 공국에서 비롯된 집단이지 않으냐. 비록 그들의 창시자가 교단과 관계가 있다 하더라도."

"아니, 같습니다."

"어찌 네가 확신하지?"

"그것은 전장에서 확인하실 수 있을 겁니다. 이번 전쟁에 교단의 지원이 있을 것입니다."

티렌은 천천히 고개를 숙이고는 작별을 고했다.

"아버지. 기사가 되신 지 오랜 세월이 지나 혹여 잊으셨을지 모르겠습니다."

크웰이 무슨 의미인지 묻는 표정으로 티렌을 바라봤다.

"율라(Yula)에 맹세하노라. 나는 오직 신이 허락하는 진실된 명예를 지키기 위해 싸울 것이다."

기사 서약. 크웰의 뒤에 서 있던 마르트의 얼굴이 굳어지며 자신의 아버지를 힐끔 쳐다봤다. 저 숭고한 언약을 두 명의 동생에게서 똑같이 황궁에서 들을 것이라고는 그는 상상하지 못한 일이었다. 물론, 같은 말임에도 불구하고 이 둘이 담고 있는 의미는 전혀 다른 것이었지만.

"건방진……!! 기사도 아닌 네가 그 서약을 입에 담다니. 그 것도 아버지께!!"

"네, 형님. 저는 기사가 아닙니다. 하지만 제국과 폐하에 대한 충정은 기사 못지않습니다."

어째서일까. 그 순간, 크웰은 자신의 아들이 제국의 책사가 아닌 마치 교단의 로브를 두르고 있는 것 같은 착각이 들었다.

"저는 아버지의 충성을 믿어 의심치 않습니다. 전장에서 뵙겠습니다."

크웰은 그 순간 자신의 아들이 더 이상 자신의 품 안에 있지 않음을 깨달았다. 자신은 닿을 수 없는 더 높은 곳 그리고 훨씬 더 위험한 정상에 서 있음을 느꼈다.

"전장에서……."

크웰은 피하려 마지않았던 그곳에 끝내 스스로 발을 들여놓을 수밖에 없게 된 참혹한 현실에 낮은 한숨을 토해냈다.

'고든……. 어쩌면 나는 이 전장에서 내 삶이 끝날지도 모르겠구나. 불안하게도 그런 기분이 드는 것을 지울 수가 없다. 혹여 내 미래가 그리된다면……. 너를 믿는다.'

동이 트고 있었다. 크웰은 막사의 문을 열며 마력을 담은 목소리로 말했다.

"출진 준비를 하라."

밝아오는 여명과 함께 그의 목소리는 마치 전장의 나팔처럼 바람을 타고 수십만 대군의 귀에 들려왔다.

"자, 자, 전투 준비다! 전투 준비!! 뭣들 하느냐. 발이 보이지 않도록 뛰어라!"

"네!!"

"알겠습니다!!"

캄마는 흩어지는 지휘관들의 뒷모습을 바라보며 수건으로 땀을 닦으며 피곤한 듯 소파에 몸을 기대었다.

"후우, 난리도 이런 난리가 없군."

"물자 확인은?"

"모두 끝냈지. 현재 재고량을 모두 파악해뒀다. 또한 아조르에서 보내온 장비들을 병사들에게 장착시켰고."

"톰슨이 데리고 온 마법병대는?"

"함선에 배치를 끝냈다. 아무리 제국군이라 하더라도 포나인을 쉽게 건널 순 없을 테니까. 칼 맥이 이끄는 마도 범선이라면 녀석들 유린할 수 있겠지."

"고생했군."

"두샬라, 네 입에서 감사 인사를 들을 날이 오다니 이거 역시 오래 살고 볼 일이군."

"실없긴."

캄마의 말에 두샬라는 피식 웃었다. 하지만 두 사람의 미소와 달리 타투르 안에는 긴장감이 감돌고 있었다.

제국에 심어놓았던 첩자에게 제국군 50만이 남하하기 시작했다는 보고를 받고 난 뒤 이곳에 있는 사람들은 제국군의 본대가 노리는 곳이 어디인지 단번에 직감할 수 있었다.

"빈민가를 굴러다녔지만 여긴 너보다 내가 더 오래 살았던 내 보금자리다. 주군이 자리를 비운 동안 쉽사리 놈들에게 빼앗길 수 없지."

캄마는 어울리지 않게 전의를 불태웠다. 두샬라는 그 모습에 가볍게 웃었다. 한없이 가벼워 보이는 자였지만 지금만큼은 진심이라는 것을 느꼈기 때문이다.

"병력은?"

"타투르에 남아 있던 자유군은 모두 10만. 그리고 아조르에서 합류한 울카스 길드의 마법병대가 5천. 이게 전부다."

"5배 싸움이로군."

"어쩔 수 없지. 애초에 타투르는 기껏해야 도시 하나에 불과했으니까. 타투르 자체의 병력은 크지 않아. 우리 자유군이 클 수 있었던 것은 야만족들의 힘 때문이니까."

두샬라는 여기저기 배치되어 있는 병력 지도를 보며 낮은 한숨을 내쉬었다. 이미 남부의 디곤 일족은 자르반트의 병력과 대치되어 있었고 북부 쪽의 방어성에 있는 병력은 골드 드래곤인 에누마 엘라시에 의해 발이 묶여 있는 상태였다.

'계획대로라면 이민족들을 남하시키면서 제국군의 허리를 칠 요량이었는데……. 하필 드래곤들이 가세하게 되다니.'

"쉬운 싸움은 아니겠군."

두샬라는 자신도 모르게 말했다.

"클클, 언제 우리가 쉽게 살아온 적이 있었던가. 밑바닥 인생이었던 우리는 하루하루가 진흙탕이었는 걸. 이 정도……. 문제 될 것 없어."

호기로운 캄마의 말이었지만 그런 그조차 목소리가 떨리고 있다는 것을 부정할 순 없었다.

그때였다.

"보고드립니다. 라니온 연합의 마르제 경과 아벤 경께서 병력 5만을 이끌고 타투르에 당도한다는 전갈입니다!"

병사의 말에 캄마는 자신도 모르게 짝-! 하고 손뼉을 치며 말했다.

"하늘이 도왔군. 마르제라면 이스탄의 방패라 불리던 노장 아닌가. 수성(守城)의 명장인 그가 있다면 제국군을 막는 데 큰 도움이 되겠어."

하지만 소란스러운 복도는 거기서 끝나지 않았다.

"급보입니다!! 불멸회에서 저희에게 지원을 위한 흑마법사 5천을 급파하였다고 합니다! 이동마법진을 통해 이동할 예정이라 이틀 안에 도착 예정이라 합니다."

"오……!!"

"또한 상아탑에 있는 미하일, 세리카 로렌 그리고 나인 다르혼 님께서 이틀 안으로 타투르에 합류하여 마법병대를 지휘하겠다 하셨습니다."

"하…… 하하."

캄마는 자신도 모르게 입술을 씰룩이며 기쁨에 몸을 부르르 떨었다. 그 순간 또 다른 병사가 숨을 헐떡이며 방 안으로 뛰어 들어왔다.

"보고드리겠습니다!!"

"또 뭐야?!"

"상공에 비룡 부대 포착!! 선두에 선 사람은 가네스 아벨란트입니다!! 비룡 부대의 숫자는 약 1천!! 전(前) 공국에 남아 있던 비룡부대가 모두 타투르를 향해 오고 있습니다."

"비룡 부대 1천 기?! 그 정도면 수만 명의 병력이라고 해도 과언이 아니지 않나. 하, 하하……. 두샬라. 이 타이밍에 이런 지원군들이라니. 정말 다행이야. 이거야말로 천운이라 할 수 있지 않겠나."

캄마는 당장에라도 울 것 같은 표정으로 울먹이며 말했다.

"뿐만 아니라 현재 베스탈 후작령을 점령한 주군께서 창 일가와 함께 타투르를 향하고 있다고 하십니다."

마지막 병사의 보고에 두 사람은 자신도 모르게 주먹을 꽉 쥐었다.

"주군께서 드디어……."

두샬라는 나지막한 목소리로 다시 한번 병사의 보고를 되뇌며 말했다.

"천운이 아냐. 신이 우리에게 해준 게 뭔데?"

"뭐?"

"주군이 이뤄낸 일이다. 주군이 도착하시기 전까지 무슨 일이 있더라도 타투르를 지켜내겠어."

캄마는 그녀의 말에 등골이 오싹한 전율을 느꼈다. 그 옛날 타투르를 지배했던 관리자의 날카로움이 다시금 보이는 것 같았다.

"이 싸움…… 이제 해볼 만해."

그 순간 두샬라의 눈빛이 빛났다.

"좀 더 지도를 확장해!!"

밤낮을 잊은 채 전략을 짜고 있는 두샬라의 외침에 지도를 만들던 마법사들이 마력을 쥐어 짜내었다. 타투르의 전역을 비추던 마경은 하늘 위에서 내려다보는 듯 더욱더 넓은 풍경을 보여주었다. 지도가 포나인의 강물이 감싸고 있는 타투르 앞에 펼쳐진 드넓은 평야까지 확장되자 그 위로 몇 개의 점들이 나타나기 시작했다.

"적의 위치는?"

"척후병의 보고에 의하면 현재 제국군의 본군은 총 3진으로 나뉘어 출진 중이라 합니다. 선봉을 맡고 있는 제1진의 병력 10만! 그리고 중앙 본진에 35만 마지막으로 식량을 실은 후방 지원 부대 5만이라고 합니다."

"1진은 지금 어디까지 도달했지?"

"현재 포나인 상류 시작점에 도달했다고 합니다. 아시다시피 상류 시작점은 타투르와 거리가 멀지만 대신 물살이 약해 뗏목으로 건널 수 있을 정도입니다."

"하지만 10만 군이 모두 이동을 하려면 시간이 많이 지체될 것입니다. 보고에 의하면 선두병력의 주력이 마법사라는 것으로 보아 땅 자체를 갈라 수로를 내고 다리를 놓을 것으로 보입니다."

"10만 중에 마법사들을 중심으로 배치하다니. 대범하기 짝이 없는 전술이로군."

두샬라는 부하들의 말에 쓴웃음을 지었다. 근접전에서 약한 마법사들은 대부분 호위가 탄탄한 후방에 배치하는 것이 보통이었다. 하지만 빠르게 포나인을 건너기 위해 선두에 배치했다는 것은 그들의 호위에 대한 자신감이 있다는 뜻이기도 했다.

"제1진에 청기사단이 배치되었다고 합니다."

"설마⋯⋯. 제국군 총사령관이 본진이 아닌 제1진에 있다는 말이야?"

"그렇습니다."

"대륙제일검의 호위라……. 어지간히 자신만만할 만하군. 제길……. 지금으로선 1진을 막을 방도가 없는 건가."

그녀는 그 말에 살짝 입술을 깨물었다.

"그 말은 곧이곧대로 듣기 어렵군요. 크웰 맥거번이 최강좌의 자리에서 물러난 지는 이미 오래전이니까. 이제는 그 역시한 명의 소드 마스터에 불과할 뿐."

그때였다. 상황실의 문이 열리며 한 명의 기사가 들어왔다. 두꺼운 풀 플레이트 메일의 무게가 아무렇지 않은 듯 성큼성큼 걸어 온 남자는 날카로운 인상으로 말했다.

"가네스 아벨란트. 비룡 부대 1천 기를 이끌고 지금 막 타투르에 도착했습니다. 해협에서 제국군과의 전투로 인해서 함대의 합류가 힘들어 먼저 이동할 수 있는 병력부터 데리고 왔습니다."

두샬라는 그의 귀환에 반가운 목소리로 말했다.

"고생하셨습니다. 이로써 한 시름 놓았네요. 크웰 맥거번을 상대할 수 있는 기사가 현재로서는 타투르에 없었는데 말이죠. 경께서 오신 덕분에 아군의 사기도 올라갈 겁니다."

확실히 소드 마스터인 그에게서 느껴지는 위압감은 동방국의 살수 집단인 암연 출신이었던 두샬라에게는 굳이 설명할 필요가 없을 정도였다. 오히려 그 이전보다 더 날카로워진 느낌이었다. 세리카 로렌의 창술을 훈련 시키기 위해 그녀와 함께 창왕(槍王) 더스틴 필립을 찾아갔을 때 그 역시 그곳에서 뭔가 새로운 깨달음을 얻은 것이 분명했다.

그의 등에는 더 이상 낫과 같은 긴 날을 가졌던 울티마툼으로 만든 할버드는 없었지만 대신 순수한 청린을 압축해서 새로이 만든 할버드가 날을 번뜩였다.

"비록 강철함대는 없지만 공국에 남아 있는 은익 함대를 주축으로 안개 함대와 동각 함대가 해협 전선을 밀어붙이고 있으니 곧 공국의 병력이 지원할 수 있을 겁니다."

"말만으로도 힘이 나는 소식이네요."

대답하는 두샬라의 눈빛을 읽은 가네스는 살짝 고개를 저으며 말했다.

"창왕께서는 오시지 않았습니다. 흑참칠식을 세리카에게 전수해 준 것으로 더 이상 대륙의 전쟁에 관여하지 않겠다 하셨습니다."

"그렇군요."

두샬라는 조금 아쉬운 듯 말했다. 가네스 아벨란트의 실력도 뛰어났으나 상대가 너무 강했기 때문이다.

"제가 비룡 부대를 이끌고 제1진을 막도록 하겠습니다. 포나인 상류를 그냥 둔다면 제국군 본진의 침공을 막기 어려울 것입니다. 포나인을 중심으로 안과 밖 모두 적군이 놓이게 된다면 저희가 가지는 포나인의 거센 강물이 주는 이점을 발휘할 수 없게 됩니다."

그녀는 가네스의 말에 고개를 끄덕였다.

"적은 10만입니다. 비룡 부대가 강력하긴 하지만 그것만으로는 그들을 격퇴하기 부족합니다."

"걱정 마십시오. 이미 아군이 포나인에 집결되어 적을 기다리고 있으니까."

"……네?"

두샬라는 그를 바라보며 고개를 갸웃거렸다.

"막아라!! 포나인 상류의 거점을 절대로 수호해야 한다!! 방패병 1열 태세로!! 마법병대는 즉각 사살 준비!!"

부관의 외침에 병사들을 재빨리 전열을 가다듬었다. 일사불란하게 움직이는 그들의 모습에서 오랜 시간 동안 실전을 거듭해 왔다는 것을 알 수 있었다.

[크르르르르……!!]

날아오는 화살과 마법들에도 불구하고 수왕과 해왕은 마치 거대한 장벽처럼 제국군의 앞을 가로막고 있었다.

우드득--!!

수왕의 이빨에 병사들의 사지가 토막이 났고 해왕의 다리에 잡힌 자들은 그대로 허리가 꺾여 나갔다.

"으아아악……!!"

병사들의 비명을 들으며 크웰의 얼굴이 굳어졌다.

"수왕도 모자라서 해왕까지 이곳에 있다니……. 민물을 싫어하는 해왕이 여기까지 왔다는 것은 해협 전선에 이상이 생겼다는 뜻이겠지."

크웰의 말에 티렌을 비롯한 형제들이 고개를 끄덕였다.

"시간이 없다. 해전에서 패배하게 된다면 지금까지 올 수 없었던 공국의 대병력이 대륙을 넘어 자유국을 지원하게 될 것이다. 제국군의 주력 병력이라 할 수 있는 청기사단을 제1진으로 대동한 이유 역시 그 때문이겠지."

"맞습니다. 대병력이 맞붙는 대전이지만 전선을 갖추고 싸울 만큼의 여력은 아쉽게도 저희에게 없습니다."

"드래곤이 합류 한 전쟁임에도 불구하고 이토록 숨 가쁘게 움직이게 되다니……."

셋째인 엘리엇의 말에 티렌은 나지막하게 대답했다.

"그만큼 자유군의 힘이 강력하다는 것을 이제는 인정해야 하겠지. 카릴 개인의 힘도 힘이지만 제국은 어느새 서쪽 해협을 제외한다 하더라도 남과 북 그리고 동쪽으로 포위되어 있는 형국이 되어버렸으니까."

"쳇……. 이민족 놈 주제에."

"말을 삼가거라."

"이제 와서 뭐 어떻습니까. 놈이 태양홀에서 자기 몸속에 흐르는 피를 감췄다지만 이제 녀석은 명실공히 이민족들의 왕입니다. 처단해야 마땅한 적일 뿐입니다."

엘리엇은 호기롭게 말했다. 대륙에서 일어났던 크고 작은 사건들로 인해서 마르트를 비록해서 티렌, 란돌은 카릴과 얽힌 일들이 많았지만 엘리엇은 달랐다. 카릴과 헤어진 이후 이렇다 할 연결 고리가 없었던 그에게 있어서 형제애가 있을 리 없다. 아니, 애초에 다른 형제들도 그와 형제애로 엮였다고 볼 수는 없는 상황이었으니까.

단지 엘리엇의 말에 안색이 어두워지는 마르트는 우애 이전에 감춰진 진실에 대한 문제로서 갈등이 있을 뿐이었다.

"내가 직접 나선다."

그의 결단에 이의를 제기하는 사람은 없었다. 현재 제국군에서 수왕과 해왕을 한꺼번에 상대할 수 있는 실력자는 그뿐일 테니까.

"병력을 물려라. 내가 귀왕들의 목을 베어 사기를 높이도록 하겠다."

"알겠습니다."

부우우우우우우--!! 둥! 둥! 둥! 둥!! 두둥! 둥!!

나팔 소리와 함께 요란한 북소리가 포나인을 울리기 시작했다. 강물에 숨을 죽이며 경계를 하고 있는 수왕과 해왕이 크웰이 풍기는 날카로운 위압감에 긴장한 듯 낮게 울기 시작했다.

"크웰 님이시다!!"

"대륙제일검!! 대륙제일검!!"

"와아아아아아아--!!

그의 등장만으로도 병사들의 사기가 오르기 시작했다. 이질적인 기운이 그에게서 감돌았다.

인간이 가질 수 없는 마력. 크웰은 천천히 자신의 애검인 율스턴 검집에서 뽑아내었다.

"조금 늦었나……."

가네스는 비룡의 머리 위에서 포나인 강물이 붉게 물들어 있는 것을 보며 낮은 목소리로 말했다.

와아아아아아--!! 와아아아아--!!

강물 아래에서 울려 퍼지는 제국군의 함성에 전투의 결과를 예상할 수 있었다.

"하지만 덕분에 녀석들의 발을 묶어놓을 수 있었다. 이번 전쟁에 일등 공신이라면 너희들이겠지……."

마치 조의를 표하듯 수왕과 해왕의 죽음에 그는 할버드를 쥐고 있는 손에 힘을 주었다.

"이제 그 기수를 내가 넘겨받지. 하지만 녀석들이 쉽게 강을 넘게 하진 않겠다."

가네스는 비룡의 고삐를 잡아당기며 하늘을 가로질렀다.

콰아아아아앙--!!

막사 아래로 떨어지는 불꽃들에 포나인에 수로를 내고 있던 병사들이 화염에 휩싸였다.

"뭐, 뭐지?!"

"적의 습격이다!!"

"비룡부대다!"

해왕과 수왕을 죽이고 전의를 불태우던 제국군은 또다시 이어지는 비룡들의 습격에 상공을 바라보며 소리쳤다.

"마법병대! 보호 마법을 최대로 펼쳐라! 드레이크의 화염은 범위가 적다! 방패병들은 오을 유지하라!!"

그때였다. 거대한 할버드가 호를 그리며 위에서 아래로 떨어졌다.

콰아아아앙!!

조금 전 외치던 부관의 몸뚱이가 반으로 잘리며 살점들이 터져 나가듯 산산조각이 나며 부서졌다.

"크웰 맥거번."

전장에 한복판에 나타난 가네스의 모습에 제국군에 긴장감이 감돌았다.

"거창하게 일을 벌였군. 당신 같은 자가 한낱 미물을 잡는 것이 뭐가 그리 자랑할 일이라고 저렇게 벌어놨지?"

가네스는 포나인의 강가 앞에 세워진 거대한 창대를 가리켰다. 잔인할 정도로 창대의 끝에는 수왕과 해왕의 잘린 목이 꽂혀 있었다.

"괴물 다음에는 드레이크인가……. 카릴의 권세엔 정말 이놈 저놈 다 모여 있군."

크웰은 하늘 위를 날고 있는 비룡 부대를 잠시 바라봤다가 낮은 목소리로 말했다. 두 마리의 괴물을 사냥했음에도 불구하고 그에게는 얕은 찰과상조차 보이지 않았다.

'전보다 훨씬 더 강해졌구나.'

가네스는 긴장된 얼굴로 그를 바라봤다.

'내가 그를 얼마나 붙잡고 있을 수 있을지 모르겠군…….'

이런 생각이 들자 목숨을 내어놓은 수왕과 해왕의 죽음이 더욱 깊은 생각에 빠지게 만들었다.

'나 역시 목숨을 걸어야 하겠어.'

"그 이놈 저놈에는 나도 포함되어 있는 건가?"

크웰은 가네스의 물음에 아무런 대답도 하지 않았다.

"5대 소드 마스터의 위엄도 당신 앞에서는 아무것도 아닌가 보군. 하긴 잘나신 대륙제일검께서 눈에 뵈는 게 뭐가 있겠어."

"적이라면 검을 뽑게."

"하긴, 이제 대륙제일검도 아니니 저런 식으로라도 자신을 알려야 하겠지. 최강좌의 자리를 자신의 아들에게 빼앗긴 패배자이니."

"놈!!"

크웰에게서 맹렬한 투기가 느껴졌다.

'온다.'

가네스는 본능적으로 있는 힘껏 할버드를 휘둘렀다. 하지만 그보다 더 반 박자 빠르게 크웰의 율스턴이 검집에서 뽑혀 나왔다.

맥거번가 전승 검술 1번째 - 파열인(破熱刃).

"……!!"

그 순간 가네스는 단 일검으로 승부가 갈릴 것이라는 것을 직감했다. 눈으로도 쫓을 수 없는 크웰의 검은 이미 몸이 반응할 수 있는 속도를 넘어 인지한 순간 그의 목에 닿기 직전이었기 때문이었다.

'어느새 이 정도로……'

자신 역시 피나는 수련을 거듭하여 올라선 소드 마스터의 경지였지만 이 한 합으로 깨달았다.

격이 다르다라는 것.

'마물들보다 못한 꼴이 되었군……'

그때였다.

콰아아아아앙--!!

두 사람의 사이를 파고드는 날카로운 검날. 저릿저릿한 검풍에 크웰과 가네스는 서로의 무구를 쳐내며 뒤로 물러섰다.

"헉…… 헉……."

가네스는 무의식적으로 자신의 목을 쓸어 넘겼다. 끈적끈적한 핏물이 손바닥에 묻어났다. 상처의 욱신거림보다 조금만 더 깊게 베였다면 자신의 목 역시 저기 두 마리의 귀왕들과 마찬가지로 바닥에 떨어졌을 것임을 직감했다.

"가네스. 손을 내려도 좋다. 마지막 순간에 비룡들에게 공격 명령을 내리려고 하다니 자네답군."

츠으으으윽…….

충격으로 인해 일순간 솟구쳤던 먼지구름이 흩어지자 상공에서 날카로운 포효가 들렸다.

"드래곤?!"

제국군은 그 모습에 자신들의 원군이라 생각하며 환호성을 지르기 시작했다.

"드래곤이다!!"

"제국의 수호룡이다!!"

하지만 병사들은 알지 못했지만 레드 드래곤이 이미 후작령에서 패했다는 보고를 들었던 수뇌부들만큼은 불안한 얼굴로 앞을 주시했다.

"설마……."

그중에서도 특히 티렌은 귀에 익은 그 목소리에 자신도 모르게 마른침을 삼켰다.

"서두른 보람이 있군. 이만한 병력을 가지고 와서 타투르에 닿기는커녕 아직도 포나인도 건너지 못하다니 말이야. 이건 제국군이 약한 건가……. 아니면 나의 군이 뛰어난 건가."

먼지가 걷히면서 목소리의 주인공 얼굴을 확인한 순간 맥거번가의 사람들은 일제히 굳은 얼굴이 되었다.

"둘 다겠지."

카릴은 포나인의 강 초입에 거대한 창에 꽂힌 수왕과 해왕의 잘린 머리를 바라보며 나지막하게 말했다.

저벅- 저벅- 저벅-

그는 두 마리의 귀왕의 머리가 박혀 있는 거대한 창대를 땅에서 뽑아내었다.

"가네스. 저 녀석들의 수급을 정리해라. 전쟁이 끝나면 이 자리에 녀석들의 동상을 세우겠다. 단둘이서 10만의 발을 묶은 영웅이니까. 일검에 당할 뻔한 자네보다 나은걸."

"명을 받들겠습니다."

카릴의 말에 가네스는 쓴웃음을 지으며 고개를 끄덕였다.

"지금 우릴 막기 위해 혼자 왔다는 건가."

티렌은 50만 대군 앞에서 나타난 카릴의 등장에 어이가 없다는 듯 중얼거렸다.

"한 명이면 충분하지. 내가 없을 때도 건너지 못한 강이다. 이런 상황에서 내가 왔다는 것은 이 전장의 판도가 어떻게 변하게 될 것인지 너희도 잘 알겠지. 너희들은 루온 황자가 그랬던 것처럼 영원히 포나인의 강 너머에 발을 들여놓을 수 없을 것이다."

"무엄하다!! 감히 더러운 이민족들이……!!"

기사 중 한 명이 외쳤다.

퍼걱-!!

그 순간 수왕과 해왕의 머리를 꽂았던 창대가 그대로 조금 전 외쳤던 기사의 머리에 박혔다. 창대의 크기나 너무나도 커서 기사의 머리는 마치 수박이 깨지듯 완전히 부서졌고 사방으로 그의 피가 흩어졌다.

"다시 지껄여봐."

기사의 머리를 부수고도 속도를 줄이지 않고 날아가던 창대는 수십 미터를 더 지나간 뒤에 막사를 무너뜨리며 벽에 박혔다.

"으…… 으으아악!!"

"아악!!"

기사의 주위에 있던 병사들은 자신들에게 쏟아진 살점이 섞인 핏물에 비명을 질렀다.

"너희들론 안 돼."

카릴은 그런 그들을 향해 차갑게 말했다.

"백금룡을 데려와라."

10만의 대군이 그의 한마디에 위축이 된 듯 움찔거렸다.

"모두가 보는 눈앞에서 발라줄 테니."

"카릴."

크웰은 율스턴을 거두며 그의 이름을 불렀다. 오랜만의 재회였지만 언제나 그렇듯 두 사람의 만남은 평온한 적이 없었다.

"제국이 드래곤의 비호를 받는다는 것을 알면서도 검을 거두지 않다니……. 자신 있는 것이냐."

"없다면 시작도 하지 않았겠지요."

카릴은 그렇게 말하며 상공 위에 퀴톤을 가리켰다.

"백금룡도 저에게 굴복하게 될 겁니다."

콰아아앙--!!

카릴과 크웰이 격돌하는 순간 두 자루의 검에 불꽃이 튀었다.

"많은 사람이 죽을 거다."

"합리화시킬 생각은 없습니다. 다만 전쟁이란 흘린 피보다 더 많은 것을 구할 수 있는 방법입니다."

카릴이 얼음 발톱을 있는 힘껏 내려쳤다. 크웰이 그의 공격을 막으며 뒤로 몸을 돌리며 얼음 발톱을 튕겨냈다.

차아앙!!

그 충격에 지면 위로 다리가 떠오르며 카릴의 몸이 크웰의 검을 타고 휘청거렸다.

"흡!!"

카릴은 튕겨 나가는 얼음 발톱을 놓고서 바닥에 착지하며 허리에서 라크나를 뽑아 가로로 그었다.

맥거번가 전승 검술 2번째- 비홍인(緋虹刃).

그 순간 크웰의 율스턴이 카릴의 검을 막음과 동시에 마치 검날이 휘는 것처럼 그의 목을 노렸다. 변화무쌍한 궤도로 쇄도하는 크웰의 공격에 카릴은 살짝 입술을 깨물며 품 안에서 아그넬을 꺼내어 받아쳤다.

섬격(殲擊) - 제1섬.

라크나와 아그넬이 부딪히는 순간 뜨거운 열기와 함께 불타는 화염이 두 사람의 주위를 덮쳤다.

새하얀 증기는 엄청난 고열을 내뿜었고 주위에 있던 병사들은 황급히 물러났지만 순식간에 뻗진 불꽃은 그들의 몸을 덮쳐 여기저기 비명이 들렸다. 그러나 카릴의 공격은 거기서 멈추지 않았다.

4번째 여울 자세 (Riffle Posture).

카릴이 두 자루의 검을 가슴 안쪽으로 잡아당기며 허리를 숙이며 지금보다 더 속도를 올렸다.

2번째 외뿔 자세(Unicorn Posture).

여울 자세에서 이어지는 일점 공격은 더 이상 카릴의 검은 인간이 낼 수 있는 속도를 뛰어넘은 것이었다.

"크윽?!"

크웰은 급히 뒤로 물러서며 카릴의 공격을 걷어내려 했지만 그보다 더 빠르게 날카로운 검날 사이로 카릴이 그의 앞으로 얼굴을 밀어 넣었다. 위험천만한 행동이었지만 아이러니하게도 그 찰나의 순간이 두 사람이 유일하게 자유롭게 이야기를 나눌 수 있는 시간이라는 것을 알았다.

"북부에서 본 것이 무엇입니까."

크웰은 대답 대신 카릴의 검을 쳐냈다. 창백해진 얼굴로 그가 바라보자 이제 확신할 수 있었다.

'전생에 당신은 북부의 두 동굴을 모두 본 것이 틀림없군. 그리고 그중에 한 곳을 내게 알려준 것이다. 나머지 한 곳은……. 어째서 내게 숨긴 겁니까.'

크웰 덕분에 자신은 전생에 이민족이 블레이더의 후예이며 사실상 제국인이 아닌 자신들이 인류를 위해 싸운 자들이라는 것을 알 수 있었다. 하지만 회귀를 하고 동굴을 찾은 현생에서 그 비밀을 뛰어넘는 의혹들을 발견하게 되었다.

첫 번째는 최초의 블레이더라 불리는 쥬덱스의 얼음기둥 옆에 남아 있는 황금빛 머리칼을 가진 남자. 그리고 두 번째는 자신이 알고 있던 천년빙동 이외에 고든과 크웰이 알고 있는 또 다른 동굴이었다. 마음 같아서는 당장 동굴을 확인하고 싶었지만 그 안에서 어떤 일이 벌어질지 알 수 없는 상황에서 전쟁 중인 지금 무리하게 일을 벌일 순 없는 일이었다.

'방법은 전쟁을 최대한 빨리 끝내는 것.'

마엘을 얻었던 상자 속의 아공간처럼 혹여 동굴 속에서 지금 세계와 단절된 곳으로 들어가기라도 한다면 자신이 없는 제국 전쟁의 판도는 제국으로 크게 기울 것이 분명했기 때문이다.

"흡!!"

카릴이 만든 빈틈을 놓치지 않고 크웰은 다시 한번 질주하듯 검을 비틀어 뽑으며 그었다.

맥거번가 전승 검술 3번째- 뇌열인(雷熱刃).

'빠르다.'

카릴은 살짝 눈살을 찌푸리며 그의 검을 바라봤다. 헤임에서도 뇌열인을 썼었던 크웰이었다. 하지만 그때는 발도의 시작에서 마치 거대한 바위처럼 그의 근육이 부풀어 오르며 뽑기 직전까지의 준비 시간이 필요했었다. 하지만 지금은 그 폭발점을 일체의 준비 없이 바로 도달할 수 있을 정도로 그의 육체가 단련되었고 마력의 폭발이 원활하게 이루어지고 있었다.

그 이유를 카릴은 잘 알았다.

'용마력이 신체에 완벽하게 흡수되었다는 뜻이겠지. 마력혈의 마력이 전보다 더 올라갔어. 용의 심장을 먹었을 리가 없는데 어떻게 계속해서 증가할 수 있는 거지?'

헤임에서 재회를 했을 때만 하더라도 이미 크웰 맥거번의 마력은 6클래스 단계였다. 지금의 모습을 봤을 때 크웰은 그 경지를 뛰어넘은 것 같았다. 어쩌면 자신이 도달한 7클래스 영역에 그 역시 서 있는 것일지 모른다.

그러나 결정적으로 그와 크웰의 차이점.

첫 번째, 신력(神力). 카릴은 쇄도하는 크웰의 율스턴을 바라보며 두 자루의 검을 빙그르르 뒤로 돌려 교차하며 부딪혔다. 은회색의 오러 블레이드가 마치 우레와 같은 소리를 내며 쏟아졌다.

섬격(殲擊) - 제2섬.

화아아아아아악--!!

카릴의 등 뒤로 라미느, 에테랄, 두아트의 형상이 부채꼴로 펼쳐지듯 나타났다.

두 번째, 정령력(精靈力).

[크아!!]

정령왕들 중 정중앙에 모습을 드러낸 라미느가 주먹으로

모아 머리에서부터 아래로 있는 힘껏 내려쳤다.

"큭?!"

크웰이 황급히 라미느의 공격을 피하기 위해 검을 거두며 옆으로 몸을 돌렸다. 하지만 그 순간 에테랄의 날카로운 얼음 송곳이 비처럼 그의 머리 위로 떨어졌다. 동시에 그의 등 뒤로 두아트의 양손이 검날처럼 길어지더니 목을 벨 듯 있는 힘껏 양손을 그었다.

촤아아악--!!

"아버지……!!"

그 광경에 맥거번가의 세 형제가 일제히 크웰을 부르며 소리쳤다.

[대단하군…….]

라미느가 손을 거두며 말했다.

[확실히 너를 제외하고 최강이라 할 만하다. 단순히 마력의 문제가 아닌 천부적인 자질이 있어야 가능한 일이니까.]

[맞아.]

신기하게도 공격을 퍼부었던 정령왕들이 하나같이 크웰에 대하여 호평했다. 그도 그럴 것이 새하얀 증기 사이로 나타난 크웰은 놀랍게도 정령왕들의 공격을 모두 막아낸 모습이었다.

'나르 디 마우그가 아버지에 대한 평가를 했었을 때 더 높은 경지에 도달할 수 있었지만 나이가 아쉽다고 했었지.'

하지만 이번 생애엔 달랐다. 자신 때문인지는 모르겠지만 백금룡이 크웰 맥거번의 검술에 영향을 주었다. 카릴은 그가 쓰는 검술이 블레이더의 검술과 유사하다는 것을 느꼈다.

블레이더의 검술을 알테만에게 가르쳐 준 사람이 바로 백금 룡이었으니까. 비록 반쪽짜리임에도 불구하고 검귀라는 이름 으로 불릴 수 있을 정도로 뛰어난 검술이었다. 게다가 맥거번 가의 검술이 애초에 검귀의 검술에서 만들어진 것이니 백금룡 의 가르침이 크웰에게 큰 성장을 이끈 것은 당연한 일이었다.

"확실히……. 내 실력으로는 너를 이기지 못하겠구나. 드래 곤과 정령왕이 있는 지금 인간이 대륙 최강을 논하는 것은 우 스운 일이나 너야말로 분명 인류 중 가장 강한 존재일 것이 틀 림없다."

웅성- 웅성-

크웰이 카릴을 인정하는 순간 제국군에서는 여기저기에서 목소리가 터져 나왔다. 제국의 최고의 기사조차 이길 수 없다 는 말은 자신들 중 그 누구도 그를 막을 수 없다는 의미이기도 했으니까.

"하지만."

크웰은 차분한 목소리로 말했다.

"전쟁은 혼자서 하는 것이 아니다."

스응-!!

그가 검을 들어 올리며 소리쳤다.

"전군!! 전투 준비!! 이 자리에서 적의 수장을 잡는다. 그 누

구도 하지 못한 일이다. 오늘 너희들은 나와 함께 영웅이 될지
어다!!"

카릴은 자신의 위치가 적임에도 불구하고 크웰의 목소리를
듣는 순간 알 수 없는 고양감이 심장 언저리에서부터 끓어오
르는 것 같은 기분이었다. 전생에 저 목소리를 들으며 자신 역
시 타락과의 전투에서 있는 힘껏 싸웠으니까.

카릴은 그 순간 눈을 감았다.

[브랜 그 녀석의 죽음이 여전히 아쉽나? 전생에 인연이 있던
자라지만 너도 인정한 바일 텐데. 네가 왕이 된다 한들 모든 사
람이 너를 좋아 할 수는 없는 일이다.]

후작령을 점령하고 났던 밤. 브랜의 주검을 수습하고 난 뒤
성벽 위에 있던 카릴을 향해 알른이 물었다.

[뭣하면 자르카 호치를 써서 언데드로 부활시키던지. 나인 다
르혼의 불사 군단은 타락의 힘이 깃들어 있어서인지 능력이 없는
전사로만 태어나니 말이야. 자르카 호치라면 이성을 가진 리치
로까지 부활시킬 수 있을걸. 아니면 케이인가 하는 그 꼬마의 인
형에 영혼을 담는 방법도 있겠지.]

"내가 그렇게 하지 않을 걸 잘 알잖아."

카릴이 쓴웃음을 지으며 대답하자 알른은 반대로 껄껄 웃으며 말했다.

[그래. 넌 신이 아니다. 인간이기에 모든 것을 완벽하게 할 수 없어. 하나 네가 바꾼 미래 때문에 죽은 자도 있지만 반대로 네 덕분에 삶을 살아갈 수 있는 자도 있잖느냐.]

"……."

[그리고 그 말은 전생에 얻지 못했던 힘을 지금은 얻을 수 있었다는 말이기도 하다. 안 그러냐.]

카릴은 천천히 눈을 떴다.

"맞아. 전쟁은 혼자 하는 게 아니지."

그 순간 그의 등 뒤에서 복면을 쓴 남자가 튀어나오며 카릴의 앞을 막아섰다.

어느샌가 복면의 남자와 함께 가네스가 카릴을 보호하기 위해 할버드를 제국군에게 겨누었다.

"란돌……?"

크웰은 자신을 향해 검을 겨누고 있는 복면의 남자를 바라보며 믿을 수 없다는 표정으로 말했다. 얼굴을 가리고 있어도 검을 쥔 자세 그리고 복면 속에 보이는 눈동자만으로도 그는 알 수 있었다.

란돌과 가네스. 저 둘 역시 전생에서 자신이 얻지 못했던 힘이었다.

하지만…….

"이게 지금 무슨 짓이냐!!"

티렌이 그 모습을 바라보며 있는 힘껏 소리쳤다.

그때였다. 제국군의 보호를 받고 있던 티렌의 주위에 놀랍게도 검은 인영들이 튀어나오며 그의 목에 검을 겨누었다.

전생에는 얻지 못했던 또 다른 힘. 4자루의 검날이 서로 맞대어 티렌의 목 주위로 네모의 형태로 빠져나갈 수 없게 검이 드리워졌다.

차가운 검은 눈들이 그를 노려보고 있었다. 주위에 기사들이 있었지만 기척을 느끼지 못할 정도로 갑작스러운 그들의 습격에 인질이 되어버린 티렌을 바라보며 어찌할 바를 몰라 당황해할 뿐이었다.

"모두 움직이지 마. 그 순간 이자는 죽는다."

검은 눈 일족의 지그라가 마치 맹수의 으르렁거림처럼 낮게 이빨을 보이며 말했다.

카릴은 고개를 돌렸다. 그러자 지그라를 비롯해서 검은 눈 일족의 살수들이 명령을 기다린다는 듯 그를 바라봤다.

"분명히 말했을 텐데."

차가운 웃음과 함께 카릴은 자신을 향해 달려들려 했던 제국군을 바라보며 말했다.

"너희들론 안 된다고."

"큭…… 크윽……."

티렌은 옴짝달싹할 수 없는 상황에서 그저 이를 바득 갈며 카릴을 노려볼 수밖에 없었다.

"10만 대군이 있어봐야 무슨 소용이겠어. 결국 전쟁의 승패는 수장을 잡는 것에 있으니까."

"네놈……. 제국군의 지휘관이 누군지 잊었느냐. 날 잡아봤자 결국 아버지의 검이 네 목을 벨 것이다."

"안타깝게도 제국군의 수장은 크웰 맥거번이지만 그가 끔찍이 아끼는 아들이 바로 내 수중에 있으니 과연……. 어떤 결정을 내릴까?"

"카릴!!"

크웰 맥거번이 소리쳤다.

"베어라."

하지만 차갑게 카릴은 검은 눈 일족들에게 명했다. 티렌은 브랜 가문트와 달리 앞으로도 그가 구상하는 미래에서 많은 걸림돌이 되는 자였으니까. 그 이유는 누구보다 그가 이민족을 능멸한다는 것을 카릴은 알고 있었기 때문이다.

카릴은 그 스스로 브랜 가문트를 베고 난 이후 선택의 집중에 대한 심경의 변화가 있었다.

포기해야 할 것과 제거해야 할 것에 확실한 구분.

그때였다.

창!! 차자장!! 차자자장--!!

검은 눈 일족의 주위에서 요란하게 검이 부딪히는 소리가 들렸다. 티렌을 겨누고 있던 그들의 검이 황급히 자신을 향해 쇄도하는 공격을 막느라 바삐 움직였다.

"피하십시오!"

"기사들은 모두 방어태세로!!"

지그라가 자신의 등을 노리던 검을 막는 순간 묵직한 힘에 그의 몸이 휘청거렸다.

"흡……!!"

정신을 잃을 법한 강맹한 공격이었지만 지그라는 그 와중에도 티렌의 목에 검을 박아 넣기 위해 있는 힘껏 검을 찔러 넣었다.

"멈춰!!"

굵직한 외침이 들리며 지그라의 시야에 검은 그림자가 덮쳤다. 황금빛에 가까운 화염의 마나 블레이드가 지그라를 향해 쏟아졌다.

"큭?!"

황급히 지그라는 검을 피하며 반격을 했지만 이번에도 묵직한 검격이 그를 막아섰다.

검은 눈 일족 중에서도 칼리악 다음으로 최고의 전사로 손꼽히는 지그라였기에 그는 자신의 앞에 있는 상대의 정체에 의문을 가질 수밖에 없었다. 바닥에 닿을 정도로 낮게 허리를 숙이며 그가 풍성한 머리칼을 가진 검사를 노려봤다.

반격을 위한 준비. 검사는 그것을 본능적으로 눈치챈 것인지 더 이상 공격을 하지 않고 거리를 유지했다.

"제가 호위하겠습니다."

검은 눈 일족의 포위가 풀린 순간 뒤에서 거대한 덩치의 사내가 말 위에 있던 티렌을 낚아채듯 어깨에 얹고서 뛰어올랐다.

"지금이다!! 적을 둘러싸라!!"

그 뒤에 있던 긴 머리카락의 남자는 날카로운 창을 위로 들어 올리며 소리쳤다.

'저들은……'

갑작스러운 세 사람의 등장에 살짝 인상을 찡그렸다.

'이번 전쟁에 검의 저택까지 합세한 모양이로군.'

티렌을 구출하고 제국군을 일사불란하게 움직이는 그들의 얼굴이 낯익었다. 성은(聖銀)의 엘란, 창귀(槍鬼) 파이만, 군도왕(群島王) 마그토. 그들은 검의 저택이라 불리는 크웰 맥거번이 만든 훈련소에서 수련한 그의 제자들이었으며 앞으로 제국 3신장(神將)이라 불릴 만큼 강력한 힘을 가진 존재들이었다.

'헤임에서 만났을 때와는 달리 풍기는 기운이 다들 예리하게 가다듬어져 있다.'

카릴은 단번에 그들의 전력을 파악했다. 그레이스가 전생과 달리 소드 마스터에 반열에 이미 오른 것처럼 세 사람 역시 이미 그 경지에 도달한 듯싶었다.

확실히 전생에 비한다면 모든 강자들의 실력이 전체적으로 상승했다고 볼 수 있었다. 지금까지 고작 다섯밖에 없었던 소드 마스터들이 동시대에 이제 두 자리 숫자가 되었으니 말이다. 전생에는 지병과 전쟁으로 인해 죽은 고든과 가네스가 살아 있는 것도 큰 변화였다.

다만······.

'소드 마스터 중 넷이 나의 적이라는 것이 문제겠지.'

"저자를 포위하라!!"

"절대로 놓쳐서는 안 된다!!"

"곧 본대가 온다. 무슨 일이 있어도 발을 묶어놔야 한다!! 전군!! 공격 개시!!"

3신장(神將)의 등장으로 전세는 급격하게 변하였다. 그들은 크웰이 있던 제1진이 아닌 본대인 제2진의 소속이었다.

"주군!!"

그 순간 가네스가 비룡 위에 올라타 그에게 손을 뻗었다.

"모두 흩어진다."

그 모습을 본 지그라가 낮게 외치자 검은 눈 일족들이 일제히 그림자 속으로 사라지듯 모습을 감추었다.

화아아악--!!

가네스가 타고 있던 비룡이 있는 힘껏 날갯짓을 하며 공중으로 날아올랐다.

"쏴라!! 화살과 마법을 모두 퍼부어!!"

티렌에 외침에 병사들과 마법사들이 두 사람을 공격했지만 소드 마스터들에게 그들의 공격이 먹힐 리 없었다.

부웅-!!

가네스가 자신들을 향해 날아오는 화살과 마법을 향해 할 버드를 휘두르자 드레이크의 주위로 펑! 펑!! 하는 소리와 함께 연이은 화염이 터지는 요란한 굉음만이 들렸다.

"보십시오. 저기 먼지구름이 가까워지고 있습니다. 제국의 본대가 다가온다는 것이겠지요."

그의 말에 카릴이 전방을 바라봤다. 확실히 저 멀리서 제국을 상징하는 깃발들이 움직이는 것이 보였다.

"그래. 조금 전 티렌을 구한 세 사람이 본대에서 먼저 달려온 자들일 거다. 본대가 가까워졌다는 것은 그만큼 제1진의 발이 오래 묶여 있었다는 의미이기도 하고."

"수왕과 해왕이 많은 일을 해줬군요."

"그래."

카릴은 자신의 옆에 날고 있는 드레이크의 등에 묶여 있는 그들의 잘린 머리를 바라보며 쓴웃음을 지었다.

"하지만 그래도 꼴이 우습게 되었어. 귀왕(鬼王) 둘을 희생했는데 적을 치기는커녕 눈앞에 두고 도망치다니."

"아무리 귀왕이라 하더라도 몬스터일 뿐이다. 아버지께서 이끄는 10만 병력을 막는 것은 불가능해."

드레이크의 뒤에 타고 있는 란돌의 말에 카릴은 대답했다.

"그런 아버지를 막아선 게 너인데. 이제 제국군에게 확실한 적이 되었군. 기분이 어때?"

그의 물음에 란돌은 가볍게 어깨를 으쓱할 뿐이었다.

"외람된 말씀이오나 비룡 부대가 합류한다 하더라도 결국 크웰과 나머지 세 명의 소드 마스터들이 있는 상황에서 본대가 합류하기 전에 제1진을 격파하는 것은 어려운 일입니다."

가네스가 두 사람의 분위기를 살피며 대답했다.

"그렇겠지."

"고작해야 발을 묶는 것 정도가 끝일 겁니다. 하지만 그건 의미가 없습니다. 자칫 잘못하면 오히려 이곳을 전장으로 두는 일이 벌어졌을 겁니다. 그렇게 된다면 저희 쪽이 불리합니다. 오히려 잠시 물러나 전선을 가다듬는 것이 중요합니다. 다음 전투야말로 진짜 전투니까요."

"그래."

카릴은 직감했다.

"다음 전투가 중요하지."

본대가 합류한 제국군과의 격돌 속에서 나르 디 마우그가 모습을 드러낼 것이라고.

to be continued

崑崙

곤륜패선

霸仙

윤신현 신무협 장편소설
WISHBOOKS ORIENTAL FANTASY STORY

선대의 안배로 인해 시공간의 진에 갇힌
곤륜의 도사 벽우진.

"……뭐야? 왜 이렇게 되어 있어?"

겨우겨우 탈출해서 나온 그의 눈에 보이는 것은!

"정말, 정말 멸문했다고? 나의 사문이? 천하의 곤륜파가?"

강자존의 세상, 강호.
무너진 곤륜을 재건하기 위해 패선이 돌아왔다!

곤륜패선(崑崙霸仙)

'이왕 할 거면 과거보다 더 나은 곤륜파를 만들어야지.'